一朵花的修行

朵拉・著

1.

2.

1：朵拉和香港詩人書法家秦嶺雪合影，2010年7月於香港

2：朵拉在廈門東南亞華文文學會議演講，2010年9月

3.

4.

3：朵拉在廈門東南亞華文文學會議，2010年9月

4：朵拉受邀到泉州師範學院演講，主持人為戴冠青博士。2010年9月

5.

6.

5：朵拉和瘂弦在武漢，2010年10月
6：朵拉和余光中在無錫江南大學，2010年5月

7.

8.

7：2006年汶萊第六屆華文微型小說會議。右起：曹惠民，林萬里，陶然，朵拉，袁霓，袁勇麟
8：朵拉和新加坡女作家蓉子在武漢合影

序　藍星的幽光

袁勇麟

也不是沒有為人作過序言，但當朵拉囑我給她作序時，我卻顯然有些不安，因為我不知該如何用有限的篇幅去介紹這樣一本涵容廣闊的書籍，更不知該如何用有盡的文字去描述這樣一個想象恣意、情感豐沛的人。

是的，這個被譽為「以一支筆行走天下」的朵拉，這個馬來西亞讀者選票評出的十大最受歡迎作家之一的朵拉，這個作品被翻譯成日文、馬來文等文字的朵拉，這個國內外攬獲眾獎的朵拉，其實是一個心思細膩、溫柔多情的女子。安身立命於海外的她，憑藉對人生永恆的守望和對文學執著的追求，以對中華傳統文化的深入理解和對海外異域文化的敏銳把握，為讀者呈現出精彩豐富的生活畫卷和個性獨立的人文思考，其中散發出來的尊重生命、珍惜情感、重視差異的溫婉大方氣質，深深打動了人們的心靈。

而在朵拉的作品中，我尤愛讀她的散文，每每翻閱她的散文集時，腦海中總是不由自主地想起葉芝《白鳥》中的一句詩：「天邊低懸，晨光裡那顆藍星的幽光，喚醒了你我心中，一縷不死的憂傷。」終其一生探詢生命永恆價值和愛情純美境界的葉芝所說的「不死的憂傷」不是苦悶愁煩的憂擾情緒，而是對世界的感動。這份深藏在心中柔軟的觸碰，是即使面對日益機械冰冷的聲光電影衝擊也不願放棄的美好向往，是即使面對逐漸疏離淡漠的世事人情也仍然堅守的純粹夢想，是敢愛敢恨會哭會笑的性情釋放。在我看來，朵拉的散文正如那晨光裡的藍星，用寸寸幽光，撫慰都市生活裡一個個枯燥貧瘠的靈魂。

藍星看似微渺，實則宏闊。朵拉的散文內涵豐富，這當然與散文的文體特徵有關。散文不講究韻律，也不追求情節構設，是最自由而充分地展示大千世界豐富景觀和精彩韻味的散體文章，是作家自由發揮和酣暢表達的最好方式，朵拉顯然深諳此理，黃明安曾敏銳地指出：「朵拉的文學創作時間跨度很長，所涉及的題材相當廣泛：短篇小說，微型小說，散文隨筆，人物傳記等，哪一副筆墨，她用起來都輕車熟路，遊刃有餘。她是海外數十餘家副刊的專欄作家。不同地方，不同報刊，所服務的讀者群不同，所要求的閱讀口味不同，朵拉她就像一位訓練有素的調酒師，用不同的語言液體，調製出美妙芬芳的雞尾酒，讓品嚐者讚嘆。這種寫作傾向雖傾向大眾流行，也造就她異常敏銳的藝術感覺。她創作的千字散文，內容廣泛，形式不拘，喜怒笑謔，皆成文章。她寫的專欄，世風人情，戀愛家庭，人生修養；勵志小品，雖粉面千秋，也能扣緊當代人的價值觀和道德觀。」如果說小說是朵拉創造的迷幻花園，在交錯曲徑中映像世事人情，那麼散文就是朵拉經營的遼闊山林，這裡有綠樹青草、有繁花似錦，有鶯聲燕啼、有溪水潺潺……即使不能說是無所不包，也算得上是景象萬千了。就如眼前這本看似單薄的散文集《一朵花的修行》一樣，初看書名時，我誤以為又是這個愛花女子呢喃低語的花事心思，不曾想打開的卻是如此遼闊的藍天綠地：輯一「下午的蛋撻」講述行旅見聞；輯二「一朵花的修行」品味百花心事；輯三「不同的葉子」絮叨家長裡短；輯四「因為美，我們向前行去」抒發藝術暢想；輯五「回鄉的異鄉人」感懷漂泊情愫，從日出月明的自然現象到逛街旅行的路途見聞，從日常起居的吃喝飲食到圍巾香水的衣飾打扮，都在朵拉的筆下幻化出綺麗浪漫的光彩：朵拉真是在散文的天地裡放開了手腳，或馳騁奔跳，或踱步徜徉，或縱聲吶喊，或低語淺吟，真正做到了以創作主體變幻多姿的情韻文思和靈活自由的抒情筆法，將大千世界豐富復雜的審美特徵，自然和諧地繪入散文的藝術畫面中，使其呈現出令人心醉的流動美和灑脫美。

然而如果據此以為散文就是隨性而作、隨感而發的散漫和細碎繁瑣的無所不包那就錯了。散文應融會作家真誠個性及深層人生意蘊，既呈現出作家發掘社會歷史人生的深度和廣度，又透視出作家主觀品味人生的情、意、美、趣、理，是作家最真切、自由，也是更富有美感和理性深度地抒寫人生內蘊的精純文學性的作品，這樣的文章才能給人帶來美的享受和精神的力量。這也是朵拉善於經營的，她在貼近真實的大地呼吸和仰望浩渺的天宇召喚之間看取人事代謝、思慮往來古今，從瑣屑細微中發現深情大義，從喧囂嘈雜裡探究明理真諦。她的散文很「自我」，「自我」到「無論到那裡旅遊，不管走到什麼地方，在何等季節，看見花，有名的園圃中大花，無名的山地小野花，都會情不自禁地讚嘆，對不同的花的造型之美和顏色之艷，甚至撲鼻的香氣、盛放的燦爛和凋萎的淒涼，都很輕易便在心中生出憐惜和愛意」，這種「自我」是對生命的尊重和對生活的珍惜；她的散文很「自然」，「自然」到坦言「不敢繼續輾轉低回在浮晃游移的美夢裡，原本無邊的理想也被時光劃上一條濃黑的邊界線，如今方才驚悟自己的能力是多麼有限」，這種「自然」是抒情的節制和筆法的澄淨；她的散文更「自由」，「自由」到享受著「錦繡的夜空，歡快的海風，醇香的啤酒，新奇的海鮮飯，艷麗紛呈的五光十色風景，散漫安逸的步伐」時，高呼「至於其它的一切，一切全讓它成為次要吧」，這種自由是主體的獨立和精神的創造。正是對純真自我情感的發揮、對自然筆法的運用和對自由狀態的堅持，賦予了使朵拉擁有了與眾不同的眼光和不甘流俗的見解，使她的散文真正表現出心靈世界的美好情愫和深層情感。不論是她在巴塞羅納的街巷發現的「珍惜當下的愉悅，不急不躁不胡思不妄想」的生活真跡，還是她賞花時感悟的「人一定要有時間觀照自己，才能從心裡找到明淨的自性」的意義，或者是她在與見解不同的友朋閒聊中深切體會的「生命中最有價值的，是自己最殷切渴望獲得的，沒有所謂對和錯」價值，都不能算是深刻警醒和宏觀大義，卻能夠帶給人生命的感懷和生活的啟發，實實在在地表達了她對宇宙、社會、人生的深層思考和獨特體驗，達到了散文研究者所說的詩性狀態，即：「努力以一種詩化的、審美的態度打量、把握外部世界，在各種嘈雜的功利性話語所構成的語境中樹立一種相對超然的、遠離物欲的美學精神或理念，用以詮釋人生的意義或作為主體安身立命的依據。」

每一本書中的文字都是有限的，但是其中蘊含的藝術想像和情感力量確是無窮的，我知道寥寥數語不能言盡，何況朵拉這樣一位看得比人細、想得比人多、感受比人深的女子，我只想說，在塵土飛揚的庸擾困頓中，不如學那「一朵花的修行」，感受藍星幽光的溫暖撫慰。

二〇一一年三月十七日於北京——延安旅次

☆袁勇麟，福建師範大學教授，協和學院院長。中國世界華文文學學會教學委員會主任，福建省臺港澳暨海外華文文學研究會副會長。著有《當代漢語散文流變論》等。

序　文學與藝術的融合

——讀《一朵花的修行》

劉靜娟

朵拉很努力，多年來創作不輟。初識她的作品，大約是二十多年前，其後十年之間，她不時有散文小品寄到我編輯的《台灣新生報副刊》。我離開職場後，仍常常讀到她發表在台灣各種刊物的文章。而我知道，她在大馬更是廣受歡迎、重視的作家。

因為熱愛文學，生活、旅行都不離創作，才能有今日的成績。

因為心思細膩，文筆生動；所以她作品很容易得到共鳴。

關於雞蛋花，她寫著：

> 巴里島的雞蛋花，花瓣除了雞蛋黃的顏色，另有紅中泛紫的一種是馬國少見的。巴里島人把這花栽種在地上，除了路邊兩旁行道樹，普通人家的庭園、商店的門口、寺廟的空地、酒店的花園等等，觀光旅遊四處可見。巴里島人還喜歡把雞蛋花插在酒店的房間，插花的形式和普通插花法很不一樣。每天清早侍者摘下新鮮盛開的朵朵香花，浮在盤子裡的清水上，讓房間蘊藉一股

清清香味，午休時段，將睡未睡快入夢時，聞著聞著感覺愜意舒服，彷彿有個美好的夢，在等待人睡進去。

戴雞蛋花的巴里女人，穿著合身瘦腰的馬來傳統服裝，著上紗籠當裙子，走路時款款搖擺，裊娜綽約，嫵媚明艷，別有風情。……這裡的雞蛋花有一種悠閒的氣味。

從朵拉的字裡行間，我就嗅到了悠閒的氣味。有一年去那個美麗的小島旅行，晨起在充滿熱帶植物的旅館庭園中散步，看到工作人員把一朵朵白色雞蛋花擺在每個石雕上。美女、青蛙、象、蜥蜴，和各種造型的神，剎時都嬌媚起來。每日服務生舖床，枕上、床單上也總放著一朵雞蛋花；彷彿當地女子跳舞時那分流動的眼波。

對於我，那是一種淡定、幾近禪修的經驗。

朵拉在另一篇談花的文章中說：

「請問需要如何修行，下輩子才能成為一朵花？」

聽到這樣的問題，朵拉吃一驚。我也是。竟有人愛花愛到想靠修行以求下輩子成為花！

臨睡前，你會想起什麼花呢？

這個問題很奇怪，卻是有奇思、有詩心的人才想得到。

一個朋友說太陽花。向日葵花朝向太陽，充滿光明燦爛的美好感覺，要睡之前想著它，睡著以後，夜裡做夢，將會是一個和向日葵一樣絢麗璀燦的夢。真是異常吊詭，在月亮升起的夜晚睡覺，然後腦海裡想的卻是對著太陽轉向的花。這個朋友對未來肯定充滿美好的期望。

朵拉的感想教我彷彿面對著一幅畫，既夢幻又美麗。朵拉也是藝術創作者，又愛畫向日葵，才會有這樣如畫的文字風格吧。

朵拉常有旅行的機會，見識廣；風景、吃食、藝術，信手拈來，都有不同的感受與見解。更重要的是，她對身邊生活有細心的體會，寫起親情，格外動人。在〈我愛你〉一文中，她寫著：

要推進手術室的前一個晚上，給遠地的女兒們打電話，因為擔心引起在考試期間的她們的困擾和憂慮，沒有告訴她們我進了醫院。電話將關上時，我對小女兒說：「我愛你。」小女兒顯然沒有意料到媽媽突然吐露如此親密的心事，一向較沉默寡言而應對能力不太好的她，只在電話那頭輕笑。大女兒接到這一通我愛你的電話，先是哈哈大笑，然後問道：「媽媽你發燒呀？」

讀到這兒，讀者大概都會失笑。笑華人在「急難關頭」才會搶時間說愛，免得萬一來不及。

再痴心，兒女總有一天要離開父母的羽翼。

我正在為自己的幸福而愉悅感恩，突然小女兒態度認真語氣慎重地對我說道：「媽媽，有一天要是我離家出走，你不要到阿敏家找我，我如果真的出走的話，就不會到你熟悉的朋友家，會去一個你們找不到的地方。」

透過樹與樹的隙縫間，我看到棲息在大樹幹上的鳥兒驟然展開雙翅，輕盈地在空中滑一個漂亮的圓圈，接著朝往對面的橡樹林子裡穩穩地飛過去，那是它選擇的方向嗎？

淡淡的筆觸，描繪出「女兒終於長大了」、有一天也會離開的悲傷和喜悅。她形容兩個女兒是家裡的兩朵蓮。

其實所有的孩子，不論男的，女的，皆是家中的蓮花。佛經裡寫著：「蓮花有四德：香、柔、淨、可愛。」未經世事的孩子們何嘗不是如此？

有這種佛心，對旅行時碰到的貧苦孩子心生悲憫；女兒們則讓她明白坎坷的人生路上再怎麼崎嶇，仍然充滿希望和美好。

也因為這種心，她是「一個捨不得忘記的人。尤其是一切關乎美麗的事物。許多值得收藏在回憶裡的感情和記憶，歷經了人世間的種種滄桑，依然堅持牢牢盤踞於腦海裡，始終不離不棄。」

這恰好是一位執著於散文創作的人必備的本質。對於感情和記憶，珍重收藏，它們會持續擴充、增生，發酵成更多的愛與思想，豐富寫作的題材和能量。

創作者最怕的是思想停滯、感情僵化，二十年來，朵拉的作品隨著歲月越來越圓潤、成熟；更了不起的是學畫有成，油畫、水墨廣受收藏。文學與藝術的融合，增加了她散文的深度與厚度，相信以後她可以寫出更多更好的作品。

二〇一一年六月於台北

☆劉靜娟，散文名家、前《台灣新生報》副刊主編。

目次

輯三・不同的葉子

輯四・因為美，我們向前行去

輯五・回鄉的異鄉人

輯一・下午的蛋撻

到處吃飯

老人說一日無論吃不吃，三餐米飯要定時。這個時代的米和飯，突然變成出了問題的主食。一說是大米有農藥，二說是白米飯過於精緻，對人體健康全無好處。倘若非吃不可，糙米飯是首選，五穀飯也還可以，白米飯則是拒之則吉。

真不明白時代為何會讓白米之好變了樣？其實白米照樣是白米，一粒粒細看，毫無走形。

從前嗅到米飯香，感覺清平世界真美好，咀嚼著顆粒碩大的白米香飯，煩惱遠去了，精神變好了。根本沒有想到，白米飯有一天會變成毒品，調查報告還告訴我們，越白越香的米，越別輕易入口。

米飯是東方人的主食，一天不吃飯，不論炒麵、米粉、粿條、糕點全都無法彌補那份少了一點點的缺陷，腸胃裡彷彿有個角落是空的，等待米飯落肚填塞，才有飽滯的滿足感。

在歐洲旅遊，一路行去，看見雕塑繪畫，聽到音樂歌劇，無比喜悅，十分投入。可惜吃飯時間一到，馬上和西方人生出不短的距離。東方人不管人在何方，身置何處，腸胃總是萬二分堅持，永不妥協，死不悔改，三餐之中起碼有兩餐，或者再把水準放低一些，跌停板可以到至少一餐，必須、一定要有米飯相伴，要不然，成天懨懨提不起精神，悶悶不樂漸漸掉入沉默寡言狀態，用小女兒魚簡的說詞是，那感覺就是不飽不餓。

不飽，是鎮日裡沒有一粒米落肚；不餓，則是明明已經吃下了麵包呀。魚簡在英國三年，同學朋友羨慕她出國念書，她天天過的卻就是不飽不餓的日子。

最淒慘的狀況還是，冷的天氣，冷的食物。歐洲人彷彿已經習慣冷天吃冷麵包，東方人除了日本和韓國人民對冷食甚有興趣之外，其他大都極度熱愛熱食物，尤其上了年齡的東方人，更大部分是傾向熱騰騰的大米飯擁護者。

日久沒有熱飯吃，逐漸明白古人說的衣食足而知榮辱是怎麼一回事。在英國住幾天下來，留居倫敦整十年的年輕友人惠琦說要請我們吃中國人的飯，我們連一句推辭的客氣話也沒有，馬上點頭說好好好。那時天天為了參觀博物館畫廊圖書館，爭取時間觀賞藝術品，一直在趕路，清晨離開酒店後，轉到隔壁超市或商店買麵包、乳酪和罐頭魚等等，順手往背包一塞，腳下開始步向當天旅遊首站。飽了眼睛，餓了肚皮。至於餐點的場地，有時是路邊花樹下，廣場草地上，公園裡花圃旁邊，甚至博物館畫廊門口的梯階上也毫不介意，不計較有無餐桌餐椅，處處皆餐廳也。

旅遊當時覺得好玩，邊看風景邊吃三文治，頗具生活情趣。在本國旅遊，難有如此瀟灑。熱帶氣候，頭上長年頂個大太陽，汗流浹背，只想躲進冷氣餐室涼快些，在路邊吃午餐？空有閒情，缺少逸致。

仔細一想，唯有麵包才可吃得如此簡捷方便。朋友聽我歐遊時候，三餐都在路邊解決，譏笑我，這不叫簡便，是簡陋，多想一想，確實有點可憐，尤其是想到一桌的中國菜，有熱的湯熱的菜熱的豆腐熱的魚，啊，還有一碗熱的飯。如果你不曉得什麼叫做可口和美味，一日讓你得了機會，自費並學生式地旅遊跑一趟歐洲，你即刻在每一個用餐時間坐對飯桌時，心情十分歡喜和感恩。

整個歐洲不乏中國餐廳，問題在於價格。人在歐洲，心在大馬，這個形容詞在算錢的時候，特別明顯。每次花錢，在英國就拿來乘以七，在歐洲乘以五，結果把自己搞得像難民，不同的一點是：你是一個數學特別優秀的難民。

比如到了巴黎，在小路邊看見中國餐廳，那種最普通的廉價餐廳，門前擺滿類似我們這裡的雜飯檔，一格一格的乾淨明亮的白鋼製長形菜格，裡邊裝著剛煮好的各類菜式，比不上大馬的多樣化，熱度也不夠高，但那熟悉的菜色，令我們不禁雀躍。各式小菜價錢劃一，是自助式的，各人自己挑選拿好想要的菜肴或白飯或炒飯，放上旁邊的一個秤去稱一稱，一百克五歐元，聽起來不是太貴，乘法表一背，即是馬幣二十五零吉。

吃飯要專心吃飯，要小口小口咀嚼，才能吃到飯和菜的原味，才是吃飯的最好方式。在大馬吃飯，雖然早就知道，上述這樣子吃飯是真正在吃飯，不過，大部分人從來沒有好好的吃過一餐飯。來到巴黎，恍然大悟，如果一盤飯和菜，加起來是五十零吉，你就完全瞭解，什麼叫做吃飯要專心吃飯。珍惜的程度達至每一口咀嚼二十到三十次，連一粒米飯也不剩餘下來。

我一直以為我愛吃麵包，到我旅遊歐洲以後才清楚，米飯之香不同凡響。

幸好，走到西班牙看見處處皆有紅花飯，而且是現煮現吃，於是不計較是海鮮或者雞肉或者蔬菜為配搭，趕緊喚一盤來。熱騰騰的鐵板香飯上桌，我日思夜想的東方餐點，啊！大嚼一番，滿意地打了一個飽嗝，然後承認，原來西方也有文明。

生活的真跡

微寒天氣，正好，亞洲人旅遊時和歐洲人相反，不喜與熾熱的陽光相遇。平日曬得夠嗆，常年是夏聽著悅耳，想像美好，其實成天被肆虐的陽光炙得皮膚黝黑，一身汗臭。酷炎氣候下走幾步路，疲倦即毫不留情迎面襲擊，無從躲避。在巴塞羅納，隨意披件大圍巾便足以於明淨的夏日涼風裡擺脫寒意，在大街小巷中自在穿梭。

巴塞羅納的街巷似詩人。詩人除了好作品，尚需努力保持好身型，仙風道骨輕盈姿態方有資格上詩人榜。道路兩旁是浸潤著光陰影漬的樓高數層老房子，底樓的高度比別的城市如吉隆坡、香港或臺北的尤其要高出許多。一幢幢高大的門牆，仰望著益發襯脫出瘦削街巷的詩人氣質。街道寬度僅許一輛車出入，對面倘來一部，得體現兩隻羊過橋的禮讓精神才獲皆大歡喜結果。若要形容其窄隘，打開宿處露臺門，對面的房間毫無掩飾地躍入視線，天花板上吊扇出盡力氣呼呼轉，陽臺披幾件大T恤，鐵花曬數條大毛巾，先住進裡頭的三個年輕洋人，裸上身，著短褲，處之泰然，手握啤酒哈囉哈囉，招呼以後，若看對眼，樂意深談，雙方伸手，正好相握半空中，可輕聲自我介紹，然後面對面交換旅遊經驗，隔空無需喊話。

街巷令人著迷的卻非狹窄的程度，是佈滿時光痕跡的老牆古門，腳踩在流逝歲月留下的磚塊鋪就的巷道，眼睛期待每個轉角紛至遝來的驚喜。人在此地感官倏忽變得細致精良，興高采烈轉悠一整天，忘記雙腳會酸疼疲累的現實。

七月是旅遊盛季，不熱不暑的夏日吸引了來自世界各地的旅客。整座城市人來人往，陷入一片喧騰的狂歡氣息。如果巴塞羅納是海，那麼海裡的魚顯然缺乏多餘的空間游泳。從行人的衣著打扮和手上拎著的地圖，這些懶散徐緩在街路巷道踱步的全是異地遊人。唯做生意的販者才是當地住民。旅人從容閒散駐足流連，連連的讚嘆和攤販親切的微笑互相輝映。

轉個彎，突然躍進一群貓。陶瓷玻璃木雕石雕甚至以臘製成，油畫水彩黑白彩色清淡濃艷，架上牆上地上天花板上門面玻璃上，大大小小形形色色的貓。貓型的杯盤碗碟貓的掛飾貓的踏腳布貓的煙灰缸貓的書貓的記事簿貓的筆貓的膠擦貓的拖鞋等等等等，凡你想到和想不到的貓，全都聚集在這裡，造型各異漂亮有趣可愛美麗，就算是不喜歡貓的人，也會抑止不住好奇停下腳步，和愛貓的人一起細細地品味。

再轉個巷口，一張張懸掛在半空，質料不一顏色各異的，竟是吊床。滿滿一店，左一張右一張前一張後一張。人沒真個躺下去，卻充滿憧憬，順序一張張撫摸拉扯，質疑兼好奇那彈性可否容下人的重量，肯定以後，開始想像臥在其上那份悠逸閒適的舒服寫意。

小小一間開在拐彎街頭的啤酒屋，擺飾著畢卡索的鬥牛、達利的大大小小蛋、高第的七彩蜥蜴、米羅的五顏六色星星，明知是複製品，仍舊被吸引。啤酒屋主人把當地著名的前後輩藝術家約齊一道，讓過路的遊客間接驚嘆當地居民的藝術文化素質之高。

在一個完全無意張揚藝術，卻處處藝術藝術處處的地方旅遊，優點是不必辛辛苦苦埋頭閱讀地圖或四處找人探詢問路，僅為搜尋一間博物館或美術館。它們總在遊人閒閒地逛來逛去時，自動蹦到眼前，一如一城的典雅並非刻意營造。當女兒停在一家義大利霜淇淋店排隊，不遠處忽然傳來大提琴的悠揚樂聲，旋律之優美，令學音樂的女兒忍不住驚訝，啊，和名家不分上下的一流水準。循著提琴聲過去，來到小巷中的另一條更小的巷道，年輕英俊氣質優雅的大提琴手，坐在巷口牆邊的窗下。步過去，乍抬頭，提琴手面對的舊房子，釘著「Museo Picasso」的牌子。

畢卡索美術館是這樣出現的。來之前在英國已經決定，抵達巴塞羅納的第一個景點，先去畢卡索美術館，沒想到一進城就被巴塞羅納那佳節良宵的狂歡節奏和氣息俘虜，迷醉地跟隨人潮瘋狂地逛來蕩去，把首選景點拋諸腦後。幸好它體諒遊客的易惑心情，自動出現眼前，心存感激，興奮莫名，趕緊加入購票的人龍。

畢卡索在十三至二十三歲這十年間，曾經居於巴塞羅納，對這裡他有份家鄉感情。一九一九年，畢卡索首次捐贈自己的作品給巴塞羅納，一九三二年他陸續把著名的「藍色時期」其中重要的作品寄贈。巴塞羅納政府終於在一九三六年，將這棟建於十三世紀，並於十五世紀被阿基魯勒裝修成賓館，又在一九三〇年由政府規劃成美術館的舊房子改為畢卡索美術館，此館共三層樓，展示室四十四間。過後，畢卡索不斷地將新作真跡或複製作品寄過來，至一九七〇年，這間以畢卡索命名的個人美術館，共珍藏他的作品三千五百件。

按照地圖一層一層觀賞。畢卡索的繪畫才華在幼年時期經已顯露無遺。一八九六年尚於稚齡的十五歲少年，呈現出一幅令世人驚詫的大師風範油畫《初領聖體》。面對這幅作品，腳步久久無法移開。

如不說穿那是十五歲少年的作品，肯定無法想像；如果告訴你那是一個十五歲少年的習作，你卻無法置信。無論從構圖、色彩和肌理的處理，這幅畫滿佈成熟的筆觸。不由得不相信，世上確有天生的畫家。

一路尋去，不見著名的《格爾尼卡》（Guernica）。只在三樓一間角落處的展示室，見一電視和一個大影幕，正重複播放畢卡索生前繪畫的情景，坐下一看，是他在創作《格爾尼卡》的記錄片。

一九三七年四月二十六日，西班牙內戰期間，支持佛朗哥政府的德國在希特勒的領導下，空襲格爾尼卡，這一座西班牙著名的古城頓時陷入火海，人民傷亡無數。畫家為了表達對殘酷戰爭的控訴，以圖畫記錄這一刻的歷史事件。他用黑白灰的黯晦、切割式的構圖、誇張扭曲的人臉和身體描繪人民的驚悚、恐懼和絕望。就連在電視上也散發出一股荒涼氣味的《格爾尼卡》被評為「抗議地球上所有戰爭的永恆紀念碑」，為畢卡索贏得「愛國畫家」的榮譽。人們以為這位只懂得在男女情欲間打滾的藝術家，用這幅震憾人心的畫，作為他對世人的回答。

一心以為《格爾尼卡》真跡肯定在畢卡索美術館，得到的答案卻是收藏於首都馬德里的蘇菲亞皇后中央國立博物館。飛行一萬多公里到來，之前功課做得不足，結果緣吝一面。

惆悵陪我看過三層樓的所有展示室，走到樓下，戀戀不捨，重回以素描為主的樓下展廳。牆上懸掛著許多簡筆描繪的鴿子，質樸的線條乾淨俐落。在巴塞羅納的廣場、教堂、路邊、噴水池旁、公園、住家，處處皆鴿子。愛鴿子的畢卡索，索性把女兒取名為象徵和平的Paloma（鴿子）。

下午七點半，館裡的人潮紛紛往外散去，傍晚的昏暗街巷，人群照樣如白日一般鬧哄哄。我們走進去成為其中一份子，在永遠喧騰囂鬧的街道上無拘無束，步伐閒緩。

燈亮起來，天空的容顏是少見的絢麗，沒有星星和月亮的空中嵌著大片紫藍橙紅黃，是大畫家的潑辣手筆，地上的花都綻放到空中去了。大街想與天空比璀燦，馬路中間奢侈地辟為步行道，兩旁賣花鳥賣書畫的攤檔，錯落著咖啡座和餐廳，並間雜許多不同性質的藝術家在落力表演。男性的白雪公主、自得其樂的拉提琴人、活潑的雙人蕩歌舞蹈、畫漫畫的、畫肖像的、寫中國水墨書法的、還有那把自己包在布裡彎下身子變成一張椅子、也有那完全不動直直佇立、久久連眼睛也不眨一下的靜止人，經過時不妨給一點讚賞的小錢，亦可一路免費觀賞。有人走來，有人走去，擦身而過，閒暇無事，邊走邊停邊看，雙腳疲累，坐下來聊天、在路邊吃飯、在街頭喝酒，生活的種種壓力彷彿被周邊那沒有盡頭的歡樂浪漫的氣氛舒解了。

鬱積的不悅被清涼的夜風，快活的人群漸漸稀釋了去，生活本來應該這樣過。珍惜當下的愉悅，不急不躁不胡思不妄想。那是真的貓，假的貓，真的床，假的床，真的藝術家，假的藝術家，真的音樂家，假的音樂家，真的作品，假的作品，看到了，沒看到，有那麼重要嗎？

錦繡的夜空，歡快的海風，醇香的啤酒，新奇的海鮮飯，艷麗紛呈的五光十色風景，散漫安逸的步伐。不是人人皆有機緣到西班牙、來巴塞羅納、看到群貓、見到吊床、遇到大提琴手、參觀畢卡索美術館，閒適地和女兒一起喝啤酒吃海鮮飯。至於其他的一切，一切全讓它成為次要吧。

生活的真跡才是每個人生命中的最重要。

讓時間慢下來的城市

在西班牙旅遊不過幾天，已經對這地方生出無限迷戀。回來後固然時移事往，卻不願意清醒地讓自己遠離西班牙那種悠逸閒哉的慵懶節奏。每天不斷地想辦法找藉口拖延，久久，不想打開電腦開始工作。

抵達巴塞羅納時黃昏已過，約是七點半以後。從略為昏暗喧鬧的地下鐵鑽出來，車站外邊，金黃色的夕陽暖暖地映照一地，卡達露尼亞廣場四周的雕塑彷彿被灑了一層金子，不知是不是畫家提香剛剛提著他的畫筆經過，廣場因此鋪陳了一大片他最拿手的閃亮金色，迎接我們的，正是這片耀眼奪目的黃金色調。黃昏時分的巴塞羅納毫無一絲沉黯，反倒出奇地明亮光鮮。比手畫腳詢問街頭坐在風中乘涼的路人，清楚酒店的方向以後，拖著小小的行李箱，走在路的中間。

走在路的中間，是真實的情況，也是一個你無法想像的景觀。大路的中間竟然是行人道，兩旁瘦瘦的小街才是車行道。這個把大路讓給行人的城市。步行者被當成城市中最重要的人物。作為遊客的感覺真是無比愉悅。難怪時段已臨黃昏後，而人潮依然洶湧川流不息。

行人大街兩邊，小店林列，大多是雜誌店、圖畫店、花鳥店、還有紀念品店，小店和小店中間，則是各種各類別出心裁的表演者，有人因而稱此街為表演者大街。

一個全身黃金，包括身體也塗抹上黃金色彩的手執武器者，直挺挺地佇在街頭上，幾個小孩在旁邊故意逗引他，他的眼睛堅定筆直，頭部不移，如如不動，是個完全不受人惑的金色武士；有人扮演白雪公主，著名的童話人物在街頭並不奇怪，特別的是，居然讓她找到七個高度差不多的小矮人在她身邊圍成一個圈，仔細一看，嬌美秀麗的白雪公主竟是一個英俊男生喬裝的。還有人把棺木抬到路邊，棺門往上打開，一個死屍平躺在裡邊，再多看一眼，白得嚇人的臉色，彷彿沒有呼吸，他是如何可以那麼長時間屏住呼吸動也不動？真叫人費解。還有一個少女在拉小提琴，樂聲悠揚悅耳，美麗的小提琴手長得苗條修長，一張亮麗的臉沒有化裝上色卻比明星更搶眼，人比旋律還要吸引人。離她不遠處，是一個全身黑衣的老者，手執一把短槍，頻頻叫路人槍殺他，每殺一次，當然需要付費一回，槍聲響的時候，他中槍倒地的表情十足驚慌，抽搐幾下，像真的死了，觀看的人正在懷疑，他生龍活虎地又躍起來，許多小孩子在排隊等待要殺死他，黑衣老者以他短暫的死亡博取大家快樂的歡笑。

毫無意外地看到中國人，一張小桌子，在寫書法，是那種以花巧取勝的方式，字的旁邊刻意添加一朵花一隻鳥，外國人好奇地把自己的名字寫給他看，他幫忙翻譯為漢字，寫一張收取五歐元，再以毛筆蘸墨畫寫漢字在花花的紙上，生意挺好，消費者和藝術家皆大歡喜。

全世界有海水處就有華人，因而中國餐廳同樣不奇怪，自然應該是有的。是華人，說的是福州話。煮的是當地著名的西班牙紅花海鮮飯。遇到也是華人的我們，他們沒有一點好奇。也沒有微笑。

華人在海外，奮鬥史要落筆書寫起來，一滴淚中還要加兩滴血，微笑中總有苦的味道，不笑亦不奇怪。第二天晚上總算看到他的笑容，我們到這裡來吃飯。

住下來，隨處亂逛，有時左轉偶爾右折，無論走到哪兒，整個城市給你一種慢悠悠的閒情逸致。秋天的風吹送著清涼意，沒有緊張忙碌和匆匆趕路的人，連車子也是慢緩緩的，大家彷彿相約一起到這個喧囂中帶著優雅的城市來渡假。

走路的人很多，步行過幾條街，累了，就在路邊的咖啡座小息。喝杯茶，吹吹風，看看人，街頭風景永遠新鮮惑人，單是路過的旅客，不同國家的來人，迴異的衣著打扮，足夠讓你眼花繚亂，目不暇給。

似乎全城都是藝術家和旅遊者，工作的人跑到哪裡去了呢？

全西班牙只認識一個餐廳的侍者，來自巴基斯坦，他告訴我，在這裡，一年有三百六十五天，當地人平均工作兩百一十五天。「那麼其他日子呢？」已經成為當地合法居民的巴基斯坦朋友說：「放假呀。」天呀！需要具備什麼條件？要有什麼樣的資格？我大聲地提出問題，因為我也要留在西班牙工作了！原來西班牙人口三千五百萬，觀光客比這個國家的人口還多，每年到來旅遊的人大概有五千萬，因此無需擔心當地人們不工作，日子怎麼過。

成功推廣旅遊，每天不停地湧進來自世界各地的旅人，為西班牙賺取不少外匯。

據說全世界以西班牙這個國家最多假日。他們的節日名目之多，是普通上班族永遠也想不到的，比如說「佛朗明歌舞蹈節」、「沙丁魚節」、「屠龍節」等等。

難怪在巴塞羅納走來走去，一種渡假的悠閒感覺一直跟隨著我來來去去，原來不是因為自己在渡假。「每天都是這樣的。」巴基斯坦朋友理所當然地笑起來，「全城人都在渡假啦。」

有個朋友說，他以前公司的大老闆，到西班牙渡假一個星期以後，回家把公司股份全部賣掉，全家移居西班牙，一個全城人無時無刻都在渡假的城市。

如果沒有來過，就失去享受那份時間慢下來的美好的機會。旅遊廣告時常在宣傳文字中張揚，什麼什麼地方，是每個人一生中一定要來一次的國家。下回不妨選擇西班牙，也許你的人生觀會因而有所改變。

浪漫的風車

走在稍稍傾斜的山坡路，於每個轉角處，不自覺慢下步伐歇一歇腳，順便抬頭探望迎面而來的風景。涼涼的風喜歡在這個時候習習掠來，拂面時的舒適愜意，在春天微寒的風中輕輕回蕩。列隊的大樹昂然挺立在窄窄道路的兩旁，散落在綠樹紅花裡的陽光，彷彿絲線一樣穿射過葉子的隙縫，投影在行路遊人的身上，失去它應有的灼熱，給人加深了澳門是個溫馨城市的印象。

這個城市的景觀和有著二百多年歷史的南洋小島東方花園檳城極其相似。街邊處處是融合中西文化的古樸建築，路旁植滿青翠碧綠挺拔成蔭的大樹，小鳥隱蔽在鬱鬱蔥蔥的樹葉叢中，鳴唱著清脆悅耳的歡樂，彷彿叫行人別走得太快，更別忽略了賭場以外的自然風光。

步伐輕鬆的徒步旅人，像在自家門前閒適地散步，不時和佇在街頭巷尾觀看地圖尋覓景點方向的旅客的畫面相遇，蹀躞在澳門路上，來自檳城的遊客多了一份從容和親切。

道路旁的老建築，有些正重新上漆，清新得叫人認不出那是旅遊手冊介紹的古蹟，尚有更多是經已褪了色的牆壁，斑斑駁駁的牆影，浮現出不規則的深淺不一圖案，像被歲月的大手隨意汲灑上不同的顏色，色系是暗淡無光的暗灰，而且在混色的時候攪和得並不均勻，出來的結果似那年華流失的女人，原來飽滿嫩滑的臉孔不僅長出了皺紋，還添上點點浸漬著歲月痕跡的黑斑，叫人禁不住要為守不住的美貌嘆息。時光分秒不誤地向前走，非常公平，從來不為任何人事物停留。意味著古老滄桑的舊式建築，永遠讓人看著眼前的古舊殘破，一邊自然而然地加入許多對過去也許正確也許錯誤的幻想。

澳門有一段什麼樣的過去呢？

四百年前原是個小漁村的澳門，今日變身為賭場聚居地，已經超越美國賭城拉斯維加斯，成為全球最大的博彩市場。大部分的遊客為賭而來。縱然有些當地居民不滿澳門的名氣來自於林立的賭場，可是，澳門因為博彩業而繁華與聞名卻是難以爭辯的事實。

澳門的吸引力到底是否就博彩那麼簡單淺薄？她是不是那種漂亮一下子就被看完了的女人？或是有品味兼具素質的深度美女？

旅遊者往往在路上尋找自己需要的感覺。每個旅行者所需和感受、眼光和要求，標準又都不一樣。因為不同的感覺和看法，旅遊網站裡曾經到此一遊的觀光者，各說各話，卻都沒有錯。

每個結論，都是各自眼中心底的澳門印象。

令人驚奇的是澳門民風的淳樸。一般民眾打扮簡便樸素，售貨員大部分笑臉迎人，在街邊問路時，往往受到熱情對待，計程車司機多有禮貌，商場裡購物還錢時，排隊的市民都充滿耐性極有秩序，這種種表現，體現了澳門人良好的文化素質。

這和當初未臨澳門時的想像相差很遠。兀自以為賭場充斥的城市，肯定到處刀光劍影，也許還血雨腥風，宛如在電影裡看到的鏡頭，三不五時有人拔出一把槍，砰砰砰，即刻便有人倒在血泊的地上。想像帶來的誤差，更對澳門歉意深重，也因此更添幾分好感，湊足十分。

因為安全感，步伐益發緩慢悠逸。走走復停停，發現澳門人喜歡在佔地不大的露臺上種花樹，就植在盆裡，數量不多，可能是季節，花都開得極之茂盛。在路上閒走的旅人，眼睛忙碌地左觀右望，老是被露臺上靜靜在綻放的花兒吸引。經過一段時間以後，是第二天下午吧，才突然看見許多人家甚愛在露臺的花盆中，插一支風車。每當風一吹拂，風車就不停地旋轉，像有人在露臺上，急速地劃出一圈圈叫人目眩的繽紛色彩，帶給人浪漫的幻想。

「澳門人居然如此期盼風來的日子？如此『好』美？」忍不住問澳門的朋友。

「不是不是，不是為了風，不是為了美，那是為了對博彩的一份期待。」澳門的朋友笑了。「這叫轉運的風車。希望不好的運氣讓風轉一轉，把好運轉來了。」

就像澳門獨有的人文景觀和中西文化藝術的融合一樣，浪漫和現實，雖然存在著距離，卻可以並存不悖。

這就是澳門吧。

蘭桂坊的寂寞

不過是兩條鋪設鵝卵石的街巷，狹窄而短小，每條巷子步行約十分鐘便走完。巷道兩旁全是小酒吧和食肆，店名和裝飾傾向西洋味，別看這裡地方不大，據說經營著超過五十間酒吧食店之類的消費場所。

在陸羽茶室吃過晚餐，人還浸漬在董先生那令人深思的笑話裡。不是不明白偶像也不過是人，但董先生的幽默雅趣教人在道別以後還帶著微笑。我的步伐悠緩閒逸，然而期盼過久而心情急躁的蔡迫不及待推開陸羽茶室的大門，語氣極其興奮，走走走，我們現在馬上過去。

晚餐之前，我們從銅鑼灣過來，乘搭的士大概十多分鐘便抵達陸羽茶室，一到茶室，蔡先緊張地向侍者探詢路的方向，聽說就在陸羽茶室背後，她於是安心等候晚餐後的觀光。

穿高跟鞋的蔡，忘記她白天與我抗議說腳痛的沮喪，和飯局的主人說過再見，她腳步快捷，恨不得早一分鐘抵達目的地。一路走去，全是斜斜的山坡路，路的兩邊都是營業的商店。

佇在「蘭桂坊」的路名牌子下面，旁邊就是一支亮晃晃的街燈，蔡把她手上的相機遞過來，「我一定要拍一張照片回去，天暗得快，你趕緊幫我拍。」

在燈紅酒綠的酒吧前，攝下可愛純真的蔡一臉歡容。「再一張。」她說。「我深怕拍得不好。」一連按了數下快門，她才放心下來，容顏燦亮：「來！我們往前繼續走去看看。」

酒吧和餐廳，門面皆極狹小，巷子都是斜坡道，流連在這兒的是衣著時髦打扮新潮的年輕一代。在香港處處可見的7-11轉個彎，抬頭便望見「一九九七」四個大字，那是一家酒吧餐廳。據說這家是老店，早在一九八六年就已開設，為的正是迎接一九九七，表示對香港回歸中國的期盼。

香港的朋友曾經帶我進去，也是晚餐後爬到樓上，縱然吃不下東西，兩個都不喝酒的人聽著狂野的南美音樂在耳邊繚繞，捨不得走，結果選了有汽的水，喚來新鮮芒果汁，還有一盤凱撒沙拉，純粹想要感受一下當天晚上的氛圍。

蘭桂坊被譽為香港的文化特區，逢節日如元旦除夕夜、聖誕節、萬聖節、蘭桂坊節等等，這裡主辦街道嘉年華會，本地人和遊客紛紛到此大肆慶祝。

不敢小看這兩條毫不錯綜複雜的短短小街，蘭桂坊的名氣很大，影響力不小，到處有人以蘭桂坊為招牌。在廣州，曾經在沙面的蘭桂坊餐廳吃過泰國菜，雖然味道不怎麼樣，但洶湧的人潮令人無法不吃驚，排著長隊在等著安排位子的時候，不斷有食客加入人龍的尾巴。後來在澳門，經過新開張的蘭桂坊酒店，房間以現代化的新穎設計為招徠特點，生意極好，要住房必需提早預定。

五月在無錫，來自江蘇的蔡和我同房時就預先約定，七月到香港開會，要我無論如何帶她一遊蘭桂坊。其他地方沒有去也不要緊，她說，再度強調：除了蘭桂坊。

幸好蘭桂坊果然以繁華曼妙的姿態迎接對她懷著無限美好憧憬的蔡，從蔡的驚艷目光看見她雖有些眼花繚亂，但這份永不消散的節慶氣氛落實了年輕女孩的嚮往。

經過「一九九七」再往前向右拐，順著坡道往下山路走，蔡倏地停下腳步，轉過頭來與我興致勃勃建議：「別那麼快離開，隨便找一家酒吧，我們坐下來喝杯什麼，感覺一下這裡的氣氛。」

許多酒館在播放各自的音樂，喧囂紛鬧，有人就在路上隨著店裡的音樂搖擺跳舞，周圍散發一種自由歡暢的風情，難怪年輕的蔡踟躕不去，駐足留戀。

「就這兒吧？」她指著一家酒館，望進去，燈光黯淡，陳設簡單，佈置沒有什麼特色，人也不多。我聳聳肩，像這樣的酒館，到處都有，只因這裡是蘭桂坊，就給蔡不一樣的感覺吧？

隨意坐在門口角落靠街邊的桌子，高腳的圓凳，女侍者過來問，要什麼？兩個沒有泡酒吧經驗的人，在餐牌上找了半天，隨便叫兩種不同牌子的啤酒。價錢並不特別昂貴，大概是三十港幣一小瓶。蔡充滿興致，老實地宣告：「其實不是真的要喝酒，只是想感覺一下，回去和朋友說一說，我來過蘭桂坊，還在這兒喝了酒。」她舉起相機不停拍攝，除了酒館內外的風光，並把餐牌和侍者剛送來的兩支啤酒拍在鏡頭裡去了，或者她也恐怕這略帶幻夢感的浮華不是真的吧？

街上行人接踵摩肩，霓虹燈不斷閃耀，周圍浮游著飛揚豐美的流光溢彩，有些人不進店裡，就站在路上端著酒杯對飲，更多是到處取景攝影的遊客，衣著時髦的年輕人比例高些，聽說這裡的景觀越夜越精彩，十點以後益發沸騰喧嘩。對面的酒吧已經開始有歌手在演唱，是英文歌曲，歌聲婉約纏綿，叫人低回不已。記得上回來，路上亦有類似的歌聲飄過。已經忘記那次那人唱的是什麼歌，可不知道為什麼，兩次在蘭桂坊流連時，都讓我想起梅艷芳。

想起梅艷芳的那首《女人花》。裡面有這樣一句歌詞：「女人花，隨風輕輕飄動，只盼望一雙溫柔的手，能撫慰內心的寂寞。」

如果有一雙溫柔的手，能撫慰內心的寂寞，蘭桂坊的人潮不會有那麼多吧？

輕輕地啜了一口啤酒。是什麼牌子呢？沒刻意去記，只是每一次飲啤酒，都覺得味道總是帶點苦。彌漫著一片觥籌交錯火熱躁動的蘭桂坊，就像酒杯上的那圈泡沫，底下浮移的是泡在酒吧裡的人那份寂寞孤獨的惆悵吧？

心中的前地

下車的時候，一陣微寒的海風拂拂地迎面吹來，收在皮包的薄軟圍巾便有了亮相的機會。將冷颼颼的手指收進風衣的口袋，不算炎熱十分但明媚非常的陽光照在身上，寒風之中也有了溫馨的暖意。住在馬來西亞，幾乎每天都深刻體會著在灼灼炙人的烈日下散步的經驗，難得遇到這麼好天氣的早上，叫人忍不住心情愉悅腳步輕快起來。

澳門的早晨，像文章有一個好的開始。

無風無浪的港灣，遠遠有幾隻鳥，想像它們是海鷗，正在快樂地飛翔。另一邊是守護著澳門內港入口，最古老的廟宇媽閣廟，在對面等待我們。沉靜的早晨，人不算多，但香煙已經開始裊繞。廟不大，山也不高。在四百年光陰漂染過的味道的空氣中，聽著澳門的朋友陳迎憲說著當年流傳下來的故事。

一艘漁船在海上航行，突然遇到狂風暴雨，危急關頭，一位少女出現，指示風暴停止。風雨果然即刻過去，大海恢復平靜，漁船平安抵達島上。上岸後，少女往媽閣山走去，船上的人只看見一輪光環，瞬息間，少女竟化為一縷青煙，隱沒不見。後來，當地人在她登岸的地方，建築一座廟宇，供奉昔年澳門漁民信奉的海上守護神天后娘媽。

十六世紀中葉，第一批葡萄牙人抵達澳門，上岸指著島上問，這裡是什麼地方？居民循著葡萄牙人的手指看去，看見媽閣廟，於是回答「媽閣」。葡萄牙人便以其音譯為MACAU。這便是澳門的葡萄牙文名稱的由來。

小小的廟，外觀平凡普通，年代雖久遠，規模並不大，也毫不堂皇，然而保存得非常完整，是澳門的文化歷史源頭，終於成為世界的文化遺產。

從媽閣廟後山走下來，靜謐的小巷裡一排空置的長椅子閒閒而刻意地，帶有任務般擋在一列綠色的葡式建築物門窗外，時光流逝的痕跡在綠色的古老牆上閃爍著滄桑的意味。近距離瞧望著綠牆上的牌子寫著老街的名字「萬里長城」，澳門是近代西洋建築傳入中國的第一站，在澳門開埠的第一條街道，取這路名，當時的居民是心思北京或者是遙想中國呢？

一路緩緩行去，路面由平緩到陡斜，建築物以各種不同的風貌迎接好奇旅客的目光，走幾步路，便忍不住誘惑，停下來觀賞路上的花、樹和建築。有幾株聚生的花兒從人家的屋子斜斜舒展出來，延伸到圍牆外，一叢叢狂野耀眼的絢麗在迎風搖曳，彷彿不甘寂寞在騷首弄姿地呼喚著路過的人，看我，看我。

從斜巷往右折，一座設計宏偉，充滿歐洲風味的大樓迎面而來。那日正好是假期，空無一人的大樓，只有時間在寂寞的樓道裡靜靜流淌。俗稱水師廠的港務局大樓，原是摩爾兵營，當時由印度過來澳門的員警在此駐紮為營地。

一群人嘆為觀止地欣賞著眼前古典而不過時的美，這是一八七四年，義大利人卡蘇杜設計出來的永恆優雅。佇在樓道的陽臺遠眺，回廊上圓形的石柱子遮去略為刺眼的陽光，在陰影裡，植著沉默在綻開的盆花和無聲卻茂盛的綠葉。澳門人喜歡到處種花植樹，蔥籠的樹木，繽紛的花朵，茂密的草叢，處處可見。更為動人的是，毫不排斥，卻積極地延續葡萄牙人在四百年前帶來的大廣場和小前地的傳統文化，以維護的心思來保留城市的歷史感，美化的不只是行旅過客眼中的風景，還風雅了當地居民的心靈。

沿著窄窄的斜巷，漫步到阿婆井前地，背著花樹，對著流水，我們在樹蔭下坐了下來。這是一個小小的，感覺貼心的花園，讓匆忙的行人，倦乏的遊客，路上有一個休息的地方。

阿婆井是葡萄牙文，意思是山泉。原來這裡以前是澳門主要的水源，靠近內港。葡萄牙人最早聚居的地點之一。相傳喝了阿婆井的水，永遠忘不了澳門，如果沒有機會在澳門成家，那麼以後肯定還會再來。

真喜歡這些溫馨親切的美好傳說。從前的人，用這樣的傳言來表示他們的真心誠意，熱情地歡迎遠道而來的客人，並且殷殷期待下一回的相聚。

時光在流轉，水依樣在流。阿婆井的水從類似我在西班牙巴塞羅納路邊看見的嵌於牆垣之間的獅首嘴裡流吐出來，底下有一小池，池水看起來清澈澄明，可是已經不能喝。空氣中的微微水氣，為流汗的旅人添加一絲體貼的清涼意。

走路在澳門是樂事，多是地勢略陡的山坡路，氣候再怎麼涼快，也會出汗，但不覺得疲累。每一條路都不長，幾乎一直在拐彎抹角。短短便來一個轉折，每一個轉折處，出現一道漂亮的風景，充滿了回味的腳步在繼續前行時因此有了新的期待。

建築物的西式特色很強，風格不太一樣，卻又有其相像之處。路上行人不多，旅客不少。擦身而過的人大多步調不緩不疾，氣定神閒，自有其從容風度。

到了建於一八七二年的鄭家大屋，原來是中國現代思想家鄭觀應的故居。觀光書上的介紹說，那一院落式的大宅，外觀似中國建築的結構，屋頂樑架窗戶，包括精緻典雅的雕花鏤飾，在在都屬中式傳統；室內的天花板，門楣窗楣卻深具西方特色，是一間足以代表澳門的中西融合的大屋。

其實何只是建築，數日逗留，讓人驚艷的是，在時間的沉澱下，東西交融已經滲透到日常生活的方式，結合以後產生了不完全傳統，也不完全時尚，而是恰到好處的優雅且諧調的獨特澳門風格。

鄭家大屋正在裝修，尚未完成，本不開放，幸得陪同我們一起閒遊，會說葡語的澳門朋友陳迎憲的幫忙，徵得葡籍守門人的同意，一群人方得以入內參觀。進門是個橫式的玄關，鏤花的水泥牆上攀著互相纏繞的葡萄藤和葉子，經過一個月門，便是直闊寬敞的大院子，樹下有張長條原木凳子，很自然地就坐了下來。抬頭看不遠處那幾棵古老的大樹，聽棲息在樹上的鳥兒斷斷續續的嚶嚀啁啾，溫柔的風輕輕吹來，地上幾片落葉微微飄蕩，天空一片蔚藍，讓幾片白雲慢慢遊過，陽光透過樹葉在地上蕩漾，一個幽靜得讓人在日後回憶時一定要想念的早上。

眷戀著眼前的美景，捨不得離開，繼續坐著，周邊的安寧恬靜漸漸渲染到人的心裡頭，悠然怡悅間，深深地感覺歲月是如此靜好。

女兒笑說，這莫不是鄭家大屋前地？

上上下下的斜坡路，不寬也不高，具有曲折的美感。路旁的房子多舊建築，五六層樓左右的公寓，雖緊密且老舊了些，看起來竟很乾淨，門邊或地上，擺有小小的神位，那天應該是農歷初一或是十五，很多人開門出來，專為點一支香。

晃晃悠悠漫遊式地走，並無刻意按圖索驥，竟也一再與觀光書上的景點不期而遇。

澳門三大古教堂之一的聖老楞佐教堂，雄偉壯觀，花園內種植不少馬來西亞也很多的棕櫚樹，一片生趣盎然的綠意。教堂左右兩邊都是鐘樓，一是報時用的時鐘，一是教堂望彌撒所用的銅鐘。屋頂是中國式的金字瓦面。沿著石製梯級爬上去，直達教堂門口。禮拜堂內懸掛古老精美的吊燈，祭壇中間供奉著聖老楞佐的聖像，周圍一片純靜安祥。原是十六世紀中葉的建築，目前規模形成於一八四六年，一九七九年曾經進行粉飾裝修，屬歐洲古典式美侖美奐的教堂，堂皇氣派的建築帶有巴羅克風格，但在澳門華人的嘴裡，變成華族喜愛的吉利名字「風順堂」，帶著祈求風調雨順，有庇佑平安之意。

繼續前行不遠，巍然矗立著為傳教事業栽培了大量中國和東南亞各地的教會人才，被老一輩澳門人稱為澳門天主教的「少林寺」的聖若瑟修院與聖堂。一七四六年開始動工，歷經十二年才落成的聖若瑟修院與聖堂，一九〇三年曾經重修，一九五三年再度整修。氣勢嵬峨、肅穆莊嚴，其中一塊奠基石佐證了聖堂的歷史。在聖堂右邊高塔上，有兩個大小不一，浸漬著二百年歲月的銅鐘，是當年義大利著名鑄造家卑他利華建造的。抬頭仰視，明亮溫馨黃色的外型和澳門地標巴羅克式的建築風格的大三巴牌坊相似，被本地人稱為「三巴仔」。

環境清幽的崗頂前地，原稱磨盤山。地上的路面由許多碎石鋪就，仔細一看，原來排列出來的是波浪的形狀和海裡的生物。由於圖案斑駁，每一步踩下去，都叫人花了眼，然而隨著視覺的盛宴，腳下迸發出一股濃厚的歐洲風情。

周圍的古建築不少，因修建兼照顧得好，足以承受著時間的重量和力量，具有古雅之美卻無蒼涼之感。一百四十九年前興建的崗頂劇院，原稱伯多祿五世劇院，主體部分先建好，直到一八七三年，才加健具有新古典主義建築特色的正面。它是中國第一所西式劇院，供戲劇及音樂會演出之用，是當年葡萄牙人社群舉行重要活動的場所。

四百多年前由聖奧斯定教會創建的聖奧斯定教堂也在附近，一八一四年重修後保存至今。每年二月或三月耶穌受難聖像巡遊，由此教堂出發，被迎到主教教堂，聖像留在主教教堂接受祝禱，隔天由教士們抬著受難耶穌聖像出遊後，再送回聖奧斯定教堂。這個原於一五九一年建築的老教堂，最初非常簡陋，以蒲葵葉蓋在屋頂上遮擋風雨，華人覺得遠看起來像龍鬚豎起，故稱「龍鬚廟」。

幾乎所有西方教堂都有東方名字，東西方文化的交融擦出了亮麗的火花，同時也顯露了彼此對對方文化的尊重。未到澳門，沒有帶著特別的憧憬或嚮往，更不知在澳門清靜莊嚴的教堂星羅棋布，只知有很多炫目耀眼的賭場。來到澳門，置身於歷史和現代互相輝映的現場，發現有人每天躁動不安地在裝修得奢華燦爛的賭場出入，另外還有很多澳門人寧靜自在地過著淳樸平淡的簡單家常日子。

時間在澳門沒有門檻，時間在澳門也不曾斷裂過，在大街小巷閒逛，看見深邃的傳統，感覺濃郁的歷史文化，不管是建築物或者生活方式。新和舊，現代和古老，相互包容，相輔相成。在如此豪華又如此樸實，如此新穎又如此懷舊的地方過日子，如果不能成為哲學家，卻也能夠更有智慧地看清自己，學會選擇，一個人到底需要什麼樣的生活？

葡萄牙人留下閒逸從容的生活方式，陶冶了澳門人今日的步伐徐緩，怡情適性的生活態度。在倉促匆忙的擠迫煩亂年代，澳門的單純恬淡不只叫人羨慕，還是局促在都市裡緊張地爭先恐後的今人，追求樸直無華的慢活日子的典型模範。

夜晚回到暫時的宿處，大家閒閒地喝著冷凍啤酒，望著露臺外邊閃爍的萬家燈火，閒閒地聊著澳門，突然想起，抵澳至今，不過兩天，已經走過媽閣廟前地、阿婆井前地、崗頂前地、議事亭前地、還有女兒說的鄭家大屋前地。

就是這些前地，讓生活無意中多出一份閒情逸致。而這些前地，恰恰也是澳門最具特色，最有價值的地方。

生命的道路，在疲憊和倦累時，假如有一片前地，可停下來稍稍歇腳，觀賞一下周圍的景觀，在片刻的安閒中喘一口氣，聞聞花香，聽聽鳥語，調整呼吸，重新灌輸力量，於是又可站起來，充滿活力地把人生的路繼續走下去。

紛紜雜亂的煩囂世間，但願每個人心中都有一片前地。

雞蛋花的味道

漫步香港太平山頂的環山行道，除了觀賞維多利亞港灣璀璨奪目的繁華夜景，在山道旁尚立有不同種類花樹的說明牌子。今年夏天的黃昏經過一株含苞待放的花樹，葉形和樹幹都極為眼熟，佇腳停看，牌子上書明：「番花樹」。還未仔細閱讀內容，一起同行帶著相機的C說：「別看了，讓我把說明拍下來，下回再見時給你吧。」

遠在中國江蘇的C，春日時曾在廣州會面，這個夏季在香港相聚，再見的時候將是秋天的末尾。那番花樹只好暫時保留在幻想中。可是，瞄望說明和觀看花樹時，感覺那應該就是馬來西亞人稱為雞蛋花的樹吧。

馬來西亞到處可見雞蛋花樹，尤其是馬來人的墳墓旁邊，幾乎一墳一棵，馬國華人因此認為這種樹可牽魂引鬼，拒絕在自家庭院栽種。

驕陽似火，四季炎熱的馬國天氣，雞蛋花樹其實挺適合當成遮蔭的樹。這花樹樹幹少有挺直往上長，長成蒼天古木更是稀罕，總是生長一段就開始分叉，分出來的叉，樹幹和原來的母樹幹一樣大小，非常對稱，遮蔭效果良好，觀賞起來也很漂亮。馬國雞蛋花大多花心裡邊為雞蛋黃色，漸漸過渡般轉乳白至外沿，五瓣一朵，成綮地綻放時秀氣芳香，可惜迷信的華人見著這花樹如同見鬼，總有所避忌地絕不種植，因心裡抗拒，平日生活中也和雞蛋花界線分明。

這裡的雞蛋花有一種曖昧的氣息。

印尼巴里島的情況正好相反，整個巴里島都被雞蛋花樹包圍著，甚至有人稱巴里島為雞蛋花的故鄉。巴里島的雞蛋花，花瓣除了雞蛋黃的顏色，另有紅中泛紫的一種是馬國少見的。巴里島人把這花栽種在地上，除了路邊兩旁行道樹，普通人家的庭園、商店的門口、寺廟的空地、酒店的花園等等，觀光旅遊四處可見。巴里島人還喜歡把雞蛋花插在酒店的房間，插花的形式和普通插花法很不一樣。每天清早侍者摘下新鮮盛開的朵朵香花，浮在盤子裡的清水上，讓房間蘊藉一股清清香味，午休時段，將睡未睡快入夢時，聞著聞著感覺愜意舒服，彷彿有個美好的夢，在等待人睡進去。

巴里島對雞蛋花樹的喜愛不僅於此，他們的女人喜愛把剛開的花簪在耳朵邊，也有插在束起的馬尾上頭，或別在上衣胸口，戴雞蛋花的巴里女人，穿著合身瘦腰的馬來傳統服裝，著上紗籠當裙子，走路時款款搖擺，裊娜綽約，嫵媚明艷，別有風情。走在烏布市場，擺在攤檔上，有不少假的雞蛋花，極有創意地製作成髮飾、別針、手環、磁貼、鎖匙扣等等，皆是具有特色的巴里行紀念品。在印尼被稱為Plumeria的雞蛋花樹正是巴里島的島花。

這裡的雞蛋花有一種悠閒的氣味。

七月接到臺灣老畫家焦士太的快郵。兩年前一起受邀到鄭州的「亞洲新意美術聯展」時相識，爽朗熱情的焦老當時就毫不掩飾他的歡暢。在信上焦老說他到馬來西亞畫展，信中附來馬國行程表，收信當天他正在回家路上，立刻電話聯繫導遊，知曉一團人半路將暫停馬六甲一個小時午餐，餐後即刻開往柔佛過長堤到鄰國新加坡上飛機返臺。我們開車往南部追去，在馬六甲陳禎祿街頭，八十多歲的焦老一見便擁得緊緊的，一邊流淚哽咽：「我以為這一趟再也見不到了……」話猶未完又接著：「我真高興！我真高興！」說著脫下淚水濕花了的眼鏡，用手背擦那繼續在掉下的淚：「你不要笑我，你不許笑我。」摟著不放一起到了畫家譚紹賢畫室門口拍下相聚的照片。譚紹賢畫室是馬六甲特有的老建築，那兩百多呎長的老房子裡，中間有兩個天井，前廳那一個，剛買來一棵雞蛋花樹，只餘幾片葉子，卻盛開數朵五個外沿白色中心朱紅泛紫的小花瓣，成絮在散發一股清雅香味，後來焦老依依不捨跟其他臺灣一起來的畫家上旅遊車走了，但在那雞蛋花的香氣裡，一直就汪著友情的淚水。

雞蛋花的花期很短，一夜之間掉落一地，可是，澆下焦老的友情眼淚，讓那個下午充滿友情芳香的雞蛋花永不凋謝。

不知道什麼時候還有機會再到香港太平山頂去看番花樹？非得細細讀讀那說明，究竟是不是我喜歡的雞蛋花樹？回來以後，心裡不停地懸掛那數朵含苞欲放的花，下一回在香港，會不會看見綻開的鮮花？它是紫紅色或蛋黃色的呢？懷想著，充滿期待。

看見星星的地方

一到夜晚，無論身置何處，情不自禁要抬頭，往夜空中尋找星星。

那年旅遊到內蒙，草原上的星星夜空，竟是此行最難忘的印象，另一個深刻印象是一個人，那用心靈唱歌的蒙古人騰格爾。

留宿蒙古包的夜晚，一群人也許有睡意但皆無意早睡，同團旅者大多頭一回在草原過夜，興奮兼好奇，捨不得一望無際黑黝黝，暗鬱鬱充滿神秘的大草原，在太陽落山後面貌完全更改一番，不似白天清晰可見的半青綠半黃褐色大地。舟車勞頓令疲累爬滿全身，可誰都不肯回蒙古包休息，拚命撐開眼睛，群聚在一片大草原中蒙古包和蒙古包之間的草地上，耗著聊天。不知是誰升起的火堆，火光忽明忽滅，照樣為圍繞的人們添加一點溫煦暖意。眾人把外套圍巾將自己包得密密實實，草原的夜風掠起來，森森寒意刺骨不饒人，堪比冬天清晨的冷空氣。

草原的風應該傳來沙沙沙的聲音，此時隱約作響的卻是騰格爾的歌聲。一九八六年他譜了一曲《蒙古人》，一舉成名。五年後他作詞作曲並演唱《父親和我》在第二屆亞洲音樂節上獲得中國作品最高獎，一九九二年榮獲蒙古人民共和國最傑出人士「金鳳獎」，一九九四年他擔任謝飛導演的電影《愛在草原的天空》片中男主角和音樂製作，獲第十九屆蒙特利爾國際電影節最佳音樂藝術獎。在中國算很紅的歌星，當我向一團人提起，他們毫無認識。聽到當地音樂唱片小店播放蒙古人的錄音磁帶時，那具有強烈感染力的歌聲一蕩開來，眾人即時洗去對他的陌生感覺，紛紛掏出腰包爭相購買。這倒完全可以理解。我首次聽到騰格爾高亢激昂涵著動人深情的歌聲時，也是馬上為之傾倒。

騰格爾受訪時說：「我是用心靈唱歌的。我不僅把自己對故鄉的熱愛眷戀之情注入到音樂創作和歌聲中，而且也把我對故鄉及其生態環境的憂患情結注入其中，我的創作和歌聲中充滿了沸騰的血性和理性激情。」

所有用生命心靈奉獻的作品，不只是音樂，包括文學、藝術、舞蹈等等，沒有人可以忘記那美妙和動人。

在內蒙，無論白天夜晚，無論走到哪兒，騰格爾渾厚粗獷的磁亮歌聲老在周圍流蕩。風中那像草原一樣遼闊，富於民族特色的歌聲，讓人似乎擺脫了城市的喧囂，嘹亮和壯美的聲音唱出了草原人豪邁和深沉的特質。

騰格爾是內蒙天空中一顆最璀璨的星星吧。

幻想有這樣豪邁深沉的朋友。

無意中抬頭，天空低低的，成語手冊裡的「星羅棋布，星河燦爛」，居然全是真情實景。之前以為文人多誇張，以為不可能存在於現實，原來只是因為沒有看過。

對於自己不認識，不知道的事情，人們不肯接受，推拒在外，不曉得最後損失的人卻是自己。

密集的星星，怡然自得在澄淨的天空中閃爍，似真似幻，泛著點點光亮的星星，如此遙遠卻如此清澈，彷彿我們只要繼續往前走，去到盡頭，手一伸便觸及天空中盞盞亮燦燦的星子。

有人聽到，笑起來，你真幼稚。

也許是。但漫天繁星是多麼華美浪漫教人心動，那些喧鬧紛亂，吵雜浮躁，慌張不安，在晶瑩星星寧靜地慰藉下，逐漸逐漸消失，一顆心終於安定了下來。

是嗎？有人不相信，怎麼會有這樣的事？

多年前讀過臺灣詩人畫家羅青寫的詩，冷不防跳進我腦海中：「天上的星星，為何？像人間一般的擁擠著？地上的人們，為何？又像星星一樣的疏遠？」盡管如此，在沈入內蒙的夢境之前，我在想：不管怎麼樣，非要選擇住在一個看得見靈動剔透的星星的地方。

澳門的尋找

一、尋找盧家大屋

來自廣東新會的商人盧紹華，發跡於澳門，留下具有蘇州園林特色的盧廉若公園和一間體現了澳門民居中西合璧的盧家大屋。這座依照廣州西關大宅的建築，保留得極為完整。獨特處是既有中式的磚雕、灰塑、橫披、蠔殼窗，又有西式建築的假天花、滿州窗和鑄鐵欄桿等，東西方兩種建築裝飾的結合，使它成為澳門歷史城區的著名景點之一。

去年到澳門，跟隨當地朋友，無需左尋右覓，步履從容便走進樓高兩層的老建築。在這一九九二年被澳門政府評為「具建築藝術價值之建築物」裡，緩步慢行細看。厚青磚大屋的設計格局建有多重天井，便於房子的通風和採光，廳內涼快舒爽，坐下來稍事歇息後，仍不想離開。

走到外邊向前一看，大屋原來座落在小食店林立，人潮熙來攘往的大堂巷。離開之前回首一瞥，正面窗戶是葡式百葉窗，其中上方左右兩扇以金屬包角，窗戶上邊是西式的半圓形彩色玻璃窗，玻璃窗上卻是中式的灰塑裝飾，對這融會中西別具一格的建築特色，留下極為深刻的印象。

重臨澳門，再度佇於來自葡萄牙碎石子鋪就砌成，黑白分明卻像波浪一樣充滿律動感的路面，每踩一步彷彿踏在優美音樂的旋律上。議事亭前地兩邊的老房子多是著名的小食和手信店，如鯽遊人永遠地繁多紛雜。眾人手上大袋小包全是當地著名土特產，杏仁餅的袋子為最多。議事亭前地中央的噴水池，擺放著象徵葡萄牙航海遠征的天球儀仍在早上的陽光下閃著明亮光芒。深具澳門特色的拍照背景，在人人都懂攝影的年代，照相的遊人充滿自信以自己的眼光取景。

眼光落在去年曾經驚艷的玫瑰堂、仁慈堂、民政總署大樓、郵政局，周圍著名景點皆西式建築，反而令我想起了中西合壁的盧家大屋。

生命旅途中，往往有些不愉快的經驗，受到欺騙更叫人難過和難忘。但我的記憶應該不會欺騙我。那是澳門唯一的天主教座堂，每年盛大的天主教子夜彌撒、耶穌聖像巡遊等大型活動皆在此舉行。大堂的意思不是教堂中的最大或最宏偉，而是最具威嚴的象徵。那條路很容易記，就叫大堂巷，漫步過大堂巷，便可見盧家大屋。

興致勃勃地左轉右拐，天主教座堂就在眼前，位於高處的大堂前地，中央亦是個小小噴水池，周圍環繞提供遊人休息的鐵椅子，三三兩兩的人隨意坐著。上午的陽光明媚，微風輕輕穿過噴水池拂來，一陣清清涼意掠過。公園小，比剛才的前地安靜很多，經過的人腳步晃晃悠悠，一邊在嚼著糕點小食如魚丸肉串等等，滿街在遊蕩的似乎全是漫無目的的閒情逸致旅人。

自信滿滿不急不緩經過天主教座堂，左顧右盼，盧家大屋蹤影不見。並且終於領教了澳門小巷的四通八達，穿來越去，居然重回到郵政局和民政總署門口的噴水池邊，在佈告板的大地圖努力辨認，看到明明已經走到面前，卻不見的盧家大屋就標在地圖上。

心未甘願，又再從板樟堂路走去。仍然回到大堂前地，轉來拐去，大屋呢？熾陽高照穿街過巷的汗流浹背人，最終放棄繼續尋覓，不浮不躁，仍可瀟脫微笑，按照佛家說法，這回緣份到此為止，切勿強求。可是，誰也不知道，也許還有下次？

二、尋找白鴿巢

葡萄牙富商皮利拉，於十八世紀在澳門建了一棟花園別墅。他有一個喜歡飼養白鴿的女婿馬葵士，馬葵士在這棟具有南歐建築特色的兩層樓別墅居住期間，飼養大量白鴿，人們遠遠觀望漫天飛舞的白鴿，稱這別墅為白鴿巢。白鴿巢前地的周圍，是葡萄牙人在澳門最早的居住區域，今天許多中國人也喜歡生活在這一區。屬於歷史城區的白鴿巢前地，二〇〇五年被列入世界文化遺產名錄，是入選的八個古老廣場之一。葡萄牙文的前地，意思是廣場。這個廣場華文稱白鴿巢前地，葡萄牙文名字卻是賈梅士前地。原來馬葵士除了飼養白鴿，另一個喜愛是葡國詩人賈梅士。為了紀念他喜愛的詩人，在清道光二十九年，也是西曆一八四九年，他花六百法郎到巴黎去訂製一尊賈梅士半身銅像，置放在花園的一個洞裡。相傳賈梅士的不朽愛國史詩《葡國魂》最後部分是在公園的石洞裡完成。當時洞口築了西式門拱，圍鐵攔柵，門傍題有中國式對聯「才德超人，因妒被難，奇詩大興，立碑傳世。」洞頂建六角亭，可攀石級登高望遠。一八六六年，石洞遭破壞，涼亭不復存在，石洞後經修復原狀，並重鑄賈梅士半身銅像，放回原處保存至今。

賈梅士的半身銅像，首次到澳門時已看過。那時我在小島最繁華的心臟地帶，發現一個畫廊。建有畫廊的建築物，古稱議事亭，即今日民政總署大樓。一五八四年以前為政府議事之地，原是中式庭院的造型，後改建具葡國風格的兩層樓，數百年來至今唯一不變的：這建築仍是市政府的議事亭。

民政總署大樓畫廊每年十二月主辦「全澳書畫聯展」，是澳門藝術界的重要展覽，既展現澳門書畫家的萬種風情，也讓政府議事的地方更具有文化藝術氣息。這裡還有個圖書館，收藏十七世紀至一九五〇年的外文古籍珍品，包括創刊於一八二二年的葡文報紙《蜜蜂華報》。這是澳門首份報紙兼中國的第一份外文報章，深具歷史價值。

觀賞畫展後，從大門走向花園，樓梯兩側牆面裝飾來自葡萄牙的青瓷磚，間中有類似龍的動物瓷磚畫像，穿過梯階，突見明亮的天空，一個出乎意外之小的花園庭院，面對來人是建於一九三九年的石壁噴泉，泉水不斷從壁飾上兩頭怪獸嘴裡噴流，涼了噴泉上邊雕刻的葡萄牙盾徽。繁花盛開時節，五彩繽紛的花卉在小庭院裡自開自放，令人不捨離去。歇坐鐵椅上，呼吸浮游在空氣中的花香氣味，閒逸的心情油然而生。花園內兩個石球，一個刻著葡萄牙盾徽，一個類似天球儀的象徵葡萄牙遠征的發現的圓形球體。仰起頭看著極高的寬大窗戶，想像著嬌小玲瓏的茱麗葉即將走出來，可惜窗下並沒高大威猛的羅密歐唱誦情歌。很多年輕情侶結伴進來，未曾停留片刻馬上踱步出去。他們沒看到庭院左右兩旁花草叢中各有兩個半身銅像，一個是葡萄牙重要的教育家若奧•迪奧士。一個是詩人路易士•賈梅士。

這兩個隱藏在花草叢中的銅像，讓我對葡萄牙和澳門人的融和文化充滿好奇。多少政府會在重要的建築物裡邊置放教育家和詩人的雕像？這是否揭示教育和詩歌在這個地方的重要性？有哪個地方如此重視教育和詩歌？更多時候，教育家和詩人手裡不必拎著神話中的隱身葉子，他們無論走到哪兒，都是讓人看不見的人。

當我和澳門的子馨喝咖啡時提起賈梅士，她問我去過白鴿巢公園嗎？見我一臉茫然，她告訴我：「賈梅士洞就在白鴿巢公園。哪兒還有一個賈梅士銅像。」原來詩人賈梅士的重要性超過我之前的想像。後世將他的忌日六月十日訂為「賈梅士日」，這一天剛好也是「葡國日」，一九七七年，澳門政府把這一日改為「葡國日、賈梅士日暨葡僑日」。每年六月十日不會忘記慶祝，活動包括在白鴿巢公園石洞獻花和朗誦賈梅士的愛國詩作。

隔天下午，循著手上的地圖，一路尋去。澳門基本上是適合散步的城市，步履輕鬆緩緩地走，沒有地方走不到，帶著一種日常悠遊的自在朝往大三巴牌坊方向行走。

穿街過巷很有趣，時而熱鬧喧嚣，時而寧靜清幽，著名景點後邊，往往才是當地居民所在。近黃昏時分，房子全閉上門，像不說話的人，充滿神秘，想像力不由得飛翔起來。車子不多，斜斜的山坡路，教走路的人略感吃力，未知方向是否朝西，只見夕陽的金光下，前邊的路光彩奪目，亮麗誘惑，走走停停，來到博物館公園後面。傾斜的坡道，上下爬過梯級，穿越雄偉的大炮臺，出來在濃綠的樹蔭下，一看，大三巴牌坊聳立眼前。

路牌告訴我們，這裡叫大三巴斜巷。

可是，詩人賈梅士呢？

當地人說，直走，拐左，然後問人，等見到個教堂，對面就是白鴿巢前地。邊走邊問，難怪老人說路在嘴邊，果然教堂出現了。暮色下澳門其中三大最古老的教堂溢發著神聖的氣氛。建於一五五八至一五六〇年間的聖安多尼教堂，門前的石碑上刻著「他是天主教徒所奉的婚姻主保之神」。信徒喜歡選擇在聖堂舉行婚禮，新娘有手持鮮花的習俗，聖安多尼教堂又稱花王堂。花王堂這稱呼令人對婚姻充滿憧憬和幻想。

前地有停車的地方，人不多，步伐加快進入公園，要和暗得很快的天色比賽，地上葡式碎石砌圖，是十幅註釋詩歌《葡國魂》涵意的抽象畫圖樣。公園中央的噴水池中矗立一大型藝術雕塑《擁抱》。天色越顯黯暗，三步作兩步，朝標示「賈梅士洞」的方向前行。

站在洞外遙望，夕陽的金光灑在賈梅士的頭像上面，每天黃昏時分就有一次的加冕行動，詩人賈梅士靜靜地看著公園裡的靜好時光，老人在下棋，有人在慢跑，有人在健行，有人像傻瓜一樣，靜靜地瞧望刻著無法辯識的葡文石座上的詩人頭像。旁邊有個銅版刻上華文字：「致偉大的人道主義詩人，葡萄牙大同精神的象徵賈梅士。一九九九年十二月十八日」。

小山丘下燃起萬家燈火，七彩繽紛的霓虹燈閃爍輝耀，車子的燈光在巷子間穿越，彷彿時光的幽靈在喚起往日的情懷。車子走過去了，而過去是否已經過去？去年來過了，今年再來又有什麼不同呢？人生和旅遊是一連串的尋覓，有時候找得到，有時候找不到。在找到和找不到之間，學習如何看待，如何接受得與失。一開始的尋覓，為的是什麼？等到真正尋著，意義是否如初時所想像的那般深長和重大？世間所有堅持和執著的結果，最後是不是都值得呢？

堅持尋找詩人賈梅士，只因不想當一個來去匆匆的行旅過客，期盼澳門時光留下一點不一樣的軌跡和記憶，然而，再如何不同，明天已是歸家日期。暮色落下來，天完全黯黑，惆悵飄揚在薄涼的夜風吹起時。轉身走出公園，眺眼望去，就在不遠處，亮著晃晃燈影，那高高聳立的大三巴牌坊，是熱鬧繁華遊人永遠不消不散的地方。詩人賈梅士還在白鴿巢公園的山洞裡安靜地思索他的史詩。

下午的蛋撻

在澳門走來走去的感覺真好。

四月初是春末，氣候舒爽涼快，在十四和十八度之間徐徐踱步。沿途皆是青翠碧綠的大樹和繽紛絢艷的花兒，陽光明麗清亮卻不炙人，走起路來便有了一種優遊的心思，步履緩慢而從容，閒散地品味街道兩邊的景物。

稍帶斜度的上下坡街巷，兩旁的房子，幾乎每一層樓皆有陽臺，擺著盆花，並在花盆裡插上色彩亮麗的風車，當風掠過，艷美的顏色便開始旋轉出七彩耀眼的圈圈，沒有音樂聲，卻帶著繁花似錦地豐絢，那輕快自在的旋律，讓遙望的過路人為之心醉神馳。

腳步和心情是近年來少有的悠然閒蕩，穿梭過一條街，又一條街，街道都很短，一下子便來到一個街角，一個轉折便帶給遊客一個驚喜。沒有步履匆匆的行人，唯有賞心悅目的古樸老建築，滄桑意味的百年老樹，溫暖柔美的米黃色老教堂、還有不殘不破但看著卻感覺年深歲久的老店，尤其特多老字號的糕餅店。

澳門人原來那麼喜歡吃糕餅，這是此回遊澳門的新發現之一。先是杏仁酥，還有花生糖餅、花生芝麻餅、蛋捲、核桃酥、光酥餅、蛋餅等等，其中最著名的叫瑪加烈蛋撻。

在直街橫巷折來轉去，一直找不到瑪加烈蛋撻。兩個女兒非常堅持，其他品牌的一個也不入口。說是吃一餐少一餐，非得精挑細選不可。真是服了她們的專心一意。幸好，澳門博物館館長陳迎憲第二天中午陪我們吃過葡國餐後，問菲爾和魚簡還想嚐什麼，她們無需商量，即刻異口同聲瑪加烈蛋撻。迎憲笑容可掬地說那容易，馬上領著我們從新馬路有個噴水池的議事亭前地繼續往前走，穿梭在如織的人潮中，踅進一條小小的巷弄，一股焦糖的香氣在空氣中浮游。

小小的店，小小的桌子，小小的椅子，多多的人。

小桌小椅皆滿座，看衣著，大多是旅行者，在不知是否刻意佈置成過時的舊樣式的小店外，有站有坐，人人都在吃著同樣的烤得略黑，焦糖香味的葡式蛋撻，配上黑的原味或加了奶的咖啡。

澳門旅遊局擁有一項本領，宣傳深入得使進入澳門而沒吃這些甜點的遊客，生出一種悵然若失，甚至衍伸至，沒有去尋吃這些當地著名的甜點糕餅，表示你不曾來過澳門。

排了長隊才買到的香噴噴熱騰騰的蛋撻和咖啡，是迎憲的功勞。他雙手捧來兩盒蛋撻時，獲得全部人的掌聲和微笑。大家開心又得意，吵著要先拍照才准開動。心滿意足地細細品嚐，捨不得入口，吃得極慢。

甜香彌漫的味道中，迎憲給我們說了蛋撻的故事。

安德魯和瑪加烈結婚後，一起經營甜點生意。香甜的點心大受歡迎，兩個人卻沒有甜蜜的結局。夫婦感情逐漸破裂，離婚以後，安德魯繼續經營他的餅店，同時也賣蛋撻，瑪加烈獨沽一味，只做蛋撻，沒想到越做越紅火，名氣比安德魯還大。最後是安德魯先去逝了，麵包店由別人繼續營業；瑪加烈的蛋撻卻紅得人人每到澳門，都得前來一嚐。

排著長龍的人耐心地等待，吃過蛋撻的人站起來走開，熱鬧的小店似乎永不打烊。

把最後一口蛋撻吃完，啜一口加奶而不加糖的咖啡，唇邊竟然有點苦。有一點點的措手不及，然而，憂傷的傳說總愛隱藏在甜蜜味道的背後。瑪加烈肯定清楚短促的美麗帶來的辛酸是怎麼一回事。每天出產無數個甜香的蛋撻，聞著浮泛在空氣中的甜美味道，她會不會偶爾恍惚惆悵地想起往昔舊時的濃情蜜意？

路過到來歇腳的遊客，蓄意趕來滿足渴望的旅人，是否曾經想過，也許瑪加烈用自己的方式來懷念她的過去？

激流的時光讓悲歡的歲月總會成為過去，然而，擱淺在心裡的門檻上那舊時的繾綣纏綿，有沒有那麼容易跨越得過去呢？

過去，或者過不去，光陰都不能再回頭。

許多感情無法沖淡，許多事情無法抗拒，殘缺不滿的生命真實讓人每天下午都想來一個蛋撻。

從澳門回來，每天下午都想念蛋撻，事實上，更想的是讓生命加多一點美好的幻想。

生活的主角

印尼巴里島的巴杜爾火山，要說高度，比不上以三千一百四十二米排名冠軍的阿貢火山，但它卻是巴里島名聲最顯著的活火山。自十九世紀開始，兩百多年來曾經爆發過數十次，其中最嚴重的三次，猛烈滾燙的火山熔巖幾乎吞沒了整個巴杜爾村莊，形成今日三個火山口的特殊景觀，也造就它成為世界各地旅客紛紛湧來觀光的名聞遐邇景區。

位於巴里島東北面，氣候涼爽的京打巴尼高原，這海拔一千七百一十七米的巴杜爾火山又名「巴里富士山」，據說是日本旅客服膺於它的雄壯瑰麗而取的別稱。在附近一家滿是遊人的餐廳，選擇一張面對火山的戶外桌子。朵朵白雲在碧藍晴空上飄移，明媚陽光下蔚藍的粼粼湖水，輝映得周邊的樹林益發青翠蔥綠。隔著綠意盎然的樹木，黑色火山焦土夾雜在褐色泥土裡，構成並不著意卻賞心悅目的自然圖案，堪比畫家的手繪作品更加精彩。閒閒坐著，清涼的山風吹拂過來，近處的吵雜人聲，遠地的傾軋人事，隨著涼快清風的掠過而逐漸消逝。

山腳下馬路迂回穿過樹林，汽車排隊在邐迤的路上曲折延綿攀爬，剛才我們慢馳的汽車亦曾經成為別人的眼中風景。車子早上自投宿的酒店開出來，小路兩旁植滿整齊有序的花樹，姹紫嫣紅，以為是政府規定美化環境的結果，原來植樹者為自動自發的村民。小村共有居民七百九十五人，如非人人皆來栽種，定是每家每戶至少植下一棵。

島上每一小村規定一樹種為村樹。此村村樹名Plumeria，非常悅耳，也叫**Kemboja**，亦極動聽，可它竟還有另一個旋律優美的名字Frangipani。

到底應該叫它什麼呢？

美麗嗎？司機回問。

是呀。綠色的橢圓長形厚片葉子油光滑亮，五個旋形花瓣有的紅到發紫，也有黃得眩目，兩色花都從深色的內裡過度到淺淺的外沿，逐漸化為粉白色，打開車窗，幽幽香味伺機越過玻璃隙縫穿透進來。

這就夠了呀。長年和大自然和諧相處的當地司機，日久成了哲學家。名字並不重要，對嗎？

座落於稻田邊沿的酒店，小而精美。夜宿時分，跟在行李員後面，走向披著亞答屋頂拱門後邊的小屋。鋪就的石子路旁陰暗的燈光下，影影綽綽的葉片在風中搖曳，風裡傳來鳥叫、蛙鳴、不知名的昆蟲也唧唧唧地像交響曲演奏，聲音時高時低，時大時小，縹緲又真切，貼近似遙遠。

是錄音機嗎？城市人竟提出一個愚蠢的問題。

微笑的行李員低頭並低聲，滿滿崇敬地告知：這是大自然的聲音。

房間在一樓，近處有花園，遠處有稻田，黝暗中的靜寂裡，蛙蟲鳥的熱鬧叫鳴居然不喧不囂，缺少代表外在物質繁華的霓虹燈，臥躺在大自然的音樂聲裡，不過傍晚八點半，平常這時間還在忙碌地趕稿或繪畫的人竟然不知不覺就入眠了。

睜開眼睛，沒關好的窗簾閃進一絲光亮，隱約的亮光裡響起充滿誘惑的雞啼聲，掀開薄紗蚊帳，輕輕打開木門的橫栓，也打開了從前的年月光陰，拉橫栓的聲響讓我回返小時候跟媽媽到山上外婆家，住在大街外祖父店裡的記憶。黎明時分嘹亮的雞啼聲就栓在童年的外婆家歲月裡。

開啟木門的依啊聲並無驚動外邊的蛙蟲鳥蝶。佇在露濕的陽臺，遠眺一片蒼翠欲滴的青綠晨景，蛙照呱聲叫，蟲兒依樣鳴，啁啾的鳥曲仍然清脆，晨運的蝴蝶在草木蓊蔥的花叢中飛舞。池塘睡蓮已醒，屋旁依隨太陽升起而綻開的單瓣木槿花淋漓舒放出朱紅的喧嘩，沾露的玉蘭在房門口散發薄薄的香氣。昨夜過於黝黑，沒看清楚房裡戶外飄逸的濃郁馨香是來自這黃白色的修長尖瓣小花。

火山邊緣的餐廳亦有香氣，是侍女頭上斜斜插著的鮮花，燦爛的鵝黃色在黑色髮上增添雅致的風情，原來Plumeria、Kemboja、Frangipani，不同的名字，說的都是她頭上斜簪的雞蛋花。巴里並非四季分明的海島，長年燦爛絢放的花卻給予旅人春天漫麗的美好。「花之島」的別名固然因全島處處皆花樹，也來自島民對花兒的癡迷。他們不僅愛種花，也愛插花，不只簪在頭髮上，還擺在房間角落的淺水盆裡，浮動的香氣因此在房裡裊繞不散。下樓早餐之前，先獲得水伶伶紅艷艷的鮮花擱在每一個梯階邊上的驚喜，插在餐桌瓶中的是深黃小雛菊，跳躍著音符名字的鵝黃紅紫雞蛋花，煥發在桌布上咖啡杯的小碟子旁。

花，是島民生活中的主角。

路上經過一間又一間的暗紅色廟宇、一大片無垠無際的碧綠稻田，可是馬路極窄，問司機可否別再在這羊腸小徑顛簸而改走大路，哲學家回答：路大路小，並不重要，只要可以到達目的地也就是了。然後毫無芥蒂地笑：我們其實一直走在大路上。大路或小街，處處神像，圍著黑白或黑紅格子布，頭上、雙手、連耳朵都每天換上不同顏色的新鮮花朵。那些著着具有馬來特色的Kebaya，細腰豐股款式的薄紗上衣配長長窄窄的紗籠裙子，走起路來款款搖擺，風姿綽約的苗條身材婦女信徒，大清早捧來椰葉和香蕉葉摺成的四方形盤子，裡邊是一點點米飯、一小片餅乾、少少的菜肴、數朵不同色彩的鮮花、幾根綠草、幾片青葉子和一支點燃的香，她們祭奉神明的神態虔敬誠摯。

花是生活中的主角，拜神是生活中最重要的大事。一天要拜拜三次，清早祭神的物品就是當天要吃的食物。

人必須讓神先吃，過後才可以開飯。

尊敬神，尊敬自然，是島民的感情底蘊和生活態度。

之前知道我有巴里之行，印尼棉蘭的鍾逸先生在電郵裡說：「今天墨拉比（Merapi）火山延長應急期限，布羅莫（Bromo）火山蠢蠢欲動。」他也告訴我：「印尼有五大火山：蘇北的西納峰（Sinabung），楠榜的卡拉加道子火山（anakKrakatao），占碑的格林治（Kerinci）、中爪哇的墨拉比（Merapi）、東爪哇的布羅莫（Bromo）都彷彿在互通聲氣，蠢蠢欲動。如果這五兄弟同時爆發，後果不堪設想。」人不在現場，遙想的感覺似難以明白的抽象畫，電郵裡的訊息歸為聽說。

身置千島之國的火山旁，聽到巴杜爾火山最後一次噴發是在一九九九年，當時有兩個澳洲遊客來不及逃避，客死他鄉。具體的擔憂即時攫走微笑和自在，餐廳食物馬上失去誘惑。唯有火山腳下淳樸的人民對火山的磨難，沒有悲涼或恐懼，微笑照舊流漾：我們相信生死有命，不必憂慮太多，一切都是神的旨意。

火山的爆發，破壞村莊，攫取人命，火山灰土卻為種植物提供了富含礦物質的肥沃土壤。品種繁多的蔬菜水果花樹，在市場堆積如山。旅遊期間，嘗過味甜如蜜的百香果、超甜的芒果、蜜汁般黃梨，香甜的木瓜、多汁的西瓜、香腴的牛油果、路邊看見串串茂密的椰子，到果園參觀並品嚐香醇的咖啡、可可，還有路旁售賣疊得像小山高的紅蕃薯、路過時處處可見梯田式的繁茂水稻……

到底應該害怕火山或歌頌火山？

我們一天祭拜三次，神知道應該怎麼做。午餐後回酒店的路上，因信仰的支撐而信心十足的司機仍然謎謎笑。

堅定的信仰讓島民得以堅毅勇敢地面對火山，對生活照樣充滿憧憬，悠然恬適接受一切人世的興亡，任何遠憂和近慮，告訴神，由祂來作主。人們做自己能力所及的，努力為更美好的未來奮鬥，用心為美麗大自然植花種樹。在「花之島」上，宗教不只給他們安撫，還給予他們心靈的依歸。火山爆發，火山暫歇，就像花要開，花要凋謝。島上的花樹只有凋萎，不見蕭索，綻放的花兒永遠是每天生活的主角。

旅人來了，又走了；火山腳下，花一直在開，生活一直在繼續。

南音之夜

南音從來沒有在我的夢中出現，這讓我開始懷疑古人說的「日有所思，夜有所夢」僅僅為一種慰藉。友人聽說，建議「追尋南音，須到泉州」。不是沒去過泉州，然而，機緣不俱足，再怎麼期盼和渴望，也是徒然。

這一日無意中行旅到泉州。傍晚的氣溫一般比白天稍低，清爽涼快的秋日黃昏最適合悠然慢走，自作聰明披件圍巾出去，沒想到中秋節前的泉州天氣鬱悶難當，一到街頭即刻自動投降，邊脫掉圍巾邊聽當地朋友解釋，這叫秋老虎。熱帶國家的來人，雖聽過秋天可能出現老虎般的兇猛燠熱氣候，真正感受卻在此刻汗流浹背的蒼茫暮色裡。

對於突如其來的這一場演講，飯後的節目如何安排尚未確定，有人建議去中山路逛商場。觀光期間用來走看大同小異的商業區，過於奢侈又復可惜，低聲詢問帶路的張進禮同學，是否有個任由自己控制時間的場所聽南音。

先是在廈門開兩天文學會，過後到南靖土樓采風，接著應古大勇老師的邀請到泉州師範學院演講，師院的領導及師生的熱情令海外客人感動於泉州人的親切。

聽老人家說，泉州人喜歡客人來，家裡最好的茶，最好的菜，都用來招待客人。晚飯在投宿的祥安酒店用餐，桌上擺滿客人要求的「泉州小吃」。海哲皮、滷豆乾、酸甜蘿蔔、香油拌海帶、麵線糊、海蠣煎、白切雞、海參煲、豬腳、酸菜魚、油炸黃魚、土筍凍、肉羹、炸醋肉、餛飩、薑母鴨湯……竟是一餐太過豐富的「小吃」，讓數年前曾到泉州，品嚐過後回想起來就饞涎欲滴的食欲得償所願。

廈門到泉州車程大約一小時，午餐後休息十分鐘開始演講，從孫中山講堂出來順道參觀師院校園，接著晚餐，酒醉飯飽略感疲憊，晚上的節目因此不想排得太滿，卻對很久以來不可企及的南音充滿懷想。

作為泉州傳統音樂的南音是非物質文化遺產中，民間音樂的一個品種。因保存得最豐富，最完整而被海內外專家譽為「中國古典音樂的明珠」、「中國音樂歷史的活化石」。泉州市文化局編印的《非物質文化遺產圖典》中註明「是漢唐兩宋以來歷代中原移民南遷，中原音樂進入泉州晉江流域與當地民間音樂相結合而形成的一種歷史積澱。」遊客到泉州如不聽南音，損失的不是南音，是遠道而來的旅人。

從廈門來的司機認不得路，在市中心的單行道上不停繞圈子，一見華橋大廈附近有停車位，不太瞭解距離也趕緊泊車。下車行經百源路，街邊貼有亮著明燈的「泉州市城區主要街路示意圖」供行人尋路。一行人俯首低頭，在裝腔作勢。「假裝是沒人帶路的遊客。」同行的棉蘭作家林來榮說完大笑拍下照片。

「我們要去的地方叫府文廟。」走在前邊的張進禮同學說：「在那兒聽南音，時間不受限制，隨時自由出入。」旅遊的各種意外，偶爾讓人驚嘆，或者叫人惋惜，以平常心接受就好，步調舒緩走到府文廟，門口竟是一大片空位極多的停車場。大家對著偌大空闊的停車場相覷一笑。

泉州府文廟是一座延續千年、規模宏大的古建築，集宋、元、明、清建築形式的精華，自古以來是泉州教育文化至高的殿堂，二〇〇一年被中國國務院公佈為全國第五批重點文物保護單位，國家文物局在全國文物保護單位評選會上，評價指出泉州府文廟是江南地區最大、規格也最高的孔廟，卻是逐漸黝暗下來的天色，加上並不流爍的燈火，讓人看不清孔廟建築群的壯觀宏偉，只見一片廣闊的地面上，綽綽暗影裡人群晃晃，也許不同的建築物於同一時間，正在進行不一樣的文化活動。

這座演奏南音的木結構建築物，似個面積比較小的廟堂。入口有三道門，地上鋪設長形石板，廊前幾根圓木樑柱，木板牆上貼張紅紙，以大字書寫「府文廟泉州南音樂府，南音唱腔、器樂演奏招生」，另有小字說明於下。雕工精巧的橫樑上高懸著紅色燈籠，從前廊往內望，只見裡邊燈光昏黃。戲臺下排排坐，像上課一般，擺著長桌和靠背的塑膠椅，後邊兩排椅子散散地置放。喝茶的觀眾不多，聽曲的人倒有六分滿，男女老少皆有。燈影晃動下，年輕男女專注傾聽，老人跟著拍子沉醉地搖頭晃腦。我有幾分遲疑，擔心腳步聲騷擾了觀眾，邁著小步輕輕從上頭貼著「迎祥納福」的橫批中間大門進去，表演舞臺在室內正中央。臺不高，隔著薄薄幕簾後有「泉州南音」四個大字。大字前邊坐著二男三女。男的衣著現代化，是一般的普通上衣長褲；女的穿民裝上衣長裙，各手持樂器。坐在中間的女歌者手上持把長長黃穗帶紙扇，聽曲方知，這扇乃掌握節奏的拍板。坐在歌者右邊彈奏的是琵琶和三弦。南音的琵琶叫南琶，和敦煌壁畫上的飛天橫抱琵琶姿勢相仿，與北琶的豎抱彈奏方式不同。左邊二人負責洞簫和二弦。南音的洞簫有十目九節，長度嚴格規定為一尺八寸，故叫「尺八」，和橫抱的南琶同屬唐朝形式和規制。曾有日本南音音樂家到中國尋根，走遍全國，遍尋不獲，最後覓到泉州來。

張進禮引領我們行至臺前最靠近舞臺的一張桌子，坐在靠背扶手籐椅上，舒服地倚著聽曲子。玻璃桌上擺有功夫茶茶具，小壺小杯，小火爐和小玻璃煮水壺，家中開茶莊的張進禮為我們泡茶。

風扇徐徐轉動，茶香飄溢、涼風吹拂、曲子優雅，這無限愜意的品茗聽曲夜晚是泉州的南音之夜。

一曲過後，換另一歌者上臺。不一會，那剛自臺上下來有著粉紅面頰的女歌者，前來邀請我們過左側喝茶處，原來恰逢人在現場的南音音樂社夏老師和潘老師，見我們投入觀賞的神情，想與海外來人交流。

起源於唐，形成於宋的中原音樂，傳到福建閩南，再同閩南地方音樂互相滲透融合，孕育出泉州南音。《晉書・樂誌》載：「相和，漢舊歌也，絲竹更相和，執節者歌」，南音表演規矩至今仍遵循著相和歌的形式。不只流行於泉州市、閩南晉江、龍溪和廈門市的南音，在東南亞的新加坡、馬來西亞、菲律賓、印尼、日本，還有香港、澳門、臺灣地區，都有社團及鄉親會館等，熱心組織非營利也非專業，只為自娛自樂的南音樂團。夏、潘兩位老師十多年來巡迴東南亞各地教學，為發揚南音藝術，為文化薪火傳承不辭勞苦奔波。

這並非首次聽到南音。首回聽曲，不知是南音，領略不出它的美。那時尚未上小學，下午的熱帶陽光明媚，是火焰般熾熱，祖父閉上眼睛，表情陶醉。廳裡開著唱片，音樂旋律優美，聽不出歌詞語意，只覺那歌者哼唱時一直拉長音調。與平常祖輩說的泉州話不太相似。原來南音演唱是以標準的泉州方言古語發音。閩南話來自古代中原的河洛語，南音唱詞中很多辭彙還保留了古代河洛語的元素。跟著祖父的唱片旋轉，就那樣聽著聽著長大，根本聽不懂，但不知為何，南音對我卻有不可遏制的吸引力。在海外出世生長，家中長輩一一逝世，久已不聞泉州話，更遑論以河洛語唱出的南音。只聽得歌者語若幽怨，又似氣怒，臨走前再回頭一看，螢幕上打兩行字：「即會行來到此，你掠阮……」我問泉州朋友這話的意思，說「唱的是《昭君出塞》，意思是『這回走到這裡來，你將我們……』歌詞是在怨恨毛延壽拆散她和元帝這對鴛鴦。」

失去固然痛苦，可生命有時亦有意外收獲。「這回走到這裡來」，我們親耳聽了一段音樂歷史的活化石，見識了古典音樂的明珠，那彷彿陌生又似熟悉的唱腔和音調，撫慰了既是歸鄉亦是旅客的泉州人我。

歌曲未唱罷，從府文廟出來，不復見熙來攘往的人潮，習習涼風撲面而來，周遭一片安詳寧靜，等待的星星已在天空綻放，這確切是想像中的泉州秋天夜晚。

那一夜，夢裡南音繚繞。

有一顆星

他們告訴我這是一個仰頭看不見星星的小島。

海拔五百五十四米的高度對一座山不算高，卻是島之頂巔，比起檳城八百三十米高的升旗山還要矮兩百七十六米。縱然如此，每天旅客趨之若鶩，過江之鯽般爭相遊嬉到島嶼西南部，就為俯瞰名列世界三大夜景之最的輝煌燦爛。

瘦瘦山道行人稀少，遠比不上銅鑼灣的熙攘擁擠，可是步履輕鬆心情閒逸。這一趟意料之外的山道行，解除了前兩日冗長鬱悶會議的無聊。

P啜著咖啡，一邊建議茶聚後到山上觀賞夜景。久聞此景大名而未曾去過的C，興致勃勃笑意盈盈。皇朝匯的茶敘不在會議安排的節目之內，香醇的咖啡之後還接有世界三大最美的立體夜景隨著跟來，真像空白的油畫布上，原先不過打個黯淡的底色，這建議等於添加幾筆奪目鮮活色彩，頓時豔麗絢亮。

年輕的C才是主客。陪客的自在是無需回答問題。曾經兩度遙望山下燈火熠熠的非凡璀璨，深刻感受動感之都的魔幻魅力。旅遊其實不在觀光，迫切盼望離開一些陳舊日子的軌跡，很清楚既是暫時性分手，總要回頭，返轉又得再度投進平常規律的重複生活，在路上便異常隨興，既無非去不可的景點，亦無非見不可的人物，沒有誰如此重要，沒有人不可取代。遇與不遇，見與不見，皆隨緣份。歷經歲月的風霜磨練，終於換來一份從容與淡然。

彎曲迤邐的山路，兩旁綠樹蒼翠蔥郁，豪宅林立。P開著車，一路說著唯有這小島的作家才可能發生的居於豪華別墅的宛如山路一樣蜿蜒曲折的故事。暮色尚未逼近，遠遠的夕陽在霞光中依舊放射萬丈眩目的光芒，路邊的別墅在金光中散發誘人光彩，彷彿象徵成功作家頭上的黃金桂冠。

緩步徐行在寧靜的山頂道，近山崗處的綠色植物半睡半醒，轉彎開闊處，一眾攝影發燒友忙碌地佈署，毫不搭理遊客的好奇目光，焦點和鏡頭一起集中對準山下鱗次櫛比的高樓大廈。

他們在等待山下的燈光亮起來。P說。

正說著，黑暗措手不及便陷落在兩邊的花草樹木，即刻渲染得只餘模糊輪廓，腳步仍舊悠閒繼續前行，幾乎每個轉角處都見攝影師群聚，皆在等待一個瞬間，幻想能夠捕捉並留下那稍縱即逝的良辰美景。

維多利亞港的海水靜謐無聲，點點船舶在海上停泊不動。夕陽染紅的不只是天際，燦燦金光映照著波平浪靜的大海，揮灑出一片十六世紀威尼斯畫派名家提香筆下多層透明罩染的黃金色調。

臨海兩旁安寧恬靜的建築物終於競相亮燈，起初一盞一盞一點一點燃亮，彷彿不經意，又似乎約好一起在同時間紛紛揚揚張燈結綵，展現喧囂熱鬧的繁華亮麗。

光影綽綽間，煙樣的薄霧在空氣中浮移，暈染得景物略感朦朧，夏夜裡吹拂的微風也漂染一股清涼。

咦！P指向在黑夜裡沉睡的天空：有一顆星星！

黑森森的夜空上貼著一顆出奇皎亮炫麗的星子。

為什麼這星星格外明亮？面對漆黑如綢的夜空上那顆耀眼星星。P忍不住重複他的驚詫。之前載過許多朋友上來，王蒙夫婦、聶華苓夫婦及其他作家等等，從來不曾見過那樣光亮的星子！

四月春末人在澳門，文學會議結束，臨別晚餐後依依不捨仍在觀光，與會的學者浴著若有似無的細碎小雨漫步在離島的龍環葡韻。海邊馬路幾座土生葡人的葡式風情小洋樓，沉寂無聲地承載著歷史的滄桑，海的對岸輝耀著新開張娛樂城七彩繽紛的斑斕誘惑。途經數株濃蔭如蓋的老榕樹，來自北京的L突然指向天上：看，月亮！

停下腳步舉目遙望，一輪圓月悄然在陪伴我們。L感歎，北京現在已經看不到月亮了。

旅遊時候，兩個學者在不同地方，不約而同看到星星和月亮。

蘇東坡的《記承天寺夜遊》說：「何夜無月？何處無竹柏？但少閒人如吾兩人耳。」

哪裡沒有星星？哪裡沒有月亮？風景恆在，缺乏的是閒情和逸致。

P看見星星，L尋找月亮，幽幽清光，照見每個孤獨者的靈魂。只不過，生命旅程中，多數人並不計較是否看見星星和月亮。

天一點一點暗下去，地上一點一點亮起來。一邊越暗，一邊越亮，強烈的對比襯得山下的維多利亞港灣那兩顆明珠益發光彩照人。

夜空下，流光溢彩的香港和九龍，煥發並延續著令人驚歎的繁華靚麗。

有一顆星，不言不語，不閃不爍，安安靜靜在空中晃晃發亮。

輯二・一朵花的修行

一朵花的修行

「請問需要如何修行，下輩子才能成為一朵花？」

聽到這樣的問題，大吃一驚。

很久以前就打算寫一本書，已經定好書名叫《朵拉的花園》。內容全是與花有關的文章，因為實在是很喜歡花，並且為花寫了許多篇章。

理直氣壯把自己歸類為愛花的人。無論到哪裡旅遊，不管走到什麼地方，在何等季節，看見花，有名的園圃中大花，無名的山地小野花，都會情不自禁地讚嘆，對不同的花的造型之美和顏色之艷，甚至撲鼻的香氣、盛放的燦爛和凋萎的淒涼，都很輕易便在心中生出憐惜和愛意。

這還不算名符其實嗎？自覺如此這般也便是愛花的表現了。

從來沒有想過，有人愛花，愛到想在下一輩子修成一朵花。

那力量令人禁不住要顫慄，方知我所謂的愛，太過輕浮了。

不知玫瑰

倫敦肯辛頓公園處處可見玫瑰。也許是陰涼的氣候適合花的生長，那些互相爭艷的玫瑰彷彿是在以大取勝，朵朵像碗口那麼圓大的花，盛放時那明媚的姿采因顏色的迥異而益發耀眼奪目。

起初以為是公園才有那麼多品種的五彩繽紛玫瑰，後來又誤會是由於肯辛頓公園靠近已故戴安娜的寢宮因而多植玫瑰。

在英國逗留數天後，發現玫瑰不只是栽種在肯辛頓公園，無論經過任何一個住宅區，家家戶戶都喜歡在門口的小園種植玫瑰，雖少少幾株，零零落落地開放，作為英國國花的玫瑰卻也能夠顯現出一種隨意的艷麗光采。

色彩紛呈的玫瑰，它的香味是甜的。你當然可以不同意，但是，試試在清晨朝陽還未竄上來時，到玫瑰園中漫步並做深呼吸，你一定會聞到甜甜的玫瑰香味。

香甜絢麗的玫瑰，盛開在有刺的枝幹上，看著造物主的神奇，令人相信美好和殘忍果然是可以並存不悖的。

除了胡姬，某些特殊品種甚至可綻放一、兩個星期後而仍然不衰不減，許多鮮花的花期都不長，屬於嬌弱一族的玫瑰，最多給你觀賞三天的美色，過後，它就一瓣一瓣墜落，殘花使人看著神傷，花瓣未掉完已經趕快將它整束丟棄，實在不忍親眼瞥見花兒完全枯凋敗壞的衰沮臉容。

玫瑰是世界上最著名，也是最多人認識的花。或許可以定下這樣的標準：凡知道什麼叫愛情的人，都應該知道什麼是玫瑰。

一個朋友聽我們談玫瑰，在一邊插嘴問：「玫瑰，那花是什麼樣的？」沒有人睬他，但他說他是認真的，他說他是真的不知道，可惜所有的人都不肯相信他。對於已經有了老婆，生了四個孩子的他，大家認為他在開玩笑。

「難道，他不知道什麼是愛情就結婚生子？」有人發出疑問。

其中一個朋友居然冷笑：「有誰為了愛情而結婚？」

這句話讓玫瑰聽到，不知道會掉淚嗎？

臨睡前的花

臨睡前，你會想起什麼花呢？

不知道是誰，提了這樣一個許多人從來沒有想過的奇怪問題。一個朋友說太陽花。向日葵花朝向太陽，充滿光明燦爛的美好感覺，要睡之前想著它，睡著以後，夜裡做夢，將會是一個和向日葵一樣絢麗璀燦的夢。

真是異常吊詭，在月亮升起的夜晚睡覺，然後腦海裡想的卻是對著太陽轉向的花。這個朋友對未來肯定充滿美好的期望。

有人說她總是在臨睡前的那段時間想起玫瑰。她在期待理想中的情人。她曾經說過，想要和她戀愛的人，一定要送她玫瑰花，她才願意考慮要不要答應他的約會。少女的純真心態稍帶稚氣，對人生卻充滿無數的嚮往和憧憬。

還有一個奇特的答案是牽牛花，就是野地裡也能夠生長得繁花似錦的喇叭花。問他原因時，意外地聽到「其實牽牛花並不是跟隨著太陽的升起而綻開的，有人說，它在朝陽出來時就綻放，到了黃昏，陽光消退了，它就凋萎。」他的想法卻完全不一般。「我認為，是夜晚的寒冷氣候，迫使牽牛花在第二天，將花朵盛開得艷麗明亮。」

樂觀的態度讓人對他另眼相看。

有沒有人曾經想過，居然是寒沁沁的夜間空氣，促使牽牛花在第二天早上張開花瓣綻放盛開。

另一個更出乎人意料之外的答案是，「我想的是黃色的花。」

我們不便追問，然而黃色對他肯定有非凡的意義。也許是顏色令他留戀，可能是黃花教他迷醉，雖是朋友，恁誰也沒有鑰匙打開另一個人緊鎖在心中的秘密。

提一個問題，竟聽到許多各不相同的答案。從迴異的回答裡，想像著每一個不同的故事。生命中的恩怨情仇，有時候不關花，更不關顏色，關乎的是人的感覺。

不過，最不悅耳的答案是：「要睡就睡了，還有什麼臨睡前想起的什麼花？」

這個朋友，用不屑的表情和語氣，把所有在幻想著各種各類的花的感情氾濫的人全都一起嘲笑了。

一朵花的凋落

「盡一切的努力都不能阻止一朵花的凋謝，所以，讓我們在花凋謝時，仔細去看那一朵花的凋謝。」看見花落，回想花開的美好，抑止不住要神傷感慨。

唐朝的元曉大師為了要人們明白人生無常，盼望人們懂得小心珍惜，真實地活在當下，說了這樣的話。

我們時常為了花的凋萎而感覺悲傷，或者惋惜，卻對凋落的花失去興趣，從來沒有聽說有誰願意仔細去觀看一朵花的凋謝。

因為知道花會枯萎，於是，聽到花開，馬上趕在第一時間去看花。太遲恐怕花瓣紛紛墜落，空留一樹的枯枝，和嘆息。

剛開的花，有新鮮的美，盛放的花，具艷麗的炫，花一綻開，應該立刻去觀賞，不要拖延等待，不然一旦等到花凋零以後，後悔也已經來不及。

日本和臺灣人都有賞花的習俗，花季到了，開花的公園在那段時期成為熱門的旅遊景點。人們紛紛競相湧到花開的公園，為的正是觀賞鮮花盛開的絢艷，並且感受花開的美好。

花若凋零，只見一地落英，一切的盛況已經成為過去，來不及參與的人空留惋惜。就像過眼雲煙，逐漸地連記憶也薄淡了。再想去看，恐怕要等到明年此日。那些趕不及去觀賞的人，這時再說懊惱也已失去意義。

然而，到底有沒有人曾想過要去看一朵花的凋謝？

朋友聽到這問題，回答我，你是傻的。

花凋的公園，摩肩接踵的遊人在瞬息間都走光了。

可是元曉大師提醒了我，下次應該認真仔細地去看一朵花的凋謝。

那個時候，會生出什麼樣的感受呢？

鳳仙的指甲

童年時候常見鳳仙花。鄰居的馬來人和印度人，將它拿來染指甲，染得十指紅紅，包括手掌也擦得一層鮮艷，不單只紅了指甲。後來聽說有一種花叫指甲花，便以為那是鳳仙花，很久以後才曉得弄錯了。

離開童年，城市的範圍漸漸擴大，鄉野被趕到更遠的郊外，住處附近少了許多花樹，代替的是一棟棟新建的屋子。原本栽花種樹的地方益發減少，既不知感慨，也不懂惋惜，只是熱切地盼望自己快快長大。

長大到可以用鳳仙花把十指染得鮮紅。

原來無需焦灼渴盼，不只是長大，就連老去也是很快的。明白這道理時，已經是過了很久以後。再遇見鳳仙花，竟是在圖畫裡。簡單而有力的筆法，直挺的綠色莖幹，花朵以艷而不俗的色彩暈染渲開在白色的宣紙上，大師齊白石將數棵鳳仙花畫在石頭旁，細細瞧望，彷彿又回到鄉下，回到童年的時光。

熟悉又陌生的鳳仙花，它的名字樸素而鄉土。它的花既不如牡丹般長著驚人的厚實花瓣且散發濃鬱的香氣，更不似玫瑰那樣名字和花型皆扣人心弦，比不上向日葵的璀燦明亮風姿，更沒有好大一朵薔薇的絢艷，然而就因樸實無華秀氣淡雅，它更適合長在鄉間的小屋旁，給幽靜村莊裡小小的屋子增添些許美好的風情。

種鳳仙花的人，喜歡幾種顏色混合一起植下。粉紅、桃紅、深紅、紫紅、純白的都集合種在一塊。當它們開花的時候，就如好朋友結伴，相約好在同一時間你一叢我一叢綻放開來，那從外表看著筆直又好像不夠硬朗的莖幹，彷彿承受不了那麼多花朵一起盛開的重量，偶爾稍稍傾向一邊，卻從來不會倒下去。

認識鳳仙花的朋友一致公認這花易生易長，只要把乾透了的鳳仙花種籽隨手一撒，兩個星期內肯定可以看見到處苗長出來的花苗。

真的嗎？我質疑。不要怪我，這些年來，不知曾經撒過多少次，一棵苗也不見冒茁。種鳳仙花對我的難度之高，甚至使我懷疑，是否撒錯種籽了？

不過，今天市場上的指甲油牌子多，顏色雜，年輕女孩聽說鳳仙花可染指甲，以為是在講笑話，大笑起來。

刺桐的遺憾

那時是在前往開元寺走去的路上，不斷地看到一種花瓣粗硬，花序碩長，一枚枚尖尖地像紅辣椒捆綁成一束般的艷紅鮮花迎面而來，樹都植在路的兩邊，讓我看得眼花遼亂。終於忍不住那絢艷之美的誘惑，停下腳步，指著樹梢上無比奇特的明亮殷紅，問，這是什麼花？

當臨時導遊的泉州作家陳主席說，哦，這叫刺桐花。

啊！刺桐花！我驚呼。原來這就是刺桐花？

不過是去年的事吧，我在朋友的書房，隨手翻閱一本被愛詩的朋友無數次閱讀，已經殘舊得像在舊書攤上找來的歷經滄桑的詩集上，讀到這樣一句：

「刺桐花開了多少個春天？東西塔相望究竟還會多少年？多少人走過了洛陽橋？多少船駛出了泉州灣？」

這是余光中筆下的泉州心事，身為福建永春人的余光中，在詩句裡記錄了他自己個人的鄉愁，也記下了其他同鄉人的鄉思之情。

「你比較幸運。」泉州作家說，「平常刺桐花是在勞動節前後開放的，今年花期較慢，現在已是五月中旬，它依然綻開。」遲開的刺桐花照樣充滿傲氣，直立硬挺昂揚，燦爛的顏色像血一樣的鮮紅，引人注目。

近幾年才認真地觀賞刺桐花，因為從前根本沒有機會認識。三年前路過霹靂州近安順的地區，車子行經沿海大道，路邊植著整排不算高大的樹，令人緩下車速的是沒有葉子的樹上開滿紅彤彤的花，真像一棵塗滿了胭脂的樹呀！漂亮永遠充滿強大的吸引力，終於在路邊停下車子，上前仔細觀看，不知名。回家後從馬來友人口中得知，這花叫Dedap（刺桐）。眼前這僅在每年五月頭才盛開的泉州刺桐，和我在大馬看見的刺桐，稍有不同。大馬刺桐花花梢沒有那樣尖，略為圓而寬的花瓣卻也紅得發亮。如果它們有同樣之處，那就是美得不像是真的。每次看見刺桐花，明知不可，卻都忍不住要上前去按一下，捏一捏那紅得發紫的硬挺花瓣，每一次都不相信地驚呼，啊，真的是真的！

另有一點相同的是，無論長在福建的泉州或植在霹靂的安順，兩種刺桐花都沒有香味，心上生出一絲惋惜。上天確實是公平的，紅花不香，香花不紅。有幸遇見艷麗火紅的刺桐，讓我更深刻地明白一個道理，生命中永遠有遺憾。

友情之花

檳城攝影家雷宗堂指著他拍的照片說：「這是一朵野地裡的花。」一支瘦瘦的枝幹，幾片葉子，花朵不大，艷黃色，澄澄亮麗，在陽光下昂揚挺立著。有點奇怪他為何特別介紹，不過是一片野草叢生的地上，在太陽的照射下，一朵黃色的花，絲毫不懼太陽的高溫炙曬，發出明艷的光彩，如此而已。說實在的，通過許多攝影家的拍攝，幾乎所有題材都一再被重複，像母愛的偉大、野花強盛的生長力、三大民族的和諧、友情的溫馨、孩子的笑容、老人的皺紋等等，時常觀賞圖片，關注攝影的觀眾，類似的照片，並不罕見。

雷宗堂說起野花背後的故事：「有個朋友，不過才四十歲出頭，得了癌症，年輕的妻子，幼小的孩子，都讓他牽掛。」於是，憂鬱成了癌症病人最好的伴侶。在治療的過程中，這位病人無法遠離悲傷和痛苦。身為朋友的雷宗堂，有一天，路過一片草地，看見一朵燦開的野花，他馬上疾步走回車上，拿出他常年帶著的相機，把這個鏡頭拍下來。

「這一朵花，可能只開一天，也許兩天，它便枯萎了。但是，在花綻開的時候，它就盡能力盛開綻放，露出它最美麗的一面。」雷宗堂探望朋友的時候，帶去這張照片，盼望朋友在有生之年，能夠像這朵小野花一樣，不在乎生命的短暫，而是珍惜每一分鐘，時刻綻放著美麗的樣貌。

雷宗堂的故事，讓我留下更深刻印象的是，在人和人之間的關係越來越疏離，越來越冷漠的今天，忙碌於事業的他，為了安慰朋友，無意中看見路邊一朵野花，竟放下手上在處理的工作，特地停下來拍攝，沖洗，然後帶到病房去，讓生病的朋友獲得心靈的慰藉。

他這種充滿溫情的舉動，讓我看見照片裡盛開的，是一朵友情之花。

和花一會

無論到哪裡，看見花，越是綻開得燦亮艷麗的，越是叫人一見便鐘情的，更加叫看的人的心益發惆悵，嘆息、扼腕是因為經已明白，花兒在盛放過後，接下來觀賞的人得狠起心腸，接受花落的愴惻。

時常觀望到捨不得離開。

和一朵花的相會，無論是它是我，一生中就是這一見了。然而，時間到，終於要走，唯一能做的是拿出相機，把美艷璀燦時刻的鮮花趕緊拍攝下來。

真是一個學佛學不到家，放不下的人。

佛家說一生一會，和花相遇的情形感覺最深刻。就算是同一株樹，下一朵花永遠不可能是眼前這一朵。一朵花的生命，可能一天，兩天，最多三天，花期比較長的也許就是胡姬，但也不過一個多星期。有一些花，如牽牛、百合、木槿，更加短促，盛開時間不過是半天，太陽上升，隨陽光綻放，等到夕陽西下，陽光漸漸黯淡消失，花便跟著枯萎凋落。

花開總讓我想起良辰美景。永遠在瞬息間，匆促，短暫。越美麗的時光帶來的反而是越深的悵然和迷茫。

最近購得一套翻譯成華文版的日本現代畫家東山魁夷的文字作品，喜愛孤獨的東山魁夷，無論旅遊寫生，皆喜單獨一人出門。他的畫作充滿佛學與禪意。他的文字作品有很多是非常個人的，大部分都是記錄他在藝術創作道路上的思考。在散文《一片樹葉》中，他說明人與花邂逅之所以感受到深刻喜悅的原因，「……如果櫻花常開，我們的生命常在，那麼兩相邂逅就不會動人情懷了。花用自己的凋落閃現出的生的光輝，花是美的，人類在心靈的深處珍惜自己的生命，也熱愛自己的生命。人和花的生存，在世界上都是短暫的，可他們萍水相逢了，不知不覺我們會感到一種欣喜。」

如果對於每一朵萍水相逢的花，都感到欣喜，那麼對於每一個萍水相逢的人，同樣也感受到無限的喜悅。

花兒如果也有感覺，它對和你的相遇，在欣喜之餘，相信同樣會生出一生一會的惆悵迷惘吧。

壓力聖誕紅

商店門口擺滿聖誕紅，那副絢艷明麗的光彩，令人的目光焦點忍不住停留久久。走近一看，原來是塑膠製的，啊，不知要怎麼形容，假的居然可以做到和真的一樣，讓人真假不分，甚至比真的更漂亮，因為沒有一葉有瑕疵。

有一種受騙的不好的感覺。

第一次聽到聖誕紅，以為是聖誕節日盛開的紅色花兒。八十年代末在臺灣和聖誕紅初遇，一個心情愉悅的冬日，在聖誕節前幾天，處處見聖誕紅，是真的植物，種在小花盆中擱在商店裡擺售。後來在夜市，也有人擺檔，一盆盆排列整齊，數大是為美，在冷冷的空氣中，眼睛瞧看著一街澄澄的紅艷，忍不住喝出一聲采。

鮮艷的紅散發的亮麗奪目教人心動，驚喜地讚嘆：「多麼美麗的花！」

朋友微笑，沒有嘲譏我的孤陋寡聞，他說：「其實是葉子。」

認真地看，果不其然。原來那一盆一盆的聖誕紅，竟都是葉子，根本不長花，不過，底下的葉子是綠色的，只有最靠近中心的頂處，長出來的數片葉子，為了耀人眼目，自己將綠的顏色幻化成鮮紅，果然就達到造成觀賞人的誤會的目的。

多麼奇異的植物，若全是綠葉，可能不會引人注目，若開紅花，也不過是一種花，但是，它全是葉子，卻在上端綻開數片紅葉，叫人再一次對大自然的神秘無法解釋。

我不曉得朋友有沒說錯，他告訴我，綠色的葉子，到了寒冷的冬日，那中間幾片紅葉益發絢麗。越是寒沁沁的天氣，那紅色越是扣人心弦的鮮艷奪目。因此那一年的聖誕節氣候要是特別寒冷，那一年的聖誕紅就格外燦爛。

多麼奇特怪異的現象，這是壓力給人帶來成功的好例子嗎？

對看一朵花

近日頻讀詩，喜歡讀詩的那個時刻的自己，心總是要柔軟起來。不照書頁一章一章順序讀，是翻閱式的，隨手翻到哪一頁，便讀哪一首：「你未看花時，此花與汝同歸於寂；你來看此花時，則此花的顏色一時明白起來。」

一讀再讀，不只是心被軟化，整個人都變得柔軟。仔細想一想，那朵你沒去看它的花，和你一樣寂寞，無聲無色，不發光也不閃亮；同樣的一朵花，卻因為你願意去看一看它，在看著它的那一刻，它即時變成明艷亮麗奪目出色。

當你已知道，唯有相遇，才會產生動人的故事，你是不是應該時時都去看花？其實誰不曉得人生實是大寂寞？但只要有一點時間，就抽空去看一朵花吧。每一回你趨近，和花對視至相應之際，你們的寂寞似乎一起被魔法解除，不只花的顏色變得出奇璀燦，連看的人你，也在瞬息間變得溫柔起來。

這不是深不可測的道理或虛構的幻想。世間萬事萬物皆如是。很多事情在你生活的周邊發生，你冷然以對，不關心不理會，那就等於無事。生命的旅程中，無論行經何處，總有許多人擦身而過，但你漠然忽略，拒絕轉頭，拒絕留意，忽視令你永遠也不知道，到底是誰人走過你身邊。

不管生活有多忙碌，瑣事有多煩屑，日子過得千頭萬緒或是沉悶無味，我們都應時常去看花，用一份熱忱的心，凝目專注和花交流，當情意生起，彼此都變得可親起來。

生命因此充滿了期待。

無名之美

閒時便找「花書」來看，起初是為了畫畫，一讀之下，發現不同的花各有不同的特性，非常有趣。漸漸地轉而被花的名字所迷。從字眼看，無論是美麗的或者是世俗的，全都非常吸引讀者。

清麗脫俗的如：水仙、玉簪、睡蓮、朱槿、紫霧、曼陀羅、玫瑰、牡丹、桔梗、石竹、紫羅蘭、白玉蘭、百合等。

一清二楚點出花的特徵的如：森林之火、火鳳凰、美人花、夜來香、軟枝黃蟬、紅棉花、刺桐花、喇叭花、口紅花、爆竹紅、蝴蝶蘭、吊鐘花等。

和生活貼得非常靠近的如：雞屎花、四點花、東南西北花、狗屎花、荷包花、黃蝦花、貓兒臉、臭味花、煮飯花、打老婆花等。

花兒太多種類，有時候看著名字卻忘記花的樣子，卻也不放心上。沒有如做學問的人那樣緊張，趕緊在第一時間去找出書本再找出原來那朵花，急著將花的名字和花的樣子對照後配成對。

往往是面對半陌生半熟悉的名字，頭腦無論如何尋思搜索總找不到，但是，在不曉得是哪一種花的時候，看著名字反而生出無限的聯想和遐思。

朋友知道我的眼睛時常在花書上溜達，因此一起出門就愛問我這花那花名什麼名。我時時說不出來，明顯是用心不夠。另一個原因是我總覺得，當我們在路邊看到一個美少女，從來沒見過，並不認識她，自然不知她姓誰名甚，但是，美麗的少女並沒有因此減少她的美麗的魅力。

花也是如此。

這花叫什麼名字？不知道。

有什麼關係呢？

當你喜歡一首音樂的時候，既不知道它的名字，也不曉得歌者，或是演奏家，但那音樂何嘗不是照樣動聽悅耳。聽著聽著，也許你會情不自禁要去尋覓那作曲人，寫詞者或是演奏家，不過，找到以後，知道名字以後，那歌曲是不是增加它的感人程度？也不一定，肯定的是讓你更加瞭解一首歌的背景而已。

看畫亦如是。一幅圖畫讓你看了感動，或有激情，或帶給你大衝擊力，需要去找畫家或者跑前去看看它的題目嗎？

已經逝世的名學者作家錢鍾書早就說過，吃了一個很好吃的雞蛋，不必強求要去看那隻下蛋的母雞。

我愛的是眾花的名，對於真正的那朵花的名字，沒有刻意去記。所有的花，不管什麼名，都是各有各美麗。

死了的花

捧著一束花，快快樂樂地走在路上，陽光明亮，心情明麗，感覺有很多眼光投射在我手中那束明艷的花上，益發得意，走到車站遇見朋友。

她對著我的花皺眉，口氣不以為然：「你怎麼把花切下來？」

一時會意不過來，愣愣地，不知如何作答。

「好好的花，你切下來做什麼？」她咄咄追問。

「哦。」我有一點點明白，說：「我，我只是買了一束花。」

這是考慮許久才做的決定。

一束花，那價錢可以吃一餐好吃的飯。

喜歡花，它的美麗和香氣，都使我甘願付出。

這是我第一次買花。

朋友冷冷地：「你知道嗎？花一被切下來，就是死了。」

好不容易才下了大決心，去買一束喜歡的花，歡歡喜喜地要回家去插在瓶中，聞嗅鮮花的香氣，欣賞鮮花的美麗，沒有想到，遇到這個想法完全不一樣的朋友。

她很嚴肅地問：「花好好的開在樹上，為什麼要把它摘下或者切下呢？」

因為她的表情太理直氣壯，害得我的心慌亂起來，而且感覺她說的話很有道理。

「可是，」我吱吱唔唔地，終於想到回答的話：「就算不把它摘下，它也很快就凋謝的。」

她不接受我的理由，依舊冷峻地問：「你這樣不是在加速它的死亡嗎？」

我嘆氣，在心裡。要是剛才走另一條路就好了。

回到家，我把花插在瓶子裡。

花切下來就死了嗎？

可此刻死了的不是花，而是我的好心情。

永恆而無望的桔梗

還不知道什麼是桔梗花的時候，喜歡上它的名字。成天問朋友，哪一種花是桔梗花？不知道花的朋友頗難置信，怎麼可能？

為什麼不可能？有時候連愛也不需要原因，更不用說喜歡。

還特地到處去尋覓，哪一種花是桔梗呢？

沒有人聽過，或者看過。周圍的朋友不太關心花，或花的名。幾個愛花的朋友都住得太遠。

只好到書中去搜索。「桔梗花屬桔梗科，多年生宿根草本花卉。植株高約七十釐米，人工栽培的，可高達一米。葉對生、輪生或互生，表面光滑，背面輕敷白粉。花單朵或二三朵生於梢頭，含苞時如僧帽，開後似鈴狀，因此桔梗花又名僧冠帽、鈴鐺花。花有紫藍、翠藍、淨白等多種顏色。多為單瓣，亦有重瓣和半重瓣的。」

書上的介紹，閱讀時候感覺十分清楚，但是，關上書本，桔梗在腦中照舊是一片空白，仍然不知到底哪一種花名為桔梗？

聽到我喜歡桔梗的朋友告訴我一個傳說：

把桔梗花採回來，仔細地搗碎，然後均勻地塗在中指和拇指的指甲上，把雙手拼成菱形，放在眼前，可以看到朝思暮想的人，也可以知道對方過得好或不好。

這個美麗的傳說來得太遲，假如在青春年代聽到，肯定會深信不疑，還會周圍到處去找來桔梗花搗碎，塗上指甲，只因萬分期待，渴切地想要知道朝思暮想的人的近況。

另一個傳說是，相愛的兩個人如果能夠一起看到紅色的桔梗花，到來生還會再續前緣，仍舊眷戀著前世不變的愛。

不過，這個傳說僅只是傳說，因為書上的植物學家說，桔梗花有紫藍色，翠藍色和淨白色的，世界上根本沒有紅色的桔梗花呀！

後來又發現日本書中極多桔梗的故事。一次在三島由紀夫的小說《繁花盛開的森林》看見秋露中的桔梗。「秋露彷彿一團白煙／從住宅的後門飄了過去／這些煙露就如同無聲的煙火般／在附近一帶蔓延／在秋露飄漫中／依稀可見遠方有許多桔梗花／這些花兒如一張薄棉被般／在秋露中綻放著寂寞……」

讀著，惆悵起來，但是，究竟桔梗花是什麼花？

因為喜歡，特地留意有關桔梗的一切。在花言花語一書裡頭，記錄著「桔梗花代表永恆的愛，同時代表無望的愛。」

真是非常奇怪而吊詭，既然永恆，為何無望？永恆，美麗的感覺，無望，悲傷的情緒。美麗而悲傷，多麼令人淒愴惘然呀！

如果照弘一大師的說法：「悲欣交集」，那麼生命其實正是一朵桔梗花。

桔梗花彷彿給我帶來非常深刻的感觸和領悟，但是，到底桔梗花是什麼樣的花呢？

愛的牽牛

非常奇怪。牽牛，從字面上看，並不是什麼漂亮的名字，但不知道為什麼，一聽到牽牛花，腦海中就會浮現非常美麗的花的畫面。

牽牛花的美是因為它雖然小而不起眼，但在開花的時候，總是盡能力將自己盛開，而且一定是和同伴邀約好，在有陽光的時候，便很快樂地綻放得明明亮亮的。因而牽牛花綻開時是一大片一起盛放，印證了數大就是美這句話。

一朵一朵分開看，它的美有點顫顫地，我見猶憐那種讓人心要發痛的。當它在盛開當兒，看著它卻已經一邊替它非常擔心，心疼憐惘是由於待太陽一旦下山，它們便會一起沉默無言地凋謝了去，那樣的毫無選擇，並且無法逃越時空的掌控。

本來以為牽牛單是紫色一種。後來才知道是誤會。在紅、藍、白、紫之中，又分深淺濃淡，配著綠色的葉子，有點閒暇時細細觀看，感覺分外明亮動人。

有一個朋友特喜歡牽牛。從前他家沒有，到處跟人要，老是種不起來。當他氣自己缺乏綠手指，發誓說這一回再種不開花，往後就不要種了的時候，牽牛卻開花了。

結果現在一屋子的圍欄全是紫色的牽牛。

日本人說，夜晚的寒冷和黑暗，才是牽牛花開放的必要條件，並非是陽光的照射令牽牛花綻開。

如果真是如此，牽牛花更令人加多一層欽佩。

日本人將牽牛名為朝顏，認定它總是在太陽升上來的時候，和太陽一起點亮早晨的燦美鮮麗。不追究。因為到底是否，最後並不重要。重要的是它美麗了我的眼睛和我的心情。

雖然有人說牽牛花賤生賤養，但園子裡一圍欄紫色並且深愛牽牛的朋友，非常得意自己的成績。

是愛情讓人感覺不一樣吧。

紫薇的玩笑

朋友告訴我：這就是紫薇花樹了。

我完全不相信他：不是吧？

那樹，枝幹很瘦，長相不良，似營養不足，那生在枝梢頭的花，零零落落細細碎碎，欠缺一份大方的氣派。尤其那紫色，完全過時，彷彿被大量的雨水沖洗的時日太長，不得不緩緩褪色的叢花，從前後左右看起來，無論怎麼樣也和宋代詩人楊萬里詠紫薇的詩連接不上。「似癡如醉弱還佳，露壓風欺分外斜。誰道花無紅百日，紫薇長放半年花。」

據說紫薇的花期可從夏日開到秋天，大約有半年，因此又有百日紅、滿堂紅的美譽。然而，眼前這棵紫薇花樹，它的賣相實在有夠貌不驚人，過於殘舊，就算開上百日，缺乏奪目之色，耀眼之姿，想來沒幾個人要欣賞。

之前在詩中曾多次驚艷，杜牧就曾誇獎：「曉迎秋露一枝新，不占園中最上春，桃李無言又何在？向風偏笑艷陽人。」口口聲聲讚美紫薇如梅花一樣俏麗卻不爭春。然而，真正遇見紫薇，它卻以如此殘花敗柳和發育不良的面貌呈現，令我有受騙上當的感覺。

「真的啦，我種了一年多，可能是氣候和土質皆不適合吧。」朋友顯然清晰地看出我表現得太過明白的瞠目結舌的懷疑。

之前我聽過，在中國，自唐朝開始，唯有皇家和當官的邸府裡，方準許種植紫薇花樹，一般普通平民百姓人家，可不能隨意栽種。

那麼這是一種充滿霸氣的花樹吧？

想像不出來，非常科學地去找有關花的植物字典查看：「紫薇為千屈菜科，屬落葉喬木，產於亞洲南部及澳洲北部，高度可達七米，性喜陽光、喜暖濕、耐陰，耐旱，忌澇，抗寒性強，生長較慢，壽命長。樹姿優美，花色鮮艷。葉對生，橢圓形，表面平滑無毛，背面中間有毛。花期六至九月，呈橢圓形的果實成熟於秋季。花有多種顏色，開白花者曰銀薇，赤花者曰紅薇，紫中帶藍者曰翠薇，開紫花者才為紫薇，其中尤以銀薇和紫藍的翠薇為佳品。因紫為正色，故統稱為紫薇。其根、葉、皮入藥，有清熱解毒、活血止血之效。」

讀完植物字典，照樣對紫薇充滿幻想，它起碼應該和牡丹花一樣吧。厚實的花瓣、大朵的外型、奪目的色彩……官家畢竟給人畏懼，照理它還應有一種強勢迫人的昂揚姿態，再怎麼說，官家的花，總要有點不同凡響才是。

朋友庭院裡，那棵紫薇花樹，樹身既瘦且小且矮，細碎的叢花，色澤黯淡無光，如果不是朋友特別推薦，也許我不會注意它的存在。詩中描寫的「紫薇開最久，爛漫十旬期，夏日逾秋序，新花繼故枝」，怎麼可能就是它呢？

想像多年，期待見面，果真有緣相逢，不禁對它苦笑，因為在感覺上，似乎有人和我開了一個玩笑。

芙蓉的價值

芙蓉花的顏色，隨著不同的時間而不停更換。

大自然的巧妙，平凡人如你我，難以瞭解。

早上的芙蓉花是白的，到了中午，換成淡紅，漸漸再轉為較深的紅，黃昏時刻，太陽下山以後，紅色的芙蓉花，並沒有跟著陽光的隱退而被漂成更淡的淺紅，或是漸漸回轉為早上的白色，反而益發絢艷，濃鬱地火紅了起來。

因此要說芙蓉花到底是什麼顏色呢？有人說著說著，最後吵起架來。美麗的花也許沒有想到會引起人的戰爭。說實在的，花的嬌美確實堪比女人，歷史上引發戰爭的女人可多了，不然便不會有禍水的別稱，因此鮮花讓人吵架亦不足為奇。

讀王維在《辛夷塢》寫的芙蓉，卻另有一番意境。

「木末芙蓉花，山間發紅萼，澗戶寂無人，紛紛開且落。」

又稱木芙蓉的芙蓉在山中開出紅色的花，寂寥清冷的水邊，沒有一個人過來欣賞，芙蓉花依舊悄悄地綻開，靜靜地凋零。

有人將此詩解為詩人以綻開的花卻無人觀賞來描寫懷才不遇的惆悵心酸。

然而，如果用另一個角度來看，芙蓉花自在地開，自在地落，它的價值並沒有因為有人來觀賞它而增添，也不因無人觀看它而減低，它並沒有因為遇到你或者沒遇見而有任何損失。

芙蓉的顏色在有陽光或無陽光的時間有所改變，那是你眼睛所見，顏色的轉換對於芙蓉的本質完全沒有不同。不管它是什麼顏色，它都是那一朵美麗的芙蓉花。

你為它爭吵，為它惆悵，那是你陷入了你自己或是整個社會規定的價值觀裡。至於你個人究竟是怎麼看待芙蓉的呢？你想過了嗎？

是不是先冷靜思考一下，再仔細來說芙蓉。

花的年齡

家裡時常有花，是鮮花，多數是玫瑰。送來的時候，往往包紮得極其漂亮，甚至可以華麗贊之，單是觀看也忍不住心動。

可惜，一天一天，眼看著它從細小花苞到展開盛放，然後悄然無聲地枯萎凋零。原有的淡淡芬芳也逐漸隨著流逝的時光一日日消失了去。

無限惋惜卻無從留下它的嬌美艷光。

不論是否每天給它定時換水、修剪，它總是在悄悄流逝的時光裡枯老萎去，讓人清晰地感覺芳華不再，原是光滑硬挺的昂揚花瓣，今天一定比昨天多出一些皺摺，乍眼一看似乎不甚清楚，甚至宛若無痕，不過，只要細心仔細觀察，就會發現，它確實是一點一點讓人恍然不覺地在沉默地萎縮。

據說不同的花代表不一樣的涵意，比如玫瑰表示愛情，而不同數目的玫瑰花也有不一樣的意義。我們這種年紀的老人，從來都搞不清楚，至於收鮮花為禮物的女兒，則大有研究。

她曾經數回重複說予我聽，可惜年紀越老大的人越是善忘，更何況又把這事歸類為毫不重要的瑣碎細小之事，未曾往心上擱。已經超越收到玫瑰的年齡，也就不理多少朵花代表著何等涵意。結果女兒的細數，多少朵玫瑰，背後的什麼蘊意，都隨著墜地的花瓣，掃一掃就丟進垃圾箱裡。

年輕少女收到一束又一束的鮮花，每一束都讓她驚喜。我喜歡花。她說。

價格並不便宜的花，耐看三天，便落得丟棄的下場。如此華而不實的禮物居然大受歡迎。家中的老人搖頭，不如叫他們送一些比較實際的吧。

自己已經忘記了，從前是否曾經有過喜歡花的日子呢？

輯三・不同的葉子

我愛你

要推進手術室的前一個晚上，給遠地的女兒們打電話，因為擔心引起在考試期間的她們的困擾和憂慮，沒有告訴她們我進了醫院。電話將關上時，我對小女兒說：「我愛你。」小女兒顯然沒有意料到媽媽突然吐露如此親密的心事，一向較沉默寡言而應對能力不太好的她，只在電話那頭輕笑。大女兒接到這一通我愛你的電話，先是哈哈大笑，然後問道：「媽媽你發燒呀？」

我想這不該是特殊的個案，而是華人家庭其中一個最佳樣版。對自己親愛的人，明明心裡愛得不得了，明明想要把愛說出口，卻發現萬分地難以啟齒。然後平日由於少說親昵的話，一旦口吐真言時，對方以為你不是忙碌到頭昏就是累到發燒了。

一直以為，只有感情內斂的華人家庭才如此含蓄。因平日缺乏訓練，不習慣把愛掛在口頭上，所以對最心愛的人，也只在像我那種「以為從此可能再也看不到了」的「充滿危機感的」情況下，才甘願清楚地說出「以為是臨終前的」我愛你。

平日接到西方朋友的信或伊媚兒，在結束以前，他們總不忘記加一句「愛相隨」——With Love，才簽上他的大名。當然不是傻瓜的我非常清醒地知道他不是真的愛我，只是一種西方人生活上的禮貌和習慣。

最近我看到一篇西方人的文章，作者說自己參加了一個「個人修養」的研討會以後，才發現四十四年來，他從來沒有告訴他的父母親以及妹妹「我愛你」。對去世已二十三年的父親，他無法表達歉意，也來不及再說我愛你。研討會結束以後，他一回家趕緊給妹妹打電話。當他告訴妹妹「我愛你」時，妹妹過了半晌才問：「你為什麼要說？」然後還很擔心地繼續問：「你沒事吧？」當他去探望母親，臨走前深吸一口氣說：「媽媽，我愛你。」媽媽的回答是：「你是不是在搜集研究資料寫文章？」

原來西方人也不是個個把愛掛在嘴上廉價拋售的。他們之中亦有害羞一族，把他們全體歸為同一類，是誤讀了他們。

不過，第一句我愛你，確實是略為難一些，再接下去重複的時候，好像比較容易開口，而且試驗過後的發現是，彼此之間的關係，真的比還沒有「我愛你」的時候更加密切。

也許你願意試試，對你心愛的人，上前去，說一句「我愛你」吧。

不同的葉子

在應該天氣涼快的黃昏時分，氣候仍然懊熱難當，我和小女兒腳步緩慢、優遊自在地漫步在離開住宅區不遠的小路上。路的兩側是鬱鬱蔥蔥的樹林。一旁是循規蹈矩按序排列種植的膠樹林；另一邊剛好相反，是野草雜樹恣意伸展開放的亂樹芭。兩座陰森幽暗的樹林裡都有很多小鳥嚣嚷地飛來飛去。它們從這棵樹到那棵樹，像是不能確定目標又不甘寂寞，紛紛擾擾地揮舞翅膀，口裡一邊忙碌地啼唱著只有它們才聽得懂的歌曲，樹林子裡因此沸騰熱鬧。

日趨緊張繁忙的生活，令日子裡少卻悠閒散步的情趣。這天小女兒自學校參與活動後回家，我突然非常想念從前在飯後全家攜手出去，在熒熒灼灼靜寂清幽的星空下蹀躞的那種舒逸溫馨感覺，於是邀她出來，小女兒毫不遲疑，即刻便點頭答應。

近日來的天氣郁悶沉滯，印尼森林大火焚燃的後遺症顯然尚未完全成為過去，不過行走一小段路，已經一頭一身汗滲滲。雖然愛流浪的風已經去流浪，不願意來驅走沉悶的空氣，但是在這樣的一個下午，能夠心情平和悠悠哉哉地踱著步，還有心愛的小女兒陪伴在身邊，讓我牽著她的手一起觀看這一條路上的風景，我非常高興。

一個年齡比我大的朋友，社會地位崇高，事業成就非凡，她的感慨卻令人感傷：「如果我早知道，孩子不過在父母身邊十多年，我寧願選擇回家陪伴她。」懊惱和怨悔總是由於一切成了過去，已經太遲，來不及回頭。我不要在孩子愈走愈遠的時候，才看著她遙遠的背影難過悲愴。

每一個人的價值觀不盡相同，陷落在事業與家庭中掙扎的現代女性往往難以取捨。顧此失彼是肯定。儘管如此，到了最後，大部分人仍然為自己當初的抉擇而後悔遺憾。

我正在為自己的幸福而愉悅感恩，突然小女兒態度認真語氣慎重地對我說道：「媽媽，有一天要是我離家出走，你不要到阿敏家找我，我如果真的出走的話，就不會到你熟悉的朋友家，會去一個你們找不到的地方。」

透過樹與樹的隙縫間，我看到棲息在大樹幹上的鳥兒驟然展開雙翅，輕盈地在空中滑一個漂亮的圓圈，接著朝往對面的橡樹林子裡穩穩地飛過去，那是它選擇的方向嗎？

把遙遠的視線折回來，望著長得比我高比我瘦的親愛的小女兒，她臉上是一副彷彿激昂又似沉靜的表情，那略為傷感的神態是我所生疏又熟悉的。我裝作若無其事的樣子微笑，但不知道為什麼眼眶漸漸濕潤，心裡湧動無數的驚詫和安慰，浮現著一種「連小女兒也終於長大了」的悲傷和喜悅。

我曾經想盡辦法企圖要將孩子的童年期無限地延長，然而到最後也只能無奈地嗟嘆自己的無能為力，經過時間急流的磨蝕，真的是沒有什麼可以留得住。

孩子產生了「逃家的念頭」，不是她不再愛家，而是所有的父母都沒能例外，一貫地把長大的孩子也看成小孩，於是就會給他們過於沉重的愛的壓力，小女兒對於父母給予她的深深疼愛和無微不至的呵護，已經開始感覺困擾，並且試圖要逃脫這充滿壓力的愛的籠罩。

夕陽貼在遠山上，尚未墜落，但是空氣中突然多了一份陰涼，所有的小鳥爭鋒似地啼叫得更為吵雜，平靜的心緒也被高亢的鳥鳴聲撩撥得紊亂不堪，然而若是缺少小鳥興奮的聒噪，綿密稠黑的樹林肯定會深感寂寥吧？深深地嵌在空中的還有夕陽邊那些潑辣鮮明的紅得驚人的顏色，失去控制似地在向外不斷渲瀉，放恣地把周遭的天空都染得絢艷燦爛，像是粗心大意的調色師父失手把裝著曙紅和朱膘色的顏色盤不小心倒翻了，而後驚惶失措卻再也收不回來。

這璀璨的炫麗顏色真像家中廳裡掛著的一組舊照片的背景。其中一張是在舊居的客廳裡拍的，照相的時候，溫和的金黃色陽光正好斜斜地照耀在廳裡，小女兒坐在鋼琴前，微仰著頭，長長的馬尾束在腦後，光滑飽滿的額，挺直秀氣的鼻子，慧黠的眼神，愉悅的嘴角，神態自然好看。

那時年紀小小的她自有她小小的憂慮和煩惱。每天換衣服，對著長形的穿衣鏡時，禁不住愁眉苦臉地問：「媽媽，你為什麼生姐姐的眼睛那麼大，把我的眼睛生得那麼小？」待她稍懂事後，一看見鏡子就焦灼地提醒我：「媽媽，我長大以後，你要記得帶我去割雙眼皮呀！」

從小對美份外敏感的她，連選擇鋼琴老師也要找一個美麗的女教師，因此按捺不住地時常對自己「難看」的單眼皮一直耿耿於懷，悶悶不樂。

「你不要這樣膚淺啦。」我試圖幫她把心裡那塊疙瘩移開：「外表的美有什麼重要？況且你覺得雙眼皮好看，可是單眼皮也有單眼皮的漂亮啦！」

她卻執意沉溺在她自己的悲傷裡，躁鬱地表達她的挫敗感覺：「你們雙眼皮的人不知道我們單眼皮的人的痛苦心情的啦！」

才上小學的她居然出此「出類拔萃」的「哲思名言」，令我不得不驚訝地對她另眼相看。

她並沒有像她姐姐一樣，迷書迷得忘了自己，平常看書不算多，採用的卻是精讀法，同一本書不停地重複閱讀，漸漸地從金庸到小王子。而她和我們說話的對白也日益精彩動人：「一個人過於自信，就會沒有自知之明。」「喜歡一個人，不用理由，討厭一個人，一定有原因。」等等。就在我對她的思考能力越來越有信心而開始覺得可以對她放心的時候，她告訴我，也許她會當個「逃家的少女」。

我怔忡。帶著一種亟亟欲逃的情緒，渴望走脫生活軌道的小女孩，是不是平日被各種無形的沉重壓力壓抑克制得太辛苦了呢？這句話是一種反彈現象嗎？當我們以為我們從來沒有給孩子任何壓力和束縛的時候，是否只是一種自以為然？

在孩子的身上，我看見了嚴酷無情的時間；在孩子的身上，我也看見溫暖有情的時間。

行走在人生的旅程上，誰也無法抗拒歲月匆匆的流失。當我那串青春的時光如風般飄逝時，我的野心壯志被倒入時光的石磨裡較磨成粉狀後，讓光陰的風輕輕一吹，便無影無蹤，我額上嘴邊的皺紋寫滿光陰的印痕，而孩子的稚嫩青澀，天真無邪也同時消失在歲月疾速跨步的足跡裡。

曾經年輕無知的我，曾有不被瞭解的愴惻和痛楚，也有「每一個人都是一座孤島」的黯然神傷感喟，在粗糙現實的傾軋下我逐漸老去，自以為已經成熟並對人生瞭解透徹的時候，曾經帶走我年少輕狂的時常被我唏噓感慨的迢遞光陰再度重新把這些我當年執迷不悟的憂鬱感受聚攏，然後毫無保留而一成不變地重複轉移到我心愛的女兒的身上。

每個人都有自己的一個秘密房間，年幼不懂事時老想尋找一個人或者一些人進來共同分享，這種不切實際的天真想法在流轉歲月的沖洗下逐漸淡化，終於憬悟後，微微地嘆息，並且冷漠無情地在房間門外靜靜地懸掛上一個寫得一清二楚的「請勿打擾」的牌子。

我非常明白孩子並不是屬於父母的，她是另一個生命個體。父母無法掌握控制更不能操縱她。她既不是到來代替父母去圓當年父母無法實現的夢想，也不是代父母來成就父母當年未完成的志願。同樣的，在孩子未來的人生路上，父母根本不能替代她。生命是由她自己負責和完成的。因此，做父母的人，唯一能做的是盡所能在她無知時候陪伴她、幫助她、牽引她、輔導她。企盼塑造一個人格健全的孩子，希望她平安走上康莊大道，然後自我淬煉，自我成長為一個獨立自主、有愛心並負責任的人。

有些父母因為心中充塞過多的愛，無形中就產生濃烈的佔有欲，無時無刻不想緊緊把孩子攫摟在懷裡。在為孩子付出良多後，便期望孩子回報，萬一孩子做不到，於是怨懟和慨嘆隨著而來。也有些父母照料孩子的行為過於極端，把生活中的每一個細節都安排妥貼，面面俱全地將可能發生與不一定會發生的事都一一考慮周到，這種絕對徹底的照顧不一定是十全十美，反而可能培養出依賴性強，自私和吝嗇傾向的孩子，人的韌力也因而被消滅。當孩子有一天走進社會叢林，難以承受些微的挫折與失敗，面對巨大的挫敗甚至會挨受不住而終至崩毀。

漢朝的王充和近代的胡適之在不同的時代不約而同說過：「不要以為父母對子女有恩。」我謹記於心。

臺灣散文家蕭蕭寫過一篇小散文題為：〈每一滴水都有他自己的聲音〉，他要求大家「用心來傾聽不同的情愁和不同的喜悅」。

每一個孩子都是一滴有自己聲音的水。

有一次我和姚拓先生到泰國去開會。會議結束後主辦單位安排的旅遊節目是到海邊觀光。抵達目的地後，作家們紛紛成群結伴去購物或觀賞海上遊戲。我陪著姚先生坐在海灘上樹蔭下的沙灘椅上聊天。姚先生指著海邊的樹說：「哪，你注意看，每一片葉子都是不同的，就算它們來自相同的一棵樹。」

我是一個粗心大意的人，從來沒有注意觀察周圍的景物，錯過生命中許多美好的風景，衷心感謝姚先生的一句提醒，讓我學會「萬物靜觀皆自得」。

於是我看見紅毛丹的葉子都是長形的，木槿花的葉子都有鋸形邊，洋紫荊的葉子是心形的，仔細入微地觀察後，就會發現，姚先生說的事實是一個真理：「每一片來自相同的一棵樹的葉子卻都是不同的。」

因而不該把孩子當成自己的附屬品或持有物，不管她發表的意見有多幼稚可笑，也應當尊重。讓她從自己的錯誤中成長，讓她也有懊惱後悔的機會，不必事事為她佈署處理，她一定要學習擔當，因為這是人生之必要。

讓父母的愛豐盈了孩子的生命，而不要成為她們怯怕的壓力和負擔。

兩個月前大女兒將要離家的那段日子，我的悲哀像節節升高的氣溫，整夜因滿溢不止的顧慮不安而無法入眠，衍生的恐慌和焦慮在房裡的空氣中膨脹，其中一個擔憂是原本親密無隙的關係可能被無堅不摧的時間和空間造就出疏離感，沒想到大女兒去到外頭，也不知道是否已經深切地感受到世事和人情的荒涼，只知她回家時對父母的感情更為親愛，距離讓她學會包容、諒解和關心。

縱然心裡有許多許多的難分不捨和惆悵迷惘，但是我們無論怎麼樣都應當提供孩子更寬廣的生命空間和心靈自由。我最喜歡的哲思詩人泰戈爾在《漂鳥集》裡這樣點醒世人：「把鳥翼繫上了黃金，這鳥便再也不能自由翱翔了。」要是摯愛的孩子能夠怡然自得地翱翔在她自己選擇的天空中，便是父母最大的安心和快樂。

有一天，伶俐可愛的小女兒終會像她溫順好學的姐姐一樣，成長到可以照顧自己，接著就毅然向父母揮手，一步一步穩當實在地走向她所追求的目標和方向。

人總是在失去一些東西才發現它的存在。這樣的矛盾和遺憾並非偶爾，而是時常在心裡迂回流動，我不希望再一次重複這份悔憾，因此我要好好珍惜小女兒在家中，在我身邊的有限時光，不論長短，都是我晚年時候最美好的回憶。

沿著相同的小路回家，高低起伏的蟲叫聲令人對兩旁黝黑的樹林充滿神秘的想像。倏地一隻黑不溜丟的小動物從隱晦模糊的林間竄出來，我迅急地後退又失聲驚呼：「啊！」

「只是一隻貓。」小女兒輕輕地捏一下我們互握的手：「你不要怕嘛，媽媽。」

推不開心中升湧上來的若有所失感覺，斜陽的光輝漸漸收斂而暮色已經從四面遊離，尚未全黑的天空中出現一個熟悉清麗的月亮。日月的墜落和升起正如生活中深深淺淺的寂寞和悲傷，濃濃淡淡的快樂和喜悅，無論你要不要，喜不喜歡，一定要接受，因為你別無選擇。

快到家的時候，我終於放開緊緊地牽著小女兒的那隻手。

後天的溫柔

聽過無數個之中的一個悅耳的恭維是：「你的脾氣怎麼可以那樣好？」

有一次在關丹，坐在麗春車上，和孩子通電話。當我把電話關掉時，麗春的語氣充滿欽佩：「我真服了你，和孩子說話，可以這樣溫柔，該向你學習。」

「我？」詫異，因為講電話的人自己倒是不知道。「我有嗎？」

「真的，輕聲細語，像沒有脾氣似的，教人好生羨慕。」她繼續讚賞，然後問：「你是天生就這麼溫柔的嗎？」

我大笑，不是沒禮貌，而是這些以問題來恭維我的人，皆是新朋友。

唯有舊日友人才曉得，我曾經有多大的脾氣！

所謂天生的溫柔是後天訓練出來的。

從急性暴躁轉化成和顏悅色，輕聲細氣，皆因家中有兩個女兒。

每回受邀去演講「親子關係」這課題，結束之前，我不會忘記感謝我的兩個女兒。是她們，讓我明白人生應當多一點溫柔，少一點急躁，還有生命中種種的可能和不可能。

曾經以為本性難移，非常堅持自己永遠不會改變。但是人生的變數多到無從數。

當年自己在家當女兒的時候，脾氣像易燃的乾脆薄紙，並且還是耍性格高手。看不順眼的人，不想看，即時掉頭便走。話不投機的人，不想交談，對坐半日，既不理會也不開口。不稱心的事，不理周遭的人是誰，馬上給他看臉色。表演變臉根本用不著挑觀眾。

竟不知道這樣為所欲為的舉止是在討人厭，更不曉得這種作法叫做囂張，也許不是錯，但是人沒有權利隨便傷害別人。

自負地以為這樣便叫做「真實不偽裝」。

時間的河曲曲折折地流過去，身邊添加了人，生活增多了歷練，終於領悟隨心所欲並不是不可以，但是不能夠因而讓別人受傷。

尤其是有了孩子以後，心裡突然添多了溫柔，加多了空間。

從前不能容納的，不耐煩的，有了女兒後，都可以容忍，都可以耐心。

甚至學懂替他人著想。

單身時候，一切以自我為出發點，自我便是中心。

女兒出世後，思想逐漸成熟圓融。已然明白，世間還有一個人，一些人，是讓你可以忘記一切，讓你除了一心一意地愛著她們之外，不求任何回報。

愛讓你忘卻生命中的艱辛苦難，折磨挫傷，也是愛，讓生命豐盈美好，湛麗璀燦。

因為有愛，心變得柔軟，人變得溫柔。想到自己也可以如此偉大，抑止不住要感謝兩個女兒。

父親和文學家的責任

每回上當受騙之後，直接的反應是既氣憤又傷心。氣憤的是長得一副聰明相的我怎麼會有那麼蠢那麼笨？對朋友傻乎乎地全然信任？傷心是毫不猶豫付出了一片真情，卻遭那人有辦法完全不在乎就將我真誠的一顆心隨便拋擲在地上，更不理會我的心是否會碎成一片片。這個時候我只好充滿苦澀地用爸爸最愛說的一句話來自我安慰：「吃虧就是佔便宜。」但年輕我的畢竟缺乏父親的修養與領悟力。作為一個樣樣請求快速顯現，凡付出後必需馬上看見回酬的現代人，我實在無法接受這麼虛幻而看不見眼前利益的語言。

吃虧就已經吃虧了，怎麼會變成是佔便宜呢？

我想了許久都不明白。於是便認為父親只是像我一樣在阿Q式地安慰一下自己罷了。既然受人欺騙，上當後無可奈何之餘，不聳聳肩說一兩句雖然沒有實質建設性可有安慰一下怒氣騰騰的心的話來消消氣，又能怎麼辦呢？

父親常常上當常常受訛。經過我的一番研究之後，可以肯定他顯然是受到古代文學家的影響。父親念書不多，不是因為沒有機會，而是他自己放棄的。父親並不是不愛念書，也不是好玩，這件事情談起來不免要牽涉到父親的悲涼身世，為了避免一些有關親人感情上的傷害，我略過不寫。雖然父親因為某些原因，連中學也沒有念完，但他卻很喜歡閱讀。這個嗜好遺傳給我。在父親年青的那個年代，他的消閒讀物都是一些××演義的傳統故事。這個類似《水滸傳》的武俠演義小說灌輸給我父親的是「恩義」兩個字。這兩個字在今天的社會早就沒有人注意了。（據說新出版的字典也不打算把它們編進去）就算認識的人也往往棄之不顧或者乾脆不用。而我的父親由於深深地受了影響，卻緊緊地抱住他認為是正確無誤的友誼之道不放。我常常以為他的此種想法是落伍的。說句不敬的話，在這一點，父親確實有些些的「食古不化」。

假如不是「道義」和「恩情」這兩種所謂優良，其實已經太古老過時的人格品質在父親心裡不斷作祟，他就不會三不五時被他那些所謂的「朋友」欺詐，而讓洞悉世情的母親氣忿又悲傷。

一個卑鄙的人在欺騙另一個善良的人時，他可以昧著良心睜著明亮的眼睛說瞎話，只為了要達到他的自私或不良目的。父親在商場上馳騁多年，不會不明白這個道理，卻屢次上當，屢次受詐。我曾經為此而憤怒父親的愚昧，氣恨父親為何「知錯不改過」？

尤其是這些人居然包括父親的結拜兄弟。

父親有很多結拜兄弟，大約一共有十多個。我常常想，父親之所以會結拜這麼多兄弟，一半也許是他的身世令他對自己的孤獨感覺特別深刻，另一大半的原因，肯定是他的思想受到「桃園三結義」的荼害。

在這些結拜的伯伯叔叔之中，不乏有真心以兄弟之情之禮相待的良善叔伯，但是，其中有幾個，卻是由於貪圖父親生意上或人事上的便利關係而來的。

他們知悉父親性格上的「從前人所謂的優點而今人如我看起來是個很大的缺陷」的弱點——義氣，於是就專往父親的這個要害發動攻擊。

我仍舊記得一個姓駱的叔叔。那段日子幾乎每一天都來懇求父親與他結拜。說他非常欣賞父親爽切開朗的為人。聰明伶俐的母親一眼看穿他的不良居心，在旁大力反對，直潑冷水。誰知有一天黃昏，父親喝得醉醺醺的回來，告訴母親他剛剛已經被姓駱的叔叔拉去廣福宮拜過神，兩個人從此結拜為異姓兄弟。這位臉上常帶笑容的駱叔叔，對我們非常好，與我們家走得非常接近，甚至他的大小兩個太太以及兩頭住家的孩子都帶過來與我們認親戚，開口閉口以小輩自居，不斷帶禮物上門。媽媽不是貪小便宜的人，更何況心中早有懷疑，每一次收了禮，一定回他一份同等價值的禮物，就是不願領他的情，也籍此暗示他，我們不接受他的好意。一年後他絕跡我家門。因為他請我父親裝修他的兩棟房子都沒有付錢，尚且向父親借了一大筆款項，不知是無法或者是不肯歸還。這證實了我和母親當初的猜測是準確的。

父親說的話和這種事實叫半大不小的我無法平心靜氣地接受。當時尚在念中學的我，和母親站在同一條線上，氣呼呼怒騰騰。父親總是這樣說：「不會的，我們都是來自同一個鄉裡的人，他絕對不會欺騙我，他只在經濟上一時周轉不靈罷了。」父親安慰的是他自己還是我和母親，我到今天仍然不明白。

我所知道的結果是到了二十多年後的今天，這位姓駱的叔叔仍然還處在周轉不靈的狀態中。因他從此再也沒有出現，那筆被借去周轉和裝修房子的錢完全沒有下落。

父親房裡有一個抽屜，專用來收藏「空頭支票」。現在不知道有沒有移到他的鐵櫃子裡當紀念品。幾乎個個朋友都知道父親的俠義心腸。凡是現金周轉不靈的時候就會來找「親的」。他們出現在我家時，都是這樣稱呼我的父親。我的父親是：姓林的就是親，同一個鄉裡出來的也是親，同一個籍貫的也是親。於是，「親的」，「親的」，因為一句「親的」，結果就用鈔票與那位不知是從那兒「親」起來的「親的」交換支票，換回來的，往往成了「無價之寶」。（銀行裡領不到錢的支票，不是無價之寶是什麼？）

這樣聽起來，不覺得有點奇怪？好像許多做生意的人，總有周轉不靈的時候而我的父親彷彿時常都是「周轉得靈」。

其實當年我家的環境還沒有今天這樣好。父親的「有義氣」到了什麼樣的程度，說出來恐怕有人以為我是在誇張。那時家中米缸裡的米常只夠煮三五天的飯，一到開學，五個孩子要交學費、買課本校服校鞋書包，母親口袋裡的錢不夠用，只好去找家境優渥的二姨張羅。父親卻可以由於道義在照顧朋友甲而向朋友乙借錢轉給甲。甲歸還的是一張永不兌現的支票。（那時政府尚未實施空頭支票一張罰款一百馬幣的法令。商人只要有一本支票簿，就可以隨便開支票。）於是，父親就得替甲還債。有些朋友還算有點良心，只騙這麼一次，然後從此不見人影；有的居然不曉得什麼叫做慚愧和廉恥，將父親的慈悲心腸當作好欺負，一次又一次地來找父親演苦情戲。

父親一廂情願的認定：「朋友有通財之義」。母親有時氣起來會叫父親去向那些曾經來通財的義氣朋友，借一筆款項給我們家通一通財，父親寧願自己咬牙捱苦，既不敢也不願意向朋友開這種口。

父親好面子，心腸軟臉皮薄，這也是文學家給父親的間接影響。看古書，好漢子豈有低頭豈有流淚時？就是流血也不哼一聲的。打落牙齒的話，和著血也就吞下肚裡去了。關公刮骨時，還談笑自若地下棋。是條好漢的，有苦有痛，絕不向別人訴一聲苦。父親可是關公的忠實信徒呀！家裡神桌上供奉的，正是關帝爺。所以家中有什麼需要而手頭不便時，父親也從不向朋友訴說，何況這個時候，父親的朋友都變成大海裡的針。要在大海裡尋找一支針，你找得到嗎？

母親和我對這種見利忘義的朋友非常生氣，但是父親的想法卻大不相同。父親有時會搖搖頭替他的朋友辯白：「人家也是沒有辦法嘛。」

父親以為，人家在沒有辦法的時候想到找他，是他的光榮。而他既然比別人有辦法，就該替人家解決問題。

父親不曉得，有一些無恥厚臉皮的人是把「欺騙到手」稱為有辦法。父親自己是死硬派，不論自己如何辛苦，也硬著頭皮堅忍。他是「當你忍不下去的時候，你再繼續忍下去就是了」的信徒，所以，將心比心，他以為別人「開口了嘛，他都開口了，一定是走投無路，逼不得已才扯下臉皮請求的。」

生活在古代的話，父親肯定會被人歌頌成「好漢」。可惜在這個爾虞我詐的現實社會，父親的古道熱腸，憨厚老實和「講義氣」，只是他人眼中的落伍與傻氣的代名詞。我每次看見父親表現他對朋友的情義時，都免不了要生古代文學家的氣。文學家的責任實在是太重大了。父親的為人，性格，直接間接，多多少少受了傳統名著的影響。我因此奉勸很多年輕人，一個立志要做文學家的人，在下筆時是絕對不可掉以輕心的。

由於父親過於重視友情，付出的往往多於回報，造成母親與他時常產生磨擦。作為家中的長女的我，看見母親不時為此而傷心流淚，不免會對父親把義氣和恩情擺在第一位頗不以為然。然而，在我再長大一點的後來，當我在書報雜誌上讀到一些「為朋友兩肋插刀」的故事時，我照樣會為人性善良光輝的一面而感動流淚。我甚至開始有點懷疑，當年我與母親在父親面前一直攻擊他的那些騙他的錢的朋友是多餘的。因為父親一定是早就看穿了那些朋友只是在利用他，而父親也並非真的是人家眼裡的大傻瓜。他只是在盡一個好朋友應盡的責任和能力，至於那些接受了父親的關懷與體貼的朋友不把父親當成好朋友，那不是父親的錯。

在父親粗獷，嚴肅的外表下，有著這麼細致的一顆心與高尚的情操，而我和一個斤斤計較，銖錙必計的現代人又有什麼差別？常常自認不俗的我，那身銅臭氣味比做生意的父親還要濃烈，受過高深教育，自稱「三日不讀書，就面目可憎」的我，不只對中華傳統文化所歌頌的朋友情義不懂得發揚光大，反而對擇善而固執還頗不贊同，原來一向被我視為父親弱點的，竟然是早已消失的人性優點！

現在我才明白，這許多年來，我手上捧著的是一塊被我當未雕琢的玉看待的石頭，而父親手上拿著的，才是一塊不發光的寶石呀！

為狗洗澡的天才

四歲的女兒把她的處女作拿給我看。

「這是什麼？」我大驚失色。特地花錢費時，載到她檳城某著名畫家處學習繪畫，她卻給我看這樣上面「黑糊糊」的一張紙。

畫紙中央是一團的黑白相間，大塊黑的面，留小塊面的白，然後在紙的四周全是淡淡的青色藍色黃色，對著如此「現代派」的一幅作品，也在學習繪畫的時刻盼望走出傳統窠臼，不要保守和老土的我的眼睛變拙劣了。

「為狗洗澡。」女兒快活地告訴我她畫畫的主題。

我失去控制地喊出聲：「為狗洗澡？」然後用手出力揉我的雙眼。

畫面上有濃的黑和淡淡的其他顏色，不知道狗是黑的或是白的那一團，也許那是一只有黑點的白狗，可能是有白點的黑狗，還是旁邊輕輕彩上其他顏色的那個部份，是一隻彩虹色的狗兒？

「哪，」她指著畫紙上：「這是狗呀，這是浴盆，這是我，我拎著一條塑膠水管，還有這是水。」

「哦。」我輕輕點頭，替她做解釋：「你畫的是你在為狗洗澡。」

聽呢，好像聽明白了，但老實說，看是看不明白的。

其實不只是創作的人，也許作為一個欣賞畫者，也得具有高超水準的藝術眼光，由一個像我一樣普通觀賞者看來，這幅畫不只是非常抽象而已，簡直就是——小聲地——「不知所云」，比藝術大師畢卡索的還難看懂。

後來，做了很長時間的研究，我們一致公認，女兒從小就比別人走在前面，因為她不必先經過具象畫的訓練，就可以畫出讓人看來看去都看不懂的抽象畫。

特別提到這件往事，是因為當時對著這幅畫研究的包括她的畫家老師。根據她的畫家老師給的評語，是這樣的：「你的女兒是天才。」

對一對年輕父母來說，這句話實在是驚天動地。

「原來我的女兒是個天才。」

所以一直給她學畫。

後來，天才畫家進了馬大法律系。

我們一直都有點惋惜。我們的畫家朋友如王耀麟、丘瑞河都口口聲聲說：「我們下一世還是要當畫家。」好像當畫家是非常享受非常快樂的事。

到現在我們還不斷地提到「為狗洗澡」這幅畫。

法律系學生臉紅：「那是安慰的話，你們怎麼到今天還分不清？」

誰要去分清楚呢？所有的父母對別人贊賞孩子的話，不管過了多久，都言猶在耳並深信不疑。

歉疚的蘭花

提著輕便的行李和對藝術的深沉嚮往與無限憧憬出發，先到英國去探望在那兒求學的妹妹，然後和妹妹結伴飛往歐洲旅遊的大女兒，在她行走於義大利的水鄉威尼斯期間，寄來一電郵：「……佇在深受拜占庭和伊斯蘭建築影響的雙重圓屋頂的聖馬可教堂前，寬闊廣場上成群的鴿子正快活地啄食著遊人飼餵它們的玉米，深秋季節的午後，寒峭的風迎面吹拂，我和妹妹雖然各自穿上卸寒的風衣，頸上還圍了厚厚的冬季圍巾，沁人心脾的森森寒意仍然颼颼地肆意掠過來。威尼斯的建築物古老典雅，充滿哥德式風格的拱門和文藝復興時期的巴羅克風味，不僅精緻漂亮得令人目不暇給，還有一種奇特的魅力，叫我們留連忘返。媽媽你那麼喜歡古典雅致的雕刻壁飾的老建築，一定要到威尼斯來看一看。但是，也許天氣太冷，來自熱帶的我們走在不太適應的氣候當中，成天只覺得肚子好餓，好想吃東西，用中國成語裡邊那一句『饑寒交迫』來形容最貼切。在大馬的時候，我們算是相當喜歡吃披薩的年輕人，但是，置身在披薩的故鄉義大利，凝望古老的大運河飽經人世滄桑的悠悠流水，眺看河上緩緩晃來一艘滿是歲月痕跡的貢朵拉，處在並非刻意卻分明地張揚著浪漫的優美環境中，實在捨不得離開，可是我們不得不走進最靠近的一家披薩店，喚來雞肉添加又多又厚的乳酪的披薩，對著平日在家的時候也很愛吃的乳酪披薩，媽媽，你不會相信的，我和妹妹心裡一致在想念外婆的咖哩雞和黃薑飯……」

收到電子信的時候，我正在閱讀一本關於植物的書，書名是《洋蘭》。有一篇題為〈蘭的歷史〉的文章，文中記載著中國古代傳說神農帝在述說著對人們有益的植物時，曾提及中國紫蘭與一種石斛蘭。另有一說是孔子把「具有芳香的植物」一概稱之為蘭。在孔子的時代，尚未有植物分類的概念，因此當時所說的蘭，並不是今天所謂的蘭。不過，早在晉朝、宋朝、元朝都已經有關於「蘭花」的記載文章。東方人把蘭視為「親切、完美、女性化、高貴、典雅」的代表。

在大女兒的信上看見她竟然帶著一個家鄉的胃出門而微微地笑起來。出國前她還斬釘截鐵說自己平日飲食並不挑剔，就算每一日吃的是麵包薯條都沒關係。沒想到抵達義大利不過數日，就已經開始渴盼暌違的家鄉食物。但我沒把這事放心上，旅遊並非長住，她一回來，只要開口同外婆說一聲，肯定外婆會馬上下廚滿足她的食欲。於是我擱下她的信，繼續翻閱《洋蘭》書中另一篇文章〈迷人的洋蘭〉。作者將「蘭」歸類為高等植物。因為在植物的進化史上，蘭是一種突出的植物，它同時也是植物界中最大的花，比如拖鞋蘭的長瓣拖鞋蘭，兩邊的二個翼瓣各長約三尺餘，盛開時直徑達六尺多，而且蘭科植物顏色變化極多，幾乎大自然的各種色彩都有。至於蘭花的花形異常奇特。它的花瓣雖然只是簡單六片，以及一個扁柱形的雌雄合蕊的花蕊，但是構造複雜，花形變化多端，再說到花的味道，雖然香花的種類繁多，可是所有的鮮花的香味全都不及蘭花的香遠益清。一般的花，最長的花期不過三五天，有些甚至早上開花，晚上便凋謝了，唯有蘭花的花期，短則三四周，長的甚至達數月之久，絕非其他種類的花可比擬。

我放下書，這些全都不是媽媽喜歡蘭花的原因吧？媽媽沒有看過這本書，她根本不知道有關蘭花的一切。

不久前回檳城的時候，曾經和媽媽一起上巴剎，買了菜以後，她停在印度人的花檔前，從許多七彩繽紛顏色鮮艷的花兒當中，媽媽挑了幾株色彩明麗的蘭花。皮膚黑得陽光也要在他身上反光的印度攤販用一張泛黃的舊報紙，把數株還淌著水珠的剪枝紫蘭花隨便捲紮起來，「三零吉。」他卻懂得用華人的方言福建話說價格。媽媽付了錢，彷彿自言自語又似乎在和我說話：「我最喜歡蘭花，買幾枝插在瓶裡，可以耐好多天。」媽媽是站在經濟效益的立場上，選購蘭花的吧。

說起來似乎不可思議，作為女兒的我，其實並不曉得媽媽喜歡蘭花。反而是從小女兒的電郵裡，看見她提到這事。

遠在英國的小女兒，上個假期，為了一瞻羅浮宮博物館珍藏的藝術品的風采，特地到法國首都巴黎一遊。過後在電郵裡告訴我：「媽媽，你一定要來，不然你肯定會遺憾，幾乎所有你喜歡的畫家的作品都在這裡，最主要的是這兒有你的最愛——莫內的荷花睡蓮，但我找不到外婆喜歡的蘭花，好像歐洲畫家都沒人畫蘭花的。」這趟藝術之旅令她眼界大開，她興致勃勃地建議「每一個畫畫的人至少要來一趟巴黎，看一看藝術原作。尤其是羅浮宮的『鎮宮三寶』——《蒙娜麗莎》、《米洛斯的維納斯》和《沙摩特拉的勝利女神》，它們是藝術史上絕對不可錯過的傑作。面對原作，身臨其境仔細觀賞的那種感覺真是不一樣的。」意猶未盡的小女兒還把羅浮宮經典收藏的三寶仔細地作了一番介紹：「當我們走到世界文明的無價之寶，達・文西的《蒙娜麗莎》面前，整個館內滿是觀賞的人，擁擠稠密得幾乎可以用人山人海來形容，但是，沒有一點聲音，人們被『美』攫住了視線，然後震懾得無法出聲。《米洛斯的維納斯》雕像高兩百零四釐米，它呈現出西元前二世紀後半葉柏加那雕刻的『矯揉主義』的特色，這個缺手的維納斯得此名是由於它在一八二〇年出土於米洛斯島。而高達兩百七十五釐米的《沙摩特拉的勝利女神》是為了紀念海戰勝利的女神而製作的雕像，無頭的勝利女神是在一八六三年於愛琴海的沙摩特拉島被發現的。」到英國雖然是去學習音樂，但自小喜歡藝術的小女兒卻對由皇宮變成美術館的羅浮宮印象深刻。「宮外那世界著名的由六百片玻璃製作的金字塔，是貝聿銘，媽媽你一定知道這位曾經九次榮獲美國建築師協會設計獎並被稱為『現代建築設計大師』的華人的設計，當時引發不少人的紛紛議論，包括很多反對的聲音，但如今它卻已經成了羅浮宮的象徵。也許因為他是華人，我們觀看許久也不厭倦，感覺特別驕傲。在這個人類文化寶庫裡，花一整天的時間也無法看完，肚子餓了，就在裡頭吃麵包，這是巴黎最便宜的食物，就是我們在大馬叫它法國麵包的一條長棍子似的長形棒子麵包。」寫到這裡，小女兒終於忍不住流露出她對家鄉的思念，竟然和她的姐姐一樣，也是屬於味覺的：「你知道我是很喜歡吃麵包的，但是，媽媽，在這裡吃麵包的時候，我老是想起外婆的春捲和滷肉。」

我記不得媽媽喜歡蘭花，也許我從來沒有刻意去留心媽媽喜歡什麼花，忽略的原因非常簡單，一直覺得媽媽並不疼愛我。記憶中的童年往事穿越過遙遠的時空，再度交錯重疊。媽媽心裡最疼的始終是年幼卒逝的二妹，當時傷心悲痛的媽媽曾經對六歲的我說過一句話：「都是你，一直和二妹爭玩具，現在她去了。」我和二妹相差僅只一歲，稚年的我，乍聽此言，失措驚慌，耿耿於懷的是，二妹原來是因我而去，一種「我是兇手」堆砌起來的沮喪和內疚，糾纏日久造成內心永恆的創傷印記。成長以後，不但無法釋然，反而荒涼陰鬱地認為媽媽對一個不太懂事的六歲孩子說出這樣的話，分明是過於偏心，那一道無法消除的傷痕縱然無聲，但卻在沉默不語間，日漸浮突明顯。

飛揚而去的是時間，難以割捨的是哀怨，不但無法稀釋，反而一日日積累加深，但是，為什麼我從來不曾多加思索，也沒設身處地去體諒或理解媽媽？其實在那當時，媽媽不過是個毫無社會經驗的二十多歲少婦，幾乎可說是不諳世事的年輕無知，處於心碎愴痛的黯淡時刻，沉浸在抑鬱哀愁甚至可能被巨大的恐懼和惶惑籠罩的她，面對疼愛的女兒驟然死亡的這個顫悚可怕的灰暗現實，承載著蒼涼心酸的她只能徬徨無助地四處尋找痛苦出口的途徑和管道。今天回想，如果媽媽不愛我，為什麼我的兩個女兒在陌生國度的旅途中，竟然會不約而同地想起她們的外婆的拿手好菜。

我追憶起自己離家以後，遷搬到被我稱為實在遠的實兆遠，偶爾回一趟檳城，媽媽就提早為我準備好我嗜愛的咖哩料讓我帶走。我人在檳城時，媽媽每一餐都煮我想要，喜歡吃的家鄉食品。對一個只懂得烹飪的六十幾歲婦人，她對孩子們的關心和愛，完全蘊蓄在她烹煮的食物當中。

倔強而固執地感覺媽媽不愛我，腦海中不肯罷休、執拗頑強地長期儲存著這等堅不可摧的想法對媽媽是否過於嚴酷苛刻？是否不公平？我老是在羨慕別人擁有溫柔敦厚，大方明朗的理想品性，然而自己卻又是怎麼樣的一個人呢？單是嚴厲地要求媽媽，為一句無意的話，長期陷落在不良情緒的困擾裡的這一份小氣，便意味著心胸異常狹隘而斤斤計較的惡劣性格，時刻不忘提著桿秤在生活中，並不能說是慎重而是局促地錙銖必計地點算愛的重量。

在生命的旅途中，歲月的曲折流轉漂洗掉許多記憶，包括種種美好或苦澀的過往。我們選擇自己喜歡的鮮花品種培植在記憶的花園裡，同時不斷地努力為自己的記憶花園砌設圍牆。灑在圍牆園裡的鮮花種籽，多半是我們對別人的不過是一點點一絲絲的付出。我們恣意，或者理直氣壯地去誇張放大別人對我們的小過錯小失誤。至於任何人對我們的好，無論如何掏心盡力，我們的記憶往往事先作過一番篩選，才決定要淡漠地丟擲或悉數來收藏，然後再仔細考慮是否願意滯留在花園裡。這個時候，通情達理是不存在的，因為人們往往沒有意識到自己的偏執。

接受比付出容易，並且也更容易被遺忘。無論媽媽對孩子有多好，總是會在不停地流逝的時間裡被淡沒隱遁，輕輕地便遊離出記憶的圍牆之外，這是很正常的，因為孩子就是那個接受的人。

我把《洋蘭》合上，突然想起多年前讀過一則關於花的微型小說。一個年輕人到花店打算買花送給女朋友時，遇到一個小男孩，小男孩選了一束康乃馨，可是身上帶的錢不夠，年輕人替他付了賬，然後問：「你這花要送給誰呢？」小男孩一臉哀傷：「今天是母親節，我要到墓地去看媽媽。」原本要去買玫瑰花的年輕人聽了，心念一轉，馬上改選一束康乃馨，走出花店，他上了車，往媽媽家的方向開去。小男孩的話令年輕人倏地領悟，當媽媽還健在的時候，沒有及時給媽媽送花，萬一有一天，媽媽不在了，花要送到哪裡去呢？

《洋蘭》文中的作者說，蘭花的花期持久不衰，蘭花的香味清雅耐聞。其實媽媽對孩子們的關懷和愛，不就和蘭花一樣嗎？但是，孩子是否曾經費過心思去選購一朵蘭花贈送給媽媽呢？

從兩個女兒的信上，我看見一個輕忽的媽媽，多年來不曾為孩子們喜歡吃的食物下廚，孩子們遠在國外，懷念的不是媽媽的拿手菜肴，而是外婆的食物的味道。當我在心中暗自嘆息我的媽媽不疼愛我的時候，我的孩子不是更加有理由認為我不疼愛她們？

女兒們一致提醒我，西洋藝術史上的瑰寶全都擺在歐洲，若不安排去走一趟，也許將會成為一生的遺憾，可是，此刻我在想，威尼斯可以不去，羅浮宮也可以不去，如果要說無價之寶，媽媽的愛，何嘗不是呢？

學佛的我相信輪迴的說法，難得的人身的這一期的生命也僅有一次，因此，若非萬不得已，我們都不允許為自己的生命製造遺憾。現在我最應該做的，是趕緊去挑選一朵美麗的蘭花，拿去送給媽媽，表示一個粗心女兒這許多年來的深深歉疚，和疼惜。

到相遇的地方去把你忘記

距離那天已經很遠了。

初遇的情景，堅實地擱在記憶的旯旮，被時間層層覆蓋。如果不是一張機票，我幾乎以為我已經忘記。

拎著機票的手是顫抖的，機票上附著一封信，字粒在跳動：

不想讓悔恨折磨你一生，
讓你去想去的地方，
讓你去見想見的人，
然後讓你選擇你要走的路。

南飛的機上，我捧著一本書，細細閱讀，在別人的故事裡毫無辦法地流著自己的眼淚。只因為書裡熟悉的故事，觸動了我的心。貯存在眼睛裡的淚不受控制地流下來。恍惚間你的臉孔清晰真切，都說歲月可以漂白最難忘的記憶，為什麼在我心中，日夜呼喚的依舊是你的名字？

認識的時候，你我各有所屬。

故事未開始，便存在宿命的結局。

偉大的情人活在人們的唇舌裡，在創作的小說裡，在電影的情節裡，而在真實的人生中，那一點點的愛情和一點點的夢想，輕易便向俗世社會妥協低頭。

多少冗長的不眠夜，聽見時間靜靜地流滴。想念是落在心裡的雨，最終漫漶成一座海。海浪翻滾著，每一片浪花都寫著你的名字。

下機後，長型的旅遊巴士花了兩個小時才抵達雅拉河畔的酒店。放下行李，急切地深怕耽擱了什麼，拿了一件風衣和圍巾，穿過大廳，走到門外。

春末夏初的墨爾本，黃昏的風猛烈地吹，風衣和圍巾都擋不住寒意，戴上手套，把雙手收在衣袋裡，一個人沿著河岸徐徐蹀躞。兩岸的燈光逐漸點燃，轉眼間一片繁華璀麗燦爛迷離。佇在一棵大樹下，迤邐的燈光熠熠閃亮，光影交錯的風景帶著虛幻的神采，拿到機票的時候，以為下的是堅定的決心，來到這裡，才發現那是一段過於熱切盼望下的衝動。

歲月的河潺潺地流，尖利的石子也會被淘洗成光滑圓潤的鵝卵石。你根本不可能是當年的你。我清醒地望著漸漸黯暗的天空被重重疊疊的烏雲布滿。同樣的河邊，同樣的天氣，停泊在河裡的船，同樣隨著微波浮動，彷彿聽到你說：「回大馬的時候，我要帶你去一個地方散步，有漂亮的棕櫚樹和綠草起伏得像波濤的山坡……」

因為他，我回去了，因為她，你仍然留了下來。

永遠不必去赴那棕櫚樹下的約會，已經成為一個不能實現的夢想。退卻和捨棄裡充滿無奈，因為我們都不希望有人在這份感情中受到傷害。

走的那個早上明明是晴朗朗的藍空，到了機場卻下起雨來：「墨爾本的氣候是以一天四季聞名的。」我點頭微笑，是的，你早已經習慣了墨爾本，適應了墨爾本。

四季都是夏的馬來西亞對你未免嫌太單調了。

如果分離是因為要等待相聚，那麼分離也可能是一份甜蜜。

說再見的那一刻，空氣中飄浮著隱隱約約的淒惻憂傷，因為我的決定是從此不再相見。但還能夠瀟灑地忖想：世上沒有做不到的事，選擇是在乎要不要罷了。

時間靜靜地沉澱，強悍固執的感情一直在滋長，不曾停息，深陷在泥淖裡無法自拔時，掙扎和思念讓人憔悴蒼老。

在一起的時候，你盡你所能來愛我；分手以後，我只好盡我所能來忍受那份愴痛。

早知道歡樂是短暫的，就不應該漫不經心。遺憾是因為把這段感情誤為沸騰的氣體在蒸發過後，便會永遠消失在乾淨清亮的空氣中。

竭力壓制那無所不至的渴望和想念，沒想到還是露出了焦慮的痕跡。所以多年以後，他在出差前，終於留下了信和機票。

有人踩著單車，呼嘯而過，年輕悠悅的笑聲在初夏的風中飛揚，是你嗎？是我嗎？是我們嗎？

踩自行車的日子過去了。

我們的日子再也回不來。

如果人生是條河，我們便是站在兩岸的樹，風起時，我聽到你的嘆息，你聽到我的感慨；你望著我，我看著你，但是不能在一起。

你分明在他鄉，卻又如影隨形在我身邊，並且在我心裡通行無阻。我只好時常問一個沒有答案的問題：有沒有一個地方，可以讓我不再想起你？

分手前曾經相約，再回來一定要再相見。

這些年來，你在你的軌道中行走，我在我的日子裡生活。

縱然這一回尋得著你，但找回來的，是不是當時的你？

河邊的馬路，人來人往，慌亂緊張的步伐，不復當年的從容緩慢。而你忙碌急切的腳步在經過雅拉河的時候，會不會突然回顧起某一年某一天你曾經深愛過的某一個人的笑容？

徬徨而軟弱的心纏繞著哀傷和惆悵，在此時酸楚而淒淒地痛了起來。

他給我的，是順心遂意的生活，是容忍和寬待，還有他深刻的期盼，那是一張來回墨爾本的機票。

夜時八點以後才見到暮色遊移，河上似乎有一層霧，我拉緊衣領往回走，彷彿聽到你在我耳邊說：「把你的手放進我的衣袋裡，讓我溫暖你。」

你時常這樣陪我散步，用手圈著我的肩膀，讓我躲在你的胸膛，看星星一顆接一顆在夜空中忘我地焚燃。

為你，我回來了，沒有見到你，我又回去了。

來去之間已然明瞭，我們再也沒有辦法回到過去。

某個作家說：「世事如同浮光掠影，這世間沒有任何痕跡可以永久留存。」

也許他沒有說錯，然而不管到那裡，不管是什麼時候，時間和空間的阻隔，都無法把生命中的一些鐫刻得過於鮮明的印記消蝕。

上機之前，眼淚是為了無力感而滴落，從一開始，要做的事，總是做不到。

美善的花朵

曲折的人生路上，無法避免不斷地遇到挫折，困難和壓力。我們一邊感嘆，一邊繼續行路，只是對人對事的態度愈來愈審慎，越來越漠然。

「因為瞭解，所以慈悲。」一法國諺語沒錯。然而在生命的道路上，能夠真正瞭解你的人恐怕不多。人的內心和靈魂，毋需花時費神去砌牆隔離，虛偽面具掛得太久，已經脫不下來。

不過，僅要遇上一個，已足以讓人感動感恩。年輕的孩子告訴我。面臨這一回難以彌合的生命挫傷，世界在剎時間轉為空洞而乏味，要不是身邊的幾個朋友，已經被抑鬱淹沒的孩子絕對不會復甦得如此迅捷。她因此心存感謝，並對自己許諾，無論何時何地，只要有朋友陷入困境，曾經尖銳而冷僻的她，非常樂意去成為對方的好朋友。

熱心關愛，不求回報，在第一時間伸手援助，是做朋友的基本條件。

朋友為她不斷地付出的這段時期，讓她溶解了向來對所有人抱持的警惕和距離，深刻地體會到原來當她淪陷在如此難過的憂傷境地，世間上仍然有朋友在身邊關心她，疼愛她，並盼望她盡快從痛苦的深淵中迅速地抽身擺脫出來。

這份熱情的力量，使她掉淚，也使她擦乾傷心的淚，她終於明白，人際並非如她想像中一般疏離。

生命因為朋友，得以重新發亮。

她和朋友道謝的時候，朋友根本沒將此事往心上擱，只是說，你傻呀？我們是朋友呀。

多麼動人的美麗答案。

這讓我想起我在臺灣的編者朋友。我們從來沒有見過面，不過是文字的交情，但她對朋友關懷愛護，當我感激道謝，她卻在電郵中輕描淡寫：「人生一場，最後的時候，我們會記得什麼？又有誰會記得自己？生命歷程中，曾經有一些美善的花朵開放，就值得了。」一點也不把自己曾經做過的好事放在心裡。

閱盡滄桑世事的我把這句話背下來。並要自己永遠都記得，生命中所有的朋友，我永遠是你們的朋友。

縱然有許多人感覺自己在這個荒涼而喧嘩的社會中，一顆心已經漸漸枯槁並且變得冰冷無情，不過，當我們遇到美善花朵的時候，不必質疑那份馨香絢麗，也不要忘記，我們每一個人都有綻放為一朵美善的花的可能。

香氣的哀愁

很久以前聽人說過，凡懂得喝茶的人，一概不喝花茶。花的香氣淹沒了茶的味道，喝的已非茶，而是被花香迷幻的一種感覺。

但是請想像一朵朵已經乾燥的花，讓熱水沖泡以後，徐徐緩緩在杯裡再次綻開，讓人感受到彷彿已經死過一次，又再度盛放的重生之驚喜。過了一會兒，打開杯蓋，氤氳的花香味兒慢慢地飄升上來，不必喝它，就看著花兒在綠色的茶水裡盈盈浮動，美好的感受便在心裡悄悄地遊移展現。

這描述絲毫不能感動對喝茶素有研究的人，他們堅持：「喝的是茶，聞的是花香，已經不是原味的茶，真正講究喝茶的人是不會選花茶的。」

「那些開始喝茶或是久喝以後仍然不懂品茶的人，首選便是花茶。」話語裡清楚地摻雜些許輕蔑。

一般女性都不理這種輕視的荒誕言語，就算是規距甚至傳統，也可以打破吧？何況這可能還僅是一種偏頗想法罷了。她們兀自享受在熱水裡漂散出來的花香味，喜歡看有顏色或白色的花在綠茶水中重新綻放的美艷鮮活，對別人把自己歸類到毫無水準，不會喝茶的人中間，心情根本紋絲不動，毫不在乎。

更介懷的是全然並非自己的要求和期待，一晃眼猛地發現自己已經來到這個年齡。走進中年，如果事事依舊過於在意外人的眼光和言語，徒然失去很多原本掌握到手的快樂。誰也不能預測往後的人生究竟尚有多少年？還能夠剩下多少快樂的時光？既然是屈指可數，為什麼要為不懂你的心的別人放棄或中斷僅餘的愉悅日子呢？

益發堅持喝想喝的花茶，繼續為茶中的花得以重開一次而多一次的喜悅。

有時候覺得，花茶就像有些愛情，讓人動心的並不是那個人而是愛情本身。

第一次喝「牡丹繡球」，是在同學會上。有一個同學剛自中國回來，非常興奮地帶了一罐茶來與大家分享：「你們聞一聞這味道，馬上會喜歡的。」

聚會的同學大都來自臺灣，她們喝慣臺灣進口的凍頂烏龍，但是，聞到那茶的香氣以後，每個人都抑止不住喜愛競相爭問：「這叫什麼茶呀？」

「『牡丹繡球』，最好的茉莉花茶。」帶茶來的同學因為被欣賞而開心地說。

「當之無愧哪！」愛喝臺灣茶的同學們嚐過以後，大家異口同聲承認。

從那一刻開始，它的濃馥味道不經意地深植心中，開始四處尋覓。碰到愛喝茶的朋友，就同他們提「牡丹繡球」：「真的很香呀！」

一個朋友聽說以後，從中國旅遊回來時，特地帶來一罐「牡丹繡球」。

「我還是喜歡喝南方的紅茶。」喜歡鐵觀音的他向來對其他花茶綠茶皆沒有好感，千裡攜茶原來是對友情的重視。

內心浮蕩著感激和欣喜。

充滿冷峻嚴酷荊棘叢生的人生路上，友誼和愛情可以把生活中的粗糙、冷寂、苦悶和黑暗推開，讓人的感情變得溫柔細致，讓人感受喜悅和光明，同時也是撫慰受了傷的人心的良藥。每天下午都泡一壺，沉溺在它彌漫的香味裡，同時也浸漬在溫馨的友情裡。

有一段時期曾經為愛別離和怨憎會迷惑不解，於是勤讀佛書，從此曉得人生的無常；人生既有「有緣相聚」時，定也有「無緣分手」時。時常勸告對感情過於執著的自己，平常日子裡也必需抱持著充分的心理準備，要不然，一旦遇上散席時候，悲傷將會不斷膨脹，愴痛也不會停止張揚。

新認識一個朋友的時候，總不會忘記預先警告自己，人生無不散之筵席。這句話在小學畢業那年，寫作文的時候用上，非常得意。許多年終於過去，顛躓曲折的人生路上，交疊重複著無數的相聚和分手，一路上收集累積起來的歡欣和悲傷，都捨不得隨意丟棄，既不能也不願，通通擱在記憶的櫥櫃裡當成心愛和珍貴的收藏品。

一有閒暇，便打開櫥櫃重溫過去的感情滄桑，在回憶的通道裡進出來回，其實是一種心靈折磨，寧願也甘心去忍受，因為這份痛楚和心酸存在一分讓人深深留戀的美麗。

如何讓過去成為過去呢？這是深情人最艱難的挑戰，往往失敗，驕傲的人那一敗塗地的慘狀包裝得緊密結實，永遠不會讓人看見。

一直存在在陰影中的時刻居然在意料中意外地到來了。

「將要被調職了，不能不走。」送茶的朋友語氣裡充滿無限的惆悵和萬般的無奈。

「啊！」在心裡高喊，過於強烈的震撼帶來失語和緘默。

為什麼幻想和理想落到現實，總是要變形的？

這應該是預知的結局，正如早上朝陽東升，到了黃昏時刻，夕陽一定會往西邊墜落下去一樣的理所當然。

閱讀一本書，從開始的首頁就預先看到悲劇的結尾，不一定是讀者天生聰明，多數是作者編寫故事陷進老套的窠臼。

不幸的是悲劇往往讓人難忘，那份缺憾讓美麗不只被固定在某個時間裡，而且成為通往永恆大門的一支雕花鑰匙。

曾經有一年到過一個地方名叫陽關。站在滿是風沙的荒原上，隱隱約約間聽到有人在拉二胡。模模糊糊的依嗚依嗚，馬尾製作的弓一下拉一下推，靜止不動的是聽二胡的人的心。

「咦？怎麼會有人在這裡拉二胡呢？」

矗在沙原上的石碑，題上「陽關故址」四字，那書法具北魏風格，渾厚圓潤，平和穩健，毫無離別的怨懟之氣。送別的人來到這兒，幾人能似寫字者心平氣和若此？風沙飛揚間，低迷幽怨的旋律遊來走去，哀慟淒怨。閉上眼睛聽了半晌，終於抑止不住，開口問導遊：「每天都有人在這裡拉二胡嗎？」導遊一臉愕然：「有嗎？」他轉頭問其他團員：「你們聽到了嗎？二胡的聲音？」團員四顧，並沒有人真正側耳傾聽，卻一致吃吃地笑起來：「是風刮沙的聲音吧？哪有什麼二胡呢？」

離別和二胡，正如陽關和分手，黯淡和陰冷，是相連不斷的。而無論何時何地，二胡低揚的聲音，恆是帶著一份濃重的無力感。

想像時空各種告別的方式，沒想到的是措手不及得連握手也沒有，不曾再一次感受到掌心的溫熱，就已經變成河上沒有渡船行駛的兩岸邊的人。

說再見是如此容易，語音裡微微的顫抖可以被掩飾得很好，任誰也聽不出來欲絕的淒惻，只因不想彼此都帶著沉重的哀傷離開。

倉促一聲「珍重」以後，幸福突然變成愴傷，流轉迅捷的時間從此變得悠長而緩慢。

困難和痛苦的不是送別的那個時刻，而是分開後再也沒法相見的日子，所有的期待都被冷酷地劃上絕望的句點。

真實的人生是沒有完美的，這不是新的發現，但卻是一個錐心的疼痛。而且人的力量原來那麼渺小，和一隻螻蟻無甚差別。仰頭撫著自己軟弱無力的手掌，青筋畢露而蒼白瘦削，於是便知道凡命定的皆無法推翻。

夜裡不能成眠，張著眼睛輾轉反側，只因為要逃避做夢，不得不離開溫暖的床。下樓到無人的廚房間泡茶。牡丹繡球的清香味兒一如往昔，看著憂傷的味道隱隱在杯上氤氳浮移，心裡非常清楚，這股味道在往後的歲月裡也許會被隱沒，但永遠也無法消散。

有些愴痛不能言說，幸好可以化成每一個晚上的思念。

月光在窗外，溫柔地照見，廚房裡失眠的人沉默地喝下的，是一杯香氣的哀愁。

相見的形式

人生充滿偶然的相遇。

無意中碰到投緣的朋友，正在言談甚歡之際，驪歌驟然響起，分別的時刻在瞬息間來臨。緊緊握手互道珍重，雖然一心依依，縱然滿懷不捨，含著淚光和手足無措的疼痛，亦不得不揮手。

在廣漠未知的時光裡，這一別，也許從此分隔兩地。

邂逅的結局永遠是分開。

終其一生，就那麼一會。感情卻不能在中途停下，聚散苦匆匆，古人在詩中，感慨此恨總無窮，現實生活裡，要找誰來傾訴自己逐日發酵的惆悵？

剝開期待，收藏在裡邊的往往是挫折，但生活中該放棄的，卻難以輕易鬆手隨便放掉。生命裡盤踞著許多矛盾和沮喪。寫了一本書，書名就叫《偶遇的相知》。陳應德博士生前讀過後，給我打電話，在話筒的那一頭，聲音有些哽咽地說：「這是一本『情書』。」我輕笑不答。他自己解釋：「因為埋伏在筆下的情意呼之欲出。」

從前不是太年輕，而是過於天真和幼稚。粗糙的心並不明白世事無常，情意難住，所以輕率相對，不知珍惜，既不懂悲憫別人也不會疼愛自己，最終是一重一重糾纏不放的後悔懊惱，落得只能縱情渲泄在文字裡。

許多事情過了許多年以後，在生命中消失無蹤，毫無痕跡；似乎從來沒有發生過。只有耽湎在腦海裡的人，永遠那樣鮮明清晰，好像一直都沒有離開過。

日本女詩人小野小町溫柔地書寫她綿綿不盡的悵惘心情：「夢裡相逢人不見，若知是夢何需醒？縱然夢裡常幽會，怎比真如見一面？」

人生中的難以相逢，在過度渴望時，令人衍生幻想，只好把見面留在夢中。多麼虛幻渺茫呀！尤其在孤寂蒼茫的夢醒時分。無法將心中腦海留戀的一切逐漸忘懷，現實中卻又沒有任何東西是真正屬於我們的。

時光在我們身邊飛逝，腳步永遠向前行去，而我們深深眷戀各個值得回憶的人，惋惜種種過去的風景，反覆去記取往昔歲月裡的事物，昨日擁有過的快樂和甜蜜彷彿不凋的花，可是，匆匆的時光，重疊堆砌的記憶，能有多少是讓人掌握在手上的？

想起來就惶惑愴惻，因為攤手一看，竟是一片空白。

結局居然是一無所有。

不論悲歡離合喜怒哀樂，它們全都自指縫間漏泄了去，紛紛回歸原來的起點，變成空氣中的一粒微塵。

怎麼會看不清楚這是無法改變的事實。但憂傷伸出強而有力的雙手，把迷亂中的徹悟都推搡到一邊，於是時時惆悵，時時惘然。

慧愚法師看到我的散文集子《偶遇的相知》的封面，含笑對我說：「偶然的相遇，是為了日後更長久的相聚。」

又分明是乍相逢便分手，是相知又奈何？而分開以後，在悠長的歲月裡，再相聚分明成了無法企及的渴盼。

莫非這是慈悲的慧愚法師見到眷戀的掙扎和痛楚，故賜以憐憫的安慰？

有一首詩：「是昨天，或一千年前，我們分手，到如今我仍然感覺，你的手撫在肩上。」沉痛的離別裡蘊含著永恆的懷念，分手和相聚彷彿可以交互重疊，一起出現。

人生眾多不如意的其中一項，是日常時時在見面的多數是相遇時也不想同他微笑的人，而一心牽掛懸念的那個人，卻一直都沒有機會在一起。

不過，慧愚法師這一句話，令我重新思考：「想念，難道不就是相見的另一種形式嗎？」

是的，相聚，不一定非要面對面的相見，無論在任何時空，只要想念，就得以相遇。一切，只不過是形式罷了。有的人，長久地在心裡和你相聚，那是因為你從來都沒有把他忘記。

恍然大悟，世間所有像荊棘般的苦痛、等待和艱難，變得都是可以忍耐和接受的。那微笑地說：「偶然的相遇，是為了日後更長久的相聚。」的慧愚法師，對此原來早已了然於心。

惆悵風鈴

獨居短住在廈門大學一個半月的時候，呼呼蓬蓬的風吹是黃昏的聲音。

每天黃昏下了課，在寢室看小說，一邊聽到的是浪濤一樣的風聲。廈門大學就在海邊，開始的時候，誤以為真是浪濤的聲響。

因為在海島長大，浪花拍擊堤岸的蓬蓬聲入耳，彷彿家鄉的呼喚。後來教導我「女權主義和中國婦女文學」課的廈大朱水湧教授告訴我：「正如惠安女從圖畫中走到國際，廈門的風也在文章裡，吹遍全國。」

往往在閱讀至眼睛疲憊時，放下手上的書，側耳傾聽。呼呼蓬蓬的風聲中蘊涵著鹹鹹的海水味道，令人錯覺自己又重新回到年華煥發的青春年代。

秋風使勁地吹，秋天的陽光照耀在遊子的身上，寒中帶暖。在大學校園疾步走，腳步漸漸緩慢下來。兩個女大學生自身邊經過，溫柔的語音帶著亢奮地敘說少女的幻夢。

「我在窗邊掛了一個風鈴。」

「你的房間好，窗口對著芙蓉湖，可見草地上的人，湖裡的船，還有湖邊的柳樹。」

「不是風景，是風。」
「是呀，廈門的風怎麼可以那樣強勁？」
「也不是風吧。」另一個女孩想了想，終於說出來：「是那送我風鈴的人。」
「啊！你喜歡上他了吧？」
清脆得像風鈴的笑聲是女孩被人看透的心事，在朗朗的風中噹啷啷噹啷啷。沉醉在愛情裡的喜悅心情，於笑裡迴旋，多大的風也吹不走。
單獨一個人，踽踽走在陌生國家的土地上，體會寂寞的滋味。竟學會貼在別人身邊，偷聽他人的心事。
在瞄我一眼以後，她們不以為意，繼續交換著她們年少的青春心事。人們對不認識的人，益發坦然地放心說話。
風鈴挑動的心思，在風起時姍姍而來。
回憶一貫充滿惆悵。我也曾經喜歡聽風鈴聲響。懸掛一個在窗下。風一吹拂，風鈴便揚起。歲月會催化許多東西，但不包括前路上的某個感情事項。
結局是風鈴的聲音，悠悠並略帶愴傷味道，和每一個讓人懷念的愛情故事一樣，最後也並非喜劇收場，故而令人甚為惆悵。
看著兩個瘦削女生的背影逐漸遠去，心裡祝願廈門的風鈴有個美好結果。那個時候還有一點點希望：不是每一個愛情的花兒都必然枯萎吧？

廈門日子在歲月的風裡流轉，已經變得縹緲遙遠，那浪濤一樣的風聲和風聲裡的風鈴故事，在時光的催促下照樣不走，堅持留在我的心上。在滄桑的年月洞悉愛情沒有不朽的痛苦和絕望，使我每一回想起這樁往事，每一回都要給予對愛情充滿無數美好幻想的年青女生深深的同情和祝福。

白菜

我和兩個女兒超愛吃白菜。

小女兒魚簡說，每次去超市，看見白菜就忍不住要買。後來她承認，在英國那三年，很難有機會看見白菜，想念過甚，結果患了渴望白菜症。

可惜她親手丟棄了好幾個沒爛沒壞的白菜。

「為什麼白菜裡總要躲只蟲子在裡邊？」她氣恨自己時常做劊子手，那只蟲睡得舒服，卻讓她往往大叫一聲，驚醒蟲子後，整個白菜就立刻被她大手筆丟進垃圾桶。

好可怕。她不是怕白菜，她怕蟲。

她叫它白菜蟲，吃掉她對白菜的食欲。

從此等媽媽為她煮白菜。「免得一打開那菜葉子，又見菜蟲，噁心呀！」

大女兒菲爾也是個超級白菜迷。

她的天下之美味非常簡單。一粒蕃茄、一把蝦米、兩個香菇、幾片白菜、半個紅羅蔔，煮成一碗湯，最重要的是，最後下的那個蛋。「沒有蛋，味道出不來。」（到底她喜歡吃蛋，還是白菜？）她說，「是白菜啦。」

這一碗白菜蛋花湯，無論下麵，加米粉，配飯或和饅頭一起吃，對她都是「真好吃，太好吃了」。激動到沒有別的形容詞，不能怪她。她一個人在檳城當律師，自己住，通常在沒有人請客，懶惰出門到外婆家找吃，也沒有朋友相邀去晚餐時，在家自己動手烹煮她所謂的美味佳餚。

我喜歡白菜，因為喜歡那白裡透青綠的顏色。淺淺的青綠往往自菜葉的邊沿逐漸淡化，往下到了白菜頭部，變成白色的葉片，看著，感覺上就是很好吃。

況且白菜容易處理，洗洗便可以下鍋。像菲爾的天下美味湯，快且簡單，不必勞神費時間。要是加入豬肉，添了酒和麻油，一點鹽，喜歡辣的，加幾個紅辣椒乾，煮成紅燒肉白菜，無論和飯和粥，都很可口。也有把白菜和干貝及蠔乾一起燜，要上桌前再加點髮菜，那味道，現在想起來都想去吃飯，雖然還沒到晚餐時間。素煮白菜時，喜歡腐乳炒白菜絲，可加入豆枝和紅羅蔔絲及冬粉，要不然，就香菇燒白菜，也是一道百吃不厭的素食譜。

國畫大師齊白石，繪畫題材多選擇生活中的物事，白菜也是他喜歡表現的內容。他曾經坦承自己極愛白菜為肴，並為白菜喊冤：「牡丹是花中王、荔枝是果中王，為什麼白菜不能譽為菜中之王呢？」

原來我們和齊白石是英雄所見略同呢。這樣一想，自己彷彿增高不少。

不過，齊白石曾經嘗試與他門口的菜販做交易。他畫了一張白菜圖，以為可以和菜販換一顆大白菜來作當晚的佳餚，沒想到，菜販摸摸齊大師的頭，不屑地說：

「你的白菜又不能吃，能做什麼用？」

在衣食住行，開門七件事無法滿足之前，講什麼藝術皆是假的，全都被貶到像塵埃那樣低的位置上。因此菜販不瞭解藝術的價值，不要怪他；今天生活豐裕，許多受過高深教育的現代人，同樣也不甚瞭解。

提升文化藝術水準，大家空喊在嘴裡，當大家在選擇的時候，還是拿起一個可以放進嘴裡吃的白菜。

浮生若夢，為歡幾何？

也許真的是「人人都可以飛」的航空公司出現，使得年輕一代的旅遊方式有了改變。從前開部車子在國內越州繞個圈，已經令人羡慕。現代孩子，卻是幾乎每天都在忙碌地安排：下個月到哪個國家旅遊去？

生活是很乏味的。宛若複印機般的日子更讓人鬱悶，每天起床，重複前一天的生活。已經無法滿足好奇和好玩的現代人。天天不停地工作工作工作，女兒說，懂得玩，是對乏味生活的一種報復。

咦，說得有理呀。

有時候她們旅遊回來，聽她們的「逍遙遊」，聽的人倒替她們覺得辛苦。比如大清早一睡醒，就背個包，吃過宿處（她們少住星級酒店，為了節省旅費，都是選擇2B旅人宿處，2B的意思是床和早餐，Bed and Breakfast）提供的早餐，就到最靠近的便利店或超市，購買食物（大多是麵包）和水，開始一天的漫長行程。在歐洲和英國的時候，幾乎一兩個星期都沒吃過一粒米飯，「在巴黎、維也納和羅馬的時候，走路走到腳差點斷掉，晚上回到宿處，幾乎懷疑腳已經不在腳上。」菲爾甚至還有在義大利的火車上，用洗臉盆來洗頭髮的經驗。作為媽媽的人，聽得差點掉眼淚，可是她們樂此不疲。回來休息不久，又開始策劃下個行程，然後每過一段時間，就要出去走一兩個星期。

菲爾笑說，她的朋友問她，為何如此辛苦奔波？如果把這些旅遊的花費省下來，今天她可以換部比較好的進口車。

魚簡平日生活最節儉，近乎吝嗇。花每一分錢，都要計算。除了音樂書籍和ＣＤ，她為了堅持正版而花大錢之外，衣服鞋子非待減價時才肯購買，吃飯從來不進名貴餐廳，為的是省錢去旅遊。

她們把體驗不同國家的不同文化，去看不同階級的不同生活形態，當成生活樂趣的一部分。種種的不一樣有時讓她們反思，更加珍惜手上擁有的一切。

出走是為了讓自己喘息。為了生活，日子忙碌，可是她們總有一個遙遠的夢，支持她們把平常日子過下去。

旅遊像在完成幻想中的美好，過後照樣回到人間，在紅塵中繼續打拚。

努力賺錢竟是為了花錢？

為什麼呢？我曾經問。

浮生若夢，為歡幾何？女兒們的回答。

啊，真叫人惆悵。是的，生命中快樂的時候太少了，就讓她們去吧！

玉蘭花的情意

一朵微小的花對於我，可以喚起不能用眼淚表達出的那樣深的心思。

——英國詩人華茲華斯

推開院子的鐵門，打算開車出去，尚未上車，突然聞到空氣中有一陣似曾相識的香味。

循著香氣尋覓，原來是那株剛植下不多久的玉蘭花，沒有想到它會在那麼短的時間內就開花。

米黃色的修長花瓣微微地張啟，晶瑩的露珠還停留在瘦瘦的花瓣上，待太陽一出來，露珠就會立刻消失在空氣中，真慶幸自己比陽光還先發現那數朵含苞待放的花。

車裡的人在呼喚，時間從不為人留，無論在何種心情下，再不上車，便將遲到，依依不捨，滿是惆悵地和玉蘭花告別。

一個星期後再回家來，院子裡也許連一地殘萎的玉蘭花落瓣也不見了。

究其實，花既不為我盛開，更不為我凋零，不論我是不是在家，玉蘭花都會自開自落。一如時間的緩慢或迅捷，皆是人的心情造成，與時間的腳步根本無關。

最愛是花開時，給人帶來美好的歡喜感覺，沁人心脾的花香更是令人情緒愉快欣悅。

有人奇怪為何選種玉蘭花，想起來全因為是朋友的情意呀。

年前從朋友家返回的半途中，朋友在電話中說：「本來想採下那幾朵剛開的玉蘭花，給你帶回去，想到時你車子已經走遠，一個下午懊惱得很。」

為免除朋友的懊惱，於是，回家的路上，就踅去買了一株玉蘭花。

「啊，真的？」喜歡玉蘭花的朋友，聽到非常高興。

在她故鄉南安的家門口，種一株茂盛的玉蘭。花開時節，空氣中便飄浮著清雅的香味，南來以後，她只能在夢中回味。終於有一天，流連在賣花樹的店裡，偶然和懷念的玉蘭花相遇，驚喜異常的她，毫不猶豫買回去。

未曾完全綻放的玉蘭花，香味最濃，聞到花香的味道，想到的卻是朋友的情意。因為朋友的好，讓我們對朋友喜愛的玉蘭也有了不同的感情。

每天不忘到院裡去探望玉蘭花樹，殷殷期待花開的美好。日子因為存在對未來的期待和盼望，變得充滿希望。

原本打算玉蘭花一開，就摘下它，連香味一起寄過去讓朋友分享，但忙碌的生活令人連這一點小事也辦不到，只好在車上打手機告訴朋友「玉蘭花開了」。

「真的！太好了！」雖然沒有親眼目睹花開的美麗，朋友愉快的語氣彷彿比我還興奮。

有人說，友情像花開，思念像花香，然而對朋友的情意和思念，不管花開花謝，都不會忘記。

家中兩朵蓮

我家裡有兩個孩子，最大的孩子是女兒，最小的孩子也是女兒。

有一天，我和小女兒在房裡聊天，她突然問：「媽媽，當我出世的時候，你是不是很失望？」

「怎麼會呢？」我微笑告訴小女兒：「你和姐姐是我們家裡的兩朵蓮。」

曾經有一回，未黎明前從實兆遠去怡保的路上，開了一個小時的車，快到目的地時，我忍不住把車子停在路邊，因為看見一個長滿蓮花的河塘。

沒有人和車的街道，寂靜無聲，微風輕輕掠過，一塘的蓮隨著風吹的方向顯露它們嬌美優雅的柔軟姿態，空氣中有清清的蓮花芳香在浮蕩。對著仍然露濕甘潤的蓮花瞧看，感覺到清靜和寧謐，淡雅和悠逸。如果不是因為有事要辦，真想拿本書，就在路邊坐一個早晨，看朝陽從山的那邊漸漸升起來，看紅色的蓮花在旭亮的陽光中展現清明秀麗的容顏。

其實所有的孩子，不論男的，女的，皆是家中的蓮花。

佛經裡寫著：「蓮花有四德：香、柔、淨、可愛。」

未經世事的孩子們何嘗不是如此？

心有煩惱的時候，只要想到兩個可愛的女兒，所有的憂慮懊喪完全消失。我時時把兩個女兒的照片帶在身上，到外地旅遊、開會或是辦事，睡不著的時候，把照片拿出來看看，她們便成為效果優良的安眠藥。

也因為她們，讓我明白坎坷的人生路上再怎麼崎嶇，仍然是充滿希望和美好的。

有個當老師的朋友氣憤憤地說：「為什麼孩子小的時候是天使，長大以後就變成魔鬼呢？」

周圍的環境和教育，影響孩子的成長和未來。如果身為父母師長的人，願意悉心教養栽培，像種植蓮塘的蓮花那樣費心思花功夫，那麼珍愛的孩子就永遠都會和蓮花一般地香、柔、淨和可愛。

希望每一家的父母都用心珍惜，讓每一個孩子都成為香、柔、淨和可愛的蓮花。

輯四・因爲美，我們向前行去

一個畫家死了，一個畫家誕生

一九八九年初春，吳冠中受邀到他離開了四十年，且被他稱為全世界藝術家心中的麥加的巴黎。為此，他寫了一篇文章，記錄這一次難忘的旅程。在《巴黎札記》的其中一個段落，他提到當時在巴黎展出的高更回顧展：「高更的大型回顧展正在大皇宮展出，密密麻麻等待入場的觀眾排開長隊，隊伍圍繞了半個大皇宮，要入場，必需排隊近兩個小時。展出四個月來，從開幕至閉幕，每天從上午至下午閉館，隊伍永遠是那麼長，我只能去排隊，除非不看。專業者，業餘愛好者，旅遊者……來自世界各地的人們爭著來瞻仰客死荒島的畫家的遺作，作品的色凝聚著作者的血，件件作品烙印著作者的思緒，時代的歌與泣。」

一個畫家死了，一個畫家就誕生了。

這句話看起來奇怪，聽起來也詭異，不過，卻是一個真正的現實。

畫家如果不死，他的名字就無法出生。

不要以為這是諷刺，或是久遠的往事。至今天，仍然無法改變這項事實。因此，當有人立下決心，打算成為畫家的時候，總是遭受身邊那些關心他，疼愛他的人大力反對。

曾經教妻子反對他的畫家志向的選擇的高更，在寫給妻子的信上說：「一個人的成功大概是以金錢來衡量的。」分明是非常清楚現實的社會非常殘酷的高更，斷然放棄當股票經紀人，改選畫家作為他一生的志業。懷著對遠方美麗幻想的畫家，為實現自己的理想，毅然離開繁榮的巴黎，拋下他美滿的家庭，到人跡稀少的大溪地小島，一切讓當時的人看起來怪異的作法，全是為了他心愛的藝術創作。他的信上還說：「我在這裡忍受著孤寂的痛苦……」難熬的孤獨，深刻的寂寞，一直在他身邊游移不去，支持著畫家的，是他的藝術信念和創作理想。「你說我不應該離開藝術中心跑到遙遠的地方去，不，我是對的。我早就知道我是對的。我的藝術中心在我的腦子裡。我是強者。因為我不管做什麼，只管我自己要做的事。」

他做了他自己要做的事。如今回頭看，高更的恣肆行為確實教人好生羨慕。但也使人益發清楚，隨心所欲裡邊同時蘊藏著更大的痛苦。不過，遠離巴黎的繁華喧囂社會，走進簡單樸素的原始生活，高更的藝術創作果然獲得突破，另創高峰。他流傳至今的不朽作品如《原始的故事》、《海灘上的騎士》、《靜物和葡萄柚》等，全都是在荒島時期完成的。

然而，這位從荒島取得靈感並以《大溪地人》、《原始的詩》等作品刻劃原始生活的畫家，生前並沒有像吳冠中在一九八九年的巴黎所看見的那樣受人歡迎。他在一九〇三年上旬給朋友蒙佛瑞德的信上說：「為了成全我的藝術，我只要求兩年的健康而無金錢煩惱……我知道我對藝術的看法是對的，但我沒有精力將它以肯定的方式體現出來，不管怎樣，我已經盡人事。把繪畫從桎梧中解脫出來的藝術家終會被世人懷念。」

從一個句子便可以看見隱藏在畫家生活背後的悲涼。健康和經濟始終在困擾著畫家，成為他終生無法克服的艱辛。說起來兩年也不過是一眨眼功夫，但是畫家發出的哀鳴最終卻成為絕響，他殷殷期待的兩年「健康且不為生活所苦的日子」，最後始終沒有出現，就在同一年五月，他為了減少生病的痛楚而服用過量嗎啡，導致心臟病發作逝世。不過，這一位把繪畫從桎梧中解脫出來的藝術家，在他去世以後，果然永遠被世人懷念。

多少藝術家能夠像提香、魯本斯、畢卡索和達利，在活著的時候就已經快活地享受自己的藝術成果？生前不被人接受和看好的藝術家何只是高更？要舉例的話，簡直是多不勝數。梵谷，塞尚，莫迪里亞尼，還有，還有，還有，還有……，也許由於如此，每一個時代都有年輕藝術家前赴後繼，他們對未來充滿了希望和期盼，是不是因為他們深深地相信：一個畫家死了，一個畫家就會誕生？

繁星似花朵的夜空

曾經訪問過很多畫家，為了做一個「我如何走上藝術家之路」的系列專訪。談到作畫，所有的畫家告訴我同一句話：「我從不後悔走上這條路。」或者是「我慶倖自己走上了這條路。」那是八十年代的事。我國狀況在當時尚沒有今天的豐裕，畫家們在這條路上掙扎奮鬥，步伐踉蹌，艱辛困苦。碰壁的時候比人家買畫回去補壁的機會還多，但是「衣帶漸寬終不悔」，他們仍然堅持把這崎嶇迂迴的寂寞路繼續走下去。畫畫並沒有給他們帶來舒適寬裕的生活，沒有給他們多大的物質報酬，更沒有讓他們在社會上享有特殊的崇高地位，他們卻不輟不休地執著他們的愛。

欣賞畫畫是吃飽以後的事，肚子餓時，看見圖畫視若無睹，附庸風雅說的是有了錢，有了閒，然後才想當文化人，花些錢買幾幅畫來填補空白的牆壁，讓人看到不只是會做生意追求錢。畫家從沒等吃飽才去繪畫，好多畫家餓著肚子，甚至餓得患了肝病，還抱病揮著畫筆。在別人眼裡看來，可能是極其悲哀的畫面；畫家卻處在這種淒涼的環境下，還自以為有能力表達自己的心聲而快樂無比。

精神糧食對某些比較特別的人，比肚子餓來得重要。

臺灣畫家楊三郎曾經說：「即使人生重來，我仍然要選擇當畫家。」

話裡充滿豪氣萬千的氣勢。

美國畫家孫瑛強調：「在藝術中，即使是勤奮，辛苦耕耘一輩子，結果很可能是零。」

但他始終沒有放棄耕耘。

李可染的執著，正像他愛畫的牛一樣的脾氣：「死胡同我也必需走到底才甘心。」

這些畫家「死腦筋」，「認死扣」的言論，引發了一個令人深思的問題：「藝術創作既然如此不可期待，為什麼他們仍然堅持不懈，永不回頭？」

一條彷彿毫無希望，但卻不是絕望的路，為何那麼吸引人？

所有的藝術殿堂，都充滿一種令人留連的魅力，那深不可測的力量，讓人一走進去就再也捨不得走出來。

臺北一位女畫家說：「這是我會做的事當中做得最好的。」她認為自己可以種花寫文章從事設計當藝術顧問，但她選擇畫畫，理由如她所說的那麼自信滿滿。

普普藝術大師安迪沃荷回答記者問他為什麼畫畫的時候，給了一個非常簡單的答案：「只要別讓自己在街頭閒著。」

他的時間顯然都沒有浪費掉。

有一次我看過一個畫家的坦白：「人有創造欲，我想留下一點痕跡。」

這是很多正常人的願望。

畫畫的時候，一個記者問我：「為什麼畫畫？」

這倒是我自己從來沒有想過的問題，對我來說，做這件事，在如我寫作一樣，因為非常喜歡。

一個人可以在有生之年，短短的人生中，做自己想要做的事，非常快樂。很多人想做的事，到最後都沒辦法做到，當然有許多客觀因素，而我卻那麼容易就獲得自己的快樂，這是多麼地幸福。對畫畫我從沒有要成家的念頭，沒有要從畫畫中得到物質的好處，所以畫得很歡喜，且無太大和強烈的壓力，畫不到自己想要的程度，也頹喪懊惱過的，但不足以痛苦到要生要死的地步。

畫了一段時期，就明白畫畫和創作是兩回事，畫畫可以是模仿，創作卻是與觀者的一份溝通，或者是表達自己說不出來的心聲。模仿是學習必經和必然的過程，講究要獨創性的潘天壽偶然也學米芾，梵谷在未成名時也仿過米勒，做為一種研究的手段，這是無可厚非的，然而文章是一個作家要說的話，圖畫是一個畫家要說的話。李可染說：「可貴者膽，所要者魂。」畫要有靈魂，需要的膽量。深受八大山人、石濤、揚州八怪、吳昌碩、齊白石、張大千等成就非凡的大畫家所推崇的徐文長，原名渭，號稱青藤居士，他不畫工筆，不設色，用水墨寫意花卉，對後世的畫風，產生極大影響。鄭板橋甚至刻過一個印章，自比為「青藤門下走狗」。齊白石恨不得能早生三百年，他以不能為徐渭磨墨和打開宣紙讓徐作畫而深深地感到遺憾。可見得具有獨特性的畫家是多麼地為人尊重和喜愛。

畫畫需要的技巧，不斷地花時間磨練則可，創作需要的是才氣，才華不高只能作畫，但那些作品不能稱為創作。由於才華的局限，我想自己能達到的也就是眼前的這個程度了。

因為學畫，時常在有空時間就看畫，看畫的心情非常平和。學畫，看畫，最主要的還是不要讓自己變成一個「美盲」。對美要是盲目了，那就太可惜。世間美麗的東西太多太多，而且就在我們身邊，多少人和美麗擦身而過，卻沒有真正睜開眼睛去觀看，已經忘記何時看過一個難忘的句子「誰都見過繁星的夜空，誰又曾見過繁星似花朵的夜空？」美麗的事物那麼多，太多人卻都忽略了讓它過去，藝術家就是美的獵人，如果學畫不能讓我們成為藝術家，也不必歎息，至少我們已經懂得什麼是美，因為我們曾經看過繁星似花朵的夜空。

誰是卡蜜兒？

如果提的問題是「誰是羅丹？」，認識他的人肯定很多。羅丹在藝術界是一個響噹噹的名字，屬於世界級的雕塑大師。在他去逝以後，留下多達一萬餘件雕塑作品，還有一萬餘張的人體素描作品。甚至有人說：「是羅丹挽救了整個歐洲的雕刻藝術，他是承先啟後的大師級人物。」

「誰是卡蜜兒？」更多人也許不知道，然而，曾經為了卡蜜兒（Camille Claudel, 1864-1943），這位譽滿國際的雕塑大師羅丹，簽署了一張「感情契約」。

那是在一八八六年十月十二日，當時定是情迷意亂的雕塑大師奧古斯特・羅丹簽寫了這樣一張「感情契約」：

從一八八六年十月十二日開始，卡蜜兒小姐是我唯一的學生。我將會盡一切所能來保護她，所有我的朋友將來也就是她的朋友，特別是一些具有影響力的朋友，他們都要幫我來愛護她。雖然我不認為我還可能遇到像她這樣才氣縱橫的藝術家，但我已決定不再收學生。我將在每個展覽會上推薦卡蜜兒的作品，同時，我也不再教導其他女人雕塑，並不再以任何藉口去別的女人的家。明年五月的作品展覽結束以後，我們將一起去義大利旅遊半年。我非常希望卡蜜兒小姐答應在四、五個月後嫁給我。如蒙她同意，我願贈送一尊大理石小雕像於她。從現在開始到明年五月，我絕不再和任何女人來往，包括邀請其他女性當模特兒。明年五月以前，卡蜜兒小姐答應我每個月可到她的工作室去四次。

靜默無語地佇立在羅丹的雕塑《吻》的面前，我被親眼所見的，互相交纏在一起的男女的熱戀形狀和逼真的沉迷神情震撼不已。一八七七年，羅丹製作的《青銅時代》展出時，由於雕塑的人的造型過於逼真，觀看的群眾不肯置信地驚呼：「這應該是人吧？這是雕刻嗎？」太過相似的結果造成有人懷疑他是用真人直接翻模成型的。

羅丹的雕塑曾經被高度讚譽為「每一塊肌肉都在說話」，「每一塊肌肉都是感情」，「都是音符」，「都在彈奏」。而我現在，就在如此貼近的距離，雖沉默無言，心中卻有波浪在高低起伏地看著會說話、會彈奏的充滿著激情音符的每一塊肌肉。

對著逼真的《吻》，想起羅丹「感情契約」的故事，抑止不住嘆息。

根據科學家在一九九九年公佈的研究報告，人在陷入極度熱戀的時候，身體內會產生一種名叫苯體安的荷爾蒙。這種荷爾蒙使人對戀愛的對象完全只有愛情而開始變得盲目，戀人所有的缺點包括無論內在外在的，他都不會看見。在他的眼裡和心上，戀愛對象的一切所作所為皆是正確的、好的、美的。而這種名叫苯體安的荷爾蒙將會在半年後才慢慢地一點一點消滅，起碼經過兩、三年，戀愛中人才終於漸漸恢復正常。

一八四〇年出生的羅丹在一八八三年認識卡蜜兒。那年卡蜜兒不過十九歲，羅丹比她年長二十四歲。四十三歲的中年羅丹名義上雖然未婚，卻有一個名叫露絲・柏烈的親密伴侶，兩人在一八六四年同居；一八六六年時，露絲・柏烈還為羅丹生下一個兒子。想當然耳，在這種復雜的情況下相遇，相知的羅丹和卡蜜兒都曾經掙扎過。兩個才華橫溢的藝術家被彼此優異的才氣吸引，而卡蜜兒甜美秀麗的氣質更讓羅丹泥足深陷，無法自己。神魂顛倒的時刻，羅丹心甘情願地為卡蜜兒簽下這一份「感情契約」書。

據說雕塑《吻》的靈感源自但丁《神曲》中愛情悲劇的男女主角，保羅和法蘭奇絲卡。在一八八七年初次展出時，不但不得好評，還被人嘲笑為「飽受批評之吻」，其中一個原因應該是：《吻》是當時最大膽的作品。展出後才發現觀眾的反應熱烈，大受歡迎，於是，法國政府要求羅丹將之製成大理石雕塑，於一八八九年法國萬國博覽會上再次展出，儘管羅丹最後來不及完成，但是，《吻》和著名的《思想者》一樣，被看成是羅丹的代表作。儘管如此，到了一八九三年，美國為了紀念哥倫布發現新大陸四百周年，在芝加哥舉辦一場博覽會，法國政府表示支持，特地遴選在當時已經聞名國際的雕塑大師羅丹的一批作品參加展出，其中有一個雕塑被美國人認為過份色情，不允許公開展覽，不過，可能又礙於法國政府的盛意，就另外闢一個專室陳列，只准事前預約的人才有機會一睹風采。這一件「色情」作品，就是現在擺在我眼前的《吻》。

後來有人說，羅丹在那個時期的作品如《吻》、《永恆的偶像》和卡蜜兒於同時候製作的雕塑《莎昆達拉》，無論構圖和題材都十分相似，看得出來其中有一種協調的感覺。卡蜜兒的《莎昆達拉》取材自古印度的敘事詩《瑪哈柏拉達》，她把受難的女主角莎昆達拉和戀人在愛得忘我的那個時刻的神情動作，表露得非常自然。

兩個人手法相似的作品很多，近年來，有人認為是卡蜜兒的出現給了羅丹創作的靈感，但是，在當年，羅丹成名比卡蜜兒早，卡蜜兒是他的學生、模特兒、雕塑助手、戀人，因此有人說是她在模仿羅丹。

這一說對卡蜜兒是極端不公平的。因為當卡蜜兒還不認識羅丹的時候，於十三歲的稚年，遇到巴黎東南部的諾彰美術學校校長，也是雕塑家的保羅・杜波依士時，保羅・杜波依士初次看到卡蜜兒的作品，脫口而出的第一句話是：「你是否曾向羅丹學習？」從這一點，可見得兩個人的作品的相似程度有多高。

就算是後來，羅丹在製作作家「巴爾扎克」的雕塑，面臨著不知道如何表達才能夠深切地把作家的形象既真實又貼切身分地表現的困境時，是在他身邊的卡蜜兒一言驚醒他：「不如讓他穿件袍子，把他肥大的軀體完全包起來。」對著已經製作好的十七尊巴爾扎克，看著十七個又肥又壯的身體，加上既粗又短的腿欠缺作家氣質的雕塑，羅丹最終聽從卡蜜兒的建議，結果塑造出不朽的「巴爾扎克」。

對於兩個心靈契合而關係親密的藝術家，彼此的藝術作品不免會有對方的影子存在，但卻因為男尊女卑的思想便十分肯定地認同作品的酷似是由於卡蜜兒竊取了羅丹的創意和構圖，傲氣和倔強的卡蜜兒在心理上受到的創傷無疑是非常慘重的，也因此埋下了日後兩人分手的種籽。

羅丹讓舉世為之矚目的作品，是《地獄之門》。一八八〇年，法國政府委託羅丹製作一座紀念碑似的銅門，打算放在新建的裝飾藝術美術館裡（位於巴黎奧塞美術館現址）。羅丹選擇但丁的《神曲》裡其中一個篇章〈地獄篇〉裡的人物和景象作為浮雕裝飾。一八八三年認識卡蜜兒以後，她不但成為羅丹作品中的女性人像的模特兒，也是他的得力助手。《地獄之門》在製作的過程裡，卡蜜兒的心思、靈感、技術和才華，都放進裡頭了。在這段時期，羅丹的大部分作品如《思》、《晨曦女神》、《達依娜》等，也都是以卡蜜兒作為模特兒。

雖然羅丹在熱戀的時候，表現了他對卡蜜兒的極度熱情。然而一紙「感情契約」只能是那個時期的熱烈愛情的證明，卻無法永遠地留住藝術家的愛情。兩個思想和作品風格如此相像的情人，最後仍然無奈地分手。

卡蜜兒和羅丹，無論是名氣和年齡都相差太遠，有人就不斷地謠傳她是為了羅丹的名利和地位所以付出這份感情。在男女尚不平等的時代，女藝術家的地位在當時仍舊是不受肯定的。這就出現了利用愛情、別有所圖等等難聽的話語，全是拿來批評對愛情狂熱地投入的卡蜜兒。愛情的純粹性受到質疑之外，羅丹久久不能實現他在感情契約裡寫下的諾言——結婚，更成了卡蜜兒胸中永遠的痛。

分手以後，又有人傳說，那是由於一八八八至一八八九年卡蜜兒開始和作曲家德布西的交往促使羅丹不悅而造成兩人的感情分裂。但在一八九一年以後，卡蜜兒和德布西竟不再來往。一八九五年，癡情的卡蜜兒再也不願意繼續等待下去，羅丹的一紙「感情契約」讓她苦苦地等了十多年，等到的是藝術圈中一大堆傷害她和對她不利的謠言，最後那張「感情契約」變成是一張寫滿甜言蜜語的過時情書而已。

卡蜜兒的痛苦和淒愴並沒有因為兩個人協議分手而告結束。對愛情執著的她，由於強烈的自尊心，離開了她深愛的羅丹以後，孤獨、貧窮的她卻照舊心高氣傲，面對著經濟的貧乏，言語的毀謗，依然堅持不斷地從事她喜愛的雕塑創作。生命中種種的不如意，最強大的莫過於愛情被懷疑和情人的離開。她把自己的悲傷和失意訴諸於藝術作品如《生命之途》、《命運》和《哀願》等。也是在巴黎奧塞美術館的第一層樓裡，我親眼目睹卡蜜兒的《生命之途》，一個男子被他背後的一個老婦人捉住，不知道要帶到什麼地方去，一個裸體的年輕少女跪在地上，似乎在哀求，雙手伸向空中，卻抓不到男人的手。

在雕塑面前徘徊久久的我，彷彿看見孤傲的卡蜜兒，為了愛情，不惜裸體下跪哀求，但那老婦人還是把男人拉走了，年輕的少女，跪倒哀求，最後仍然什麼都沒有。

寂寞孤獨的卡蜜兒，充滿傑出才華和美麗豐采的卡蜜兒，她已經把自己貶到塵埃一樣低的在地上，命運之神卻沒有放過她，和羅丹分手數年，她就開始患上嚴重的精神病，最終發瘋了。更為悲慘的是，在發瘋以後，她繼續在精神病院住了三十多年才過逝。

藝術家要活得長命，才有機會享受自己藝術創作的報酬，而活了將近八十歲的卡蜜兒，長壽對她而言，卻不是福氣。

一九四三年十月十九日，沒有多少人聽過的女雕塑家卡蜜兒，在她住了三十年的精神病院裡孤單地過世了。和她感情非常親密的弟弟保羅，是法國著名的詩人兼劇作家，同時也是一名外交官，他在日記裡這樣寫著：「姐姐所經歷的是何其悲劇性的一生！當她三十歲的時候，感到自己和羅丹的結合完全絕望的時候她整個人完全崩潰了，即使以她的理性也無法抵抗……在病床前抱著我並一直叫我『保羅，保羅』的卡蜜兒，如今終於永遠的沉睡了。」

《吻》成了不朽的傳說，永恆地在美術館裡散發著深刻感人的激情，《吻》的女主角，後來的人認為應該是卡蜜兒。而卡蜜兒的故事，讓我想起了一篇叫《傷逝》的小說。

在玫瑰裡面

在倫敦的小女兒，學校假期間旅遊走到巴黎奧塞美術館，知道我喜歡畫，特別通過電郵寄了一些圖畫給我看，其中有一幅正是雷諾瓦的《煎餅磨坊》。這一張尺幅巨大的油畫（131 mm × 175 mm），構圖看起來龐雜，色彩層次豐富，畫面充滿歡樂熱鬧、輕鬆活潑的氣氛，是雷諾瓦在一八七六年印象派畫風巔峰期的代表作。

《煎餅磨坊》是杜普雷父子開設的一間咖啡餐館，地點就在巴黎蒙馬特一座滿佈葡萄園的小山上。蒙馬特在當年的巴黎，是上流社會的貴族們視為骯臟低級的貧民區，但這裡卻是藝術家聚集的山丘。雷諾瓦喜歡它的那種自由自在、熱鬧活潑和那充滿平民生活氣息的感覺，於是表示要到現場作畫。當他開始動筆時，許多朋友都樂意充當他的模特兒，還有一些喜歡他的圖畫的人，自願為他搬畫具扛畫布。這一幅充滿富麗色彩和愉悅情調的大型畫作是在朋友的協助下完成的，可說是友誼的結晶品。

創作這幅作品的前一年，也就是一八七五年，雷諾瓦的另一幅作品《陽光下的裸女》於展出時被抨擊得一文不值。他以創新的手法，在裸女身上畫出光的影子，而那肌膚上反映出來的光點，被固步自封的人嘲譏為屍體上的斑點。

事實上，雷諾瓦是個對自己的作品要求非常嚴苛的畫家。他的畫作《愛絲梅拉達的舞姿》早在一八六四年已經獲得入選沙龍，並登上一年一度的國家美展，這在當時可不是容易的事。但他卻對入選的這幅圖畫並不滿意，於展出以後，雷諾瓦親手銷毀了它。

不再繼續埋頭躲在室內，而是邁開腳步走出戶外，在陽光下仔細描繪光影的流動，這是印象派畫家與之前的古典主義和浪漫主義畫家最不同的特點。因此印象派畫家又有另一個稱號是「陽光下的詩人」。

雖然大部分的人把雷諾瓦歸類為印象派畫家，並把他和莫內、畢沙羅、德加等同期畫家視為印象派主義的開拓者之一，雷諾瓦和莫內曾經拜於同一個來自瑞士的畫家老師查爾斯・格萊爾門下，因此莫內既是他的好朋友也是師兄弟。然而同時也喜歡巴羅可的雄健和洛可哥嬌媚風格的雷諾瓦，對於成為其中一名「陽光下的詩人」的代表畫家卻頗為反感。

印象派之前的畫家，習慣以黑色作為表現陰影的色調，但是別開生面的雷諾瓦，他圖畫中的陰影卻以補色來取代。（紅色的補色是綠色，黃色的補色是紫色）因此，他所調配出來的顏色，讓人嘆為觀止，並稱之為「彩虹色系」。

對色敏感並且喜歡探索色彩的奧秘的雷諾瓦，擁有獨特的可以看見最微妙的色彩變化的眼睛。然而他畫中的豐富色調雖然讓人大開眼界，卻無法即刻被當時的人接受。家境貧窮的他有一個時期只能靠畫肖像為生。

一直到一八七八年，一個名叫夏邦蒂埃的出版家邀請雷諾瓦他到家裡出席一個宴會。這是雷諾瓦首次踏進法國上流社會的一個宴會，也是他生命中的一個轉捩點。宴會以後，出版家夏邦蒂埃再度邀請他，這回是為出版家的夫人和孩子畫肖像。現在收藏在美國紐約大都會博物館那幅著名的《夏邦蒂埃夫人和和孩子們》在畫好以後，馬上起了敲開法國上流社會大門的作用，同時也為經濟拮据、生活貧困的雷諾瓦帶來轉機。

一八八一年，當雷諾瓦於經濟穩定後，因為本著對藝術不竭的追求和熱愛，他開始到義大利研究古典藝術，尤其是文藝復興時期的大師作品和龐貝古城的壁畫，深深地影響了他。這一次的旅行遊學，為他的創作帶來新的生命力，他的作品出現了嶄新的面貌。而他在這個時期發現的「龐貝紅」，一直用到他年老。

不喜歡人家把他放在印象派主義旗下的畫家於一八八三年告別印象派時說：「我已經用盡了印象派的繪畫技巧，得到的結論是，我既畫不好油畫，也畫不好素描。簡單地說，印象派已經走入了死胡同……」

二〇〇三年五月六日在紐約，由蘇富比主辦的一個名為「印象派暨現代藝術品」的拍賣會上，雷諾瓦的作品《在玫瑰裡面》，以兩千三百五十萬美元成交。

一心想和印象派分手的雷諾瓦可能沒有想到，在他死了八十四年後的今天，藝術界人士依舊不願意讓他和印象派脫離關係，反而把他歸類在印象派畫家裡頭。

這一幅《在玫瑰裡面》的圖畫是雷諾瓦在一八八二年完成的。畫中的女人是巴黎富商兼藝術品收藏家里昂・克拉比森的年輕太太。當時雷諾瓦是應里昂的要求，在里昂家的私人豪華花園裡為他的太太瑪麗・亨莉特留下她年輕和美麗的倩影，意料不到作品完成以後，畫面上充滿繽紛盛放的色彩鮮艷豐富的花，卻不能取得客戶的歡心。

里昂不願意接受完成的《在玫瑰裡面》，被聘請來畫畫的雷諾瓦只好另畫一幅傾向學院派古典作風的圖畫。而這一幅《在玫瑰裡面》於一八八六年在美國出售，是由雷諾瓦的經紀人杜蘭・魯爾經手。當時亦創下印象派畫作越洋交易的空前記錄。

這幅畫數度在紐約與巴黎易手，一九三七年由一位收藏家蒐集，直到這次的拍賣會前，從來不曾公開展覽。

出身於貧窮的裁縫家庭的雷諾瓦，能夠從無名小卒到受人公認的肖像畫家，甚至被號稱為「印象派大師」。除了本身的聰明、努力和才華之外，有一個始終支持印象派畫家的圖畫經紀商杜蘭・魯爾的功勞亦不可沒煞。

杜蘭定期向雷諾瓦購畫，並想辦法把他的作品推銷到其他國家，於一八八六年，杜蘭替雷諾瓦在美國紐約辦了一個非常成功的畫展，雷諾瓦一共展出三十八幅作品。

一八九二年，雷諾瓦的畫作終於得到法國政府的認同，國家開始收購他的圖畫。所有畫家的榮譽都要經過時間的考驗，因此往往都不會來得太早。這時，五十一歲的畫家年紀雖然並不太老，卻已經得了風濕性關節炎，不得不搬離巴黎到溫暖的南部居住。再過十年後，中風的雷諾瓦癱瘓得必需依靠輪椅才能行動，但把繪畫當成生命的畫家，在這樣艱難的情況下，仍然堅持創作。只是他無法揮灑自如，連畫筆也得賴照顧他的護士放在他僵硬的手指間。閱讀到這一段文字，我們感受到畫家的痛苦，但是畫家說：「痛苦會過去，美會留下來。」

旺盛的創作力給雷諾瓦旺盛的生命力。七十八歲的時候，年邁體衰的畫家不顧疾病纏身，還到公園去作畫，結果受到風寒，後因肺部充血而死亡。

雷諾瓦曾經說過：「一個人必需親身投入他所做的事情中，……跟你說真的，我是為自己而畫，就只為我自己。」

一個人在有生之年，能夠為自己做自己喜歡做的事，就像是生活「在玫瑰裡面」，日子是絢麗而充滿香氣的。這實在是人生最大的幸福，令人羨慕不已。

永不落幕之吻

十多年前首次在雜誌看見《吻》，吃驚，卻不是因為雕塑中的男女裸露著身軀。雖然那僅僅是一張照片，效果出奇良好，以無比堅硬大理石雕刻出來的人體肌肉和造型，筋脈肋骨之傳神，彷彿真是一對有血有肉的男女在充滿熱情不顧一切地交纏擁抱親吻，作者羅丹完全刻劃出這一對男女忘我迷戀的陶醉神情。

取材自但丁《神曲》中保羅和法蘭奇絲卡的愛情悲劇的《吻》，本來是放在《地獄之門》左側那扇門中間的小雕像，後來羅丹覺得這個擁抱親吻的情景太過幸福，和《地獄之門》無法相襯，結果將之移去，另用大理石重新塑造。

一八八七年，大理石雕《吻》第一次面世，在這個初展上，它被人們嘲譏為「飽受批評之吻」。一百多年前的觀眾，衛道意識強烈，思想上無法接受全裸的雕像，他們對《吻》的觀感是「卑下」、「淫穢」。六年後，美國芝加哥博覽會上，法國選出他們的國寶級藝術家羅丹的一批雕塑送去參展，其中一件作品「由於過分色情」需要另辟專室陳列，一般人沒有機會觀賞，只允許預約的人進去一睹風采。這件作品正是今天已經成為羅丹代表作之一，舉世聞名的《吻》。

在巴黎奧賽美術館，呆呆地對著《吻》，腳步實是無法移開，癡癡地觀賞良久，嘆息。不明白為什麼有人會覺得色情和淫穢，看著栩栩如生呼之欲出的雕像，不斷深呼吸。羅丹把人在忘我陶醉的那個瞬間的投入感覺完全毫無保留地保留了下來。

自從第一次看見《吻》，往後幾乎每年都會在不同的藝術雜誌上，無數次和《吻》相遇。每一次都要端詳久久。一個優秀的、才氣縱橫的藝術家有時候近乎神，唯有神的一雙手才能夠製作出那麼像人的石雕。難怪在一八七七年法國沙龍的雕塑展上，觀眾看過羅丹的《青銅時代》，由於效果高度逼真，有人懷疑他是用真人直接翻模成型製作，後來真相當然大白，讚賞羅丹的雕像作品的歌頌排山倒海式而來「每塊肌肉都在說話」，「都是感情」，「都是音符」，「都在彈奏」。

十多年來，看見的《吻》雖然逼真寫實，卻都是平面、印刷在雜誌書頁上的畫面，做夢也沒想到，有一天，居然真正地站在真實、立體的《吻》的雕像面前。

從凱旋門緩步向前，便到了號稱為全世界最美麗的街道。艷光四射的香舍麗榭大道，所有國際著名品牌商店皆聚集於此，令人驚異的是大街上抬頭完全不見任何商標廣告牌，不像吉隆坡市區，一條街的商店招牌爭先恐後突出半空中，每一間店都苦心集慮刻意在突顯自己，唯恐購物者看不見他們的位置。

香舍麗榭大道的名店經營得那樣低調和不經意，反而顯現它們的瀟灑氣派，一副「消費者要消費，自己過來找我，恕我不落力自我推銷」，對自己的品牌充滿強烈自信，毫無諂媚討好的姿態。

商店大道外，幾乎每家店門口皆植一棵大樹，油綠綠的葉子在夏天的風中輕輕搖曳，路上的行人雖然水泄不通，但是因為有風，因為大樹，因為乾淨的街道，給人感覺到的竟是一種熱鬧喧囂大城市中難得一見的悠閒恬適。

街上的行路人不急不躁的步履，似在散步，那些雙手皆提著名牌商品紙袋的購物者多為東方女性。綠蔭樹下是街邊的露天咖啡座，曾經被法國人排擠的麥當勞也列在其中。正在遠遠近近地忙碌觀望，享受大城迷人的風采，小女兒指著馬路對面叫我，「媽媽，你看！」

一道牆，畫滿ＬＶ，退遠一些，原來大膽的廣告設計師大手筆地把那道大牆設計成一個大旅行箱，是國際著名的ＬＶ牌子。這時，於世人熟悉的牌子的旅行箱大牆下，一對洋籍男女親熱地擁得緊緊地，在人來人往的香舍麗榭大道上，旁若無人地親吻起來。

玻璃金字塔在陽光下發出閃閃的亮光，映得眾人的眼睛睜不開，一顆心在雀躍地歡騰，多麼難以置信，終於來到法國巴黎塞納河畔的羅浮宮，曾經獲得好壞評語參半的華人建築師貝聿銘的羅浮宮入口處設計這時就在我眼前發出耀眼的光彩。

無數次出現於夢中的羅浮宮，原來世上確有真實的羅浮宮存在，無法言喻的喜悅像老友重逢的歡欣。夏天的太陽毫不留情在空中發出顯赫的威力，拿出太陽眼鏡，不忙著再繼續往前走，索性坐在杜勒裡公園的草地上，對著這個由舊皇宮改成被世人稱為人類寶庫的美術博物館癡癡地觀望。

刺耳的惡評「羅浮宮的羞辱，巴黎的災難」已經成為過去，無論是毀是譽，高二十一米，底邊三十五米，共六百片玻璃組成的金字塔如今是羅浮宮的象徵。在我的背後是仿大凱旋門的小凱旋門，雖然它的名氣無法比得上大凱旋門，不過，每天平均有超過一萬人經過這裡，進入名聞遐邇的羅浮宮。

種滿栗樹和法國梧桐的杜勒里公園，遊人極多，個個自在悠閒，周邊沒有看見一個快步疾走的人。來到羅浮宮前，人們的步伐自動減速。拎著相機的人到處皆是，無需多加挑擇，幾乎每一個角度都是美麗的景點。遊客雖眾多，可聽不到喧嘩的吵雜聲音，在羅浮宮面前，無論平日多麼粗魯不文的人，不由得要服膺而變得文雅秀致起來。

一個身材高佻的年輕人，擁著一個皮膚白晰金色長髮的女孩，輕輕地說話，低低的笑聲，男生走到花叢前倏地停下腳步，燦麗如花的女孩在他身邊仰頭看他，陽光把她垂到腰部的金髮染得更亮麗些。突然，他低下頭，把女孩抱在胸前，兩個人就在羅浮宮前的杜勒里公園的草地上矮樹叢旁，許多遊客驚異的目光裡，專心一意地親密擁吻。

推著嬰兒車的年輕男人，不是走路，而是小跑步，一邊看孩子一邊運動真是兩全其美的好主意。衣著典雅體態苗條的綺年玉貌女人牽著一隻小狗在巴黎的街道上行走不是稀奇的事，多看幾眼是因為小狗的頸項上打了一朵有藍圓點的別致蝴蝶結，小狗似乎知道自己得寵，不疾不徐地跟在女主人的身邊，並和主人同樣一副目不斜視的高傲表情，非常有趣。他們經過蓬畢度藝術中心，對於這個於一九七七年一月三十一日開幕以後，就被人稱為「怪物」的玻璃和鋼管組合的建築物根本沒有加以注視。

這一座以當年愛好藝術的法國總統蓬畢度的名字命名的藝術中心，從設計新穎的外觀來看，頗具誤導性，它看起來更像是一間工廠。這也是當初它備受爭議的原因。然而，時間沖刷的並非單單是成見，也包括「陳見」。陳舊的思想不僅接受不了，甚至排斥所有新式的一切。前衛藝術在一開始的時候永遠被當代人推搡出局。「醜陋、嚇人、不討人喜歡」這些負面評語最終被時光流逝的時候一併帶走，今天它是巴黎最熱門的觀光景點。除了與眾不同的外觀，在它裡邊的巴黎國立近代美術館，典藏著二十世紀最完整豐盛的藝術品如馬諦斯、畢卡索、布拉克、波納荷、契里訶、夏卡爾、馬格利特、安迪沃荷、杜尚等名家之作，還有工業設計中心、公共資訊圖書館、音響及音樂研究協會包括演講廳，工作室、電影室等等。它的面積近乎美國紐約現代美術館的兩倍。群眾前湧而來，蓬畢度藝術中心終於從不被人接受的「怪物」化身為世界各地現代藝術家朝聖的美術館。

生活在藝術文化就是生活的巴黎人，任何千奇百怪的藝術創作都不輕易使他們顯露驚詫的表情，也不多看一眼，只有像我們這些少見多怪的遊客，就連它門口的史特拉汶斯基噴水池裡那些造型怪異的音樂符號型，腳車、水車型及色彩鮮艷奪目的美人魚、外星人和長鼻子大象的噴水器也驚喜地、不斷地、一再地舉起相機。

藝術中心的廣場，藝術品專賣店和咖啡廳比鄰間隔，咖啡廳的奇特佈置是夏日陽光下，小圓咖啡桌上仍然品味自成一格地在造型漂亮的花瓶中插上新鮮的玫瑰花，咖啡廳的椅子是一長排的，每個坐下來喝杯咖啡讓疲累的雙腳得以休息的旅人，像在聽演講或看表演一樣，對著門口親密無間地排排坐。不似在吉隆坡是一個圓桌圍幾張椅子成個圈，擺成一種在縱容客人聊天的形式。也許在巴黎的咖啡客，觀光看風景曬太陽的，多過無聊在聊天的人吧？

新鮮的景觀令遊人的心情興奮活潑，行路的速度卻依舊徐緩，到前邊轉一個彎，巷子口一對相擁親吻的情侶突然撞入我們的眼簾。他們其中一人的行李箱擱在地上，影影綽綽的陽光照在他們身上，很多鴿子咕咕咕拍擊著翅膀飛過，不遠處傳來街頭音樂家拉大提琴那優美幽怨的旋律，是有一人要遠行，分離之前的離別之吻嗎？這幕景色真像年輕時候看過的某一部愛情電影。

在巴黎數天，帶著充滿好奇的眼睛穿街過巷，幾乎在每條街道上都會無意中遇到一對對在熱情地擁吻的情侶，《街頭之吻》在巴黎像一個永不落幕的電影鏡頭，有點迷惑，不知道是不是一百多年前羅丹的那個《吻》的後續效應呢？

玫瑰色男孩

年輕畫家聽說巴黎是所有畫家必到之地。他帶著無限的嚮往和憧憬，自家鄉西班牙首次踏上法國首都。浪漫的花都那濃鬱的藝術氣息果然令他留下深刻的印象，那年他十九歲。

四年後，他決定搬遷到巴黎。年輕而貧困的畫家沒有選擇的餘地，他只能居住在今天因為許多「住戶」成為名畫家而名聞遐邇的拉維尼安廣場的「洗衣船」，一所殘破的舊屋。那個名叫蒙馬特的地方，當年是流浪和未成名的藝術家聚集的場所，卻被所有藝術愛好者稱為巴黎的藝術麥加。

年輕人靠畫肖像為生。有一天，一個富翁請他畫像，已經說好酬勞是一萬元。一個星期後，畫像完成，富翁來拿畫時突然反悔，「只不過一個星期時間，就讓這年輕畫家拿走一萬元，太不值得了。」他心裡想，「而且這畫像裡的人是我，沒有人會花錢來買走的。」他越想越認為自己不需要花那樣大筆錢來換回這幅肖像。於是他從袋子裡拿出一筆錢，跟年輕畫家說，「哪，是三千塊。」說完就想把畫拿走。年輕畫家提醒他：「我們約定的價格是一萬元。」富翁卻與他爭執。這時，年輕畫家明白了，他氣憤地說：「少過一萬元，我寧可不賣。」

十多年後的一天富翁的好幾個朋友紛紛來告訴他：「真奇怪，幾天我們去參觀一個畫展，其中有一幅畫，畫中的人和你一模一樣，不過，這幅畫像的題目卻是《賊》。」富翁聽說以後，趕快到畫展現場去探個究竟，一看，那幅畫像裡的人物果然正是他。富翁找到畫家，要向他買回這幅畫。畫家答應了，不過，富翁再多看一眼，標題為《賊》的畫像，標著的價格是二十萬元。為了不讓這幅《賊》的畫像流落到別人的手裡，富翁雖然心疼不已，也不得不掏出腰包，以二十萬元把《賊》像買回去。

這個年輕的西班牙畫家，他的名字是畢卡索。

幸好，富翁覺悟得早，在十多年後，以二十萬元買了回去，要不然，留到今天，他可能要花超過一億美元才能將自己的畫像拿回來。

紐約蘇富比藝術品拍賣公司於二〇〇四年五月五日，拍賣一幅畢卡索的畫作《拿煙斗的男孩》（Garconala Pipe）此畫深得好評，有畫評家甚至說是「美得令人一見難忘」。這是畢卡索於一九〇五年的作品，四十五年後的一九五〇年，有一個畫商以三萬美元買走。五十四年後的今天，三萬美元的投資會翻了多少倍？這是許多藝術品收藏家所關心的主題。

本來的預估價是七千六百萬美元，後來叫價九千三百萬美元，據說有意到來競相投標的藝術收藏家，包括微軟電腦的創辦人蓋茲、世界著名品牌美容公司Estée Lauder的繼承人勞德和賭場老闆溫恩等，最後一位不願意露面的匿名收藏家以一億零四百一十六萬八千美元成功標下這幅畢卡索的畫作，即刻創下了世界價格最高的藝術畫作拍賣記錄。

在這之前，世界最貴的藝術畫作是荷蘭人梵谷的作品。那是梵谷在一八九〇年六月，也即是他自殺前一個月畫的《嘉舍醫生的畫像》。嘉舍醫生是梵谷信任的好朋友，也是他的精神病醫生。這幅畫作在一九九〇年，以八千兩百五十萬美元的高價拍賣成功。

畢卡索的作品在這之前，於拍賣會上成交價最高的是《雙手交叉的女人》。那是在二〇〇〇年十一月成交，拍賣價格是五千五百萬美元。

蘇富比的全球印象主義與現代主義藝術部門其中一個主任莫菲特認為，「畢卡索在他二十四歲時於巴黎創作的這一幅作品，描繪一名年輕的男孩，左手握著一管煙斗，襯著背後的花束，散發出失落的童真。這是畢卡索於玫瑰時期典型傷感迷人的風格。畫中人看來陷入沉思，生命既令人興奮而又充滿驚嚇和危險，是美麗得令人難忘的傑作。」

一九〇四年畢卡索剛定居巴黎的時候，沉重和憂鬱的基調常在他的作品中浮現。他於一九〇一年至一九〇五年的作品，被畫評家鑒為「藍色時期」。畢卡索自己承認：「當我接受卡薩吉馬斯已死的事實以後，便開始以藍色作畫。」

卡薩吉馬斯也是一位年輕畫家，他是畢卡索的同鄉好友。一九〇〇年天兩人相約一起到巴黎，沒想到，在巴黎的小住時期，卡薩吉馬斯竟因單戀他們的模特兒薏爾梅娜而無法自拔，最終舉槍自殺。

生命的脆弱和無常，令畢卡索吃驚，也深切體會到無力感和無限的痛苦。落寞孤獨的他畫了一幅《招魂——卡薩吉馬斯的告別式》，整幅畫以藍色為主調，大量深淺濃淡的藍和黑令畫面彌漫著陰鬱和愴痛，悲哀和絕望。這幅畫掀開了畢卡索的感傷歲月和他「藍色時期」的序幕。

俄國抽象畫家康丁斯基，對世界美術史稍有認識的人，都聽過這位抽象派創始人的名字，他也是著名的藝術評論家，在他的畫論《藝術的精神性》中，提到這幅畫的時候，特別強調「……藍色是典型的天空的顏色，當它變得極為濃鬱時，露出死亡的徵兆，當它深沉得近乎黑色時，呈現出人類無法承受的悲哀訊息。」

沉浸在悲傷壓抑的藍色惡夢裡過了五年，畢卡索的繪畫中方才浮露出清新柔和的粉紅色。色調和主題有了轉變的原因是，在畫家的生命中，有一個名叫費南度・奧麗薇的女性出現了。

一個無意中到畫家住的「洗衣船」破屋子裡躲雨的姑娘，她和畢卡索的戀愛把畢卡索陰黯的筆觸轉化為玫瑰般的顏色。粉紅時期也被稱為玫瑰色時期。從此畢卡索的圖畫走出悲劇沉鬱的陰影，開始出現了樂觀和希望，明朗和亮麗。

這個時期，有一個名叫路易的男孩，時常在洗衣船附近流連，畢卡索說路易經常來探訪他。沒有任何人知道他和畢卡索到底是什麼關係，但是，畢卡索在把這位時常到家裡來的男孩繪進他的圖畫裡時肯定不會想到，「他」竟然成為今天世界上價格最昂貴的一幅藝術作品裡的主角人物。

拍賣人梅耶爾不能置信地說：「能夠拍賣出世界上最貴的畫作，我感到非常激動。」

如果當年那個不守約定的富翁今天還在，他才應該是那個最激動的人。當今世界上最昂貴的藝術作品，價格排在前二十名的，其中有九幅是畢卡索的作品。

畫家的花

一如巴黎羅浮宮的《蒙娜麗莎》面前那攢動的人頭，美國大都會博物館，文生・梵谷的《向日葵》前也永遠佇滿觀眾。有人多次觀賞仍嫌不足，說是每一次觀看都有新的體會和發現；有人看過以後捨不得離開，一逕在畫前徘徊留連。大馬油畫家張漢發說，他的一個畫家朋友，站在《向日葵》面前，不僅是戀戀不捨，而是流淚，走不開。

藝術品的感染力和吸引力，沒有親身體會的人無法瞭解。

畫向日葵的畫家不少，著名藝術大師如莫內和高更皆有優秀的佳作留下，但是，向日葵卻成為梵谷的代名詞。許多人一聽到向日葵，腦海裡馬上想到的名字是梵谷。看過梵谷的作品，就會同意「梵谷是灼燙的太陽燃燒出來的」這句話，再看他畫布上的太陽花，感覺到畫中炎陽般盛放的花，果然有如火焰一般滾燙熱烈。

梵谷最具代表性的傑作無疑是他於一八八九年一月完成的那幅《向日葵》，被譽為是「一段用生命撞擊出的最強音，光耀絢麗中爆發出原始的悲愴」。就算在他逝世已超過百年，他那些永不凋萎的向日葵依舊澄亮亮地綻開在愛畫者的心中。從一八八八年到一八九〇年他去世前的這兩年裡，梵谷一共畫了十多幅《向日葵》。有人好奇，不斷地創作向日葵的他，莫非是為了渴望光明的靈魂？

有誰能夠替代這位當時被大多數人誤解和冷落的畫家回答呢？他自己的原意倒是非常單純：「我想畫上半打的向日葵來裝飾我的畫室，讓純淨的或調和的鉻黃，在各種不同的背景上，在各種程度的藍色底子上，平淡的委羅奈斯的藍色到最高級的藍色，閃閃發光，我要給這些畫配上最精緻的塗成橙黃色的畫框，就像哥德式教堂裡的彩繪玻璃一樣。」為了歡迎心目中的好友畫家高更的到來，梵谷特地創作了這一系列「傳達大自然生命力」的向日葵向高更表示友好。

在繪畫向日葵的時候，梵谷肯定沒有想到，一百多年後的今天，無論他的向日葵裝置在什麼樣的畫框裡，都會發出閃閃的金光。

自從文藝復興以來，歐洲繪畫中從不用黃顏色，但是梵谷喜歡鮮黃的向日葵。他一到野外就四處搜尋可以入他的畫的向日葵，帶回家裡來對它們做不同的排列和組織，寫生素描。

當年眼光最前衛的欣賞者，是在梵谷生命的後期照顧他的加舍醫生。身為醫生，又是業餘畫家也是藝術品收藏家的加舍，被梵谷的向日葵深深震憾：「在以往的藝術史上還從來不曾有過和那些向日葵花的黃顏色一樣的東西。」梵谷自殺死後，加舍醫生在哀悼會上說：「……我們不要絕望，梵谷沒有死，他永遠不會死，他的愛，他的才華，他所創造的非凡的美，將千古長存並且為這個世界增加光彩。我禁不住要時時看他的畫，每看一次，我都會發現其中有種新的信念和人生的新意義，他是一位巨人……」

死了以後，終於化身成為巨人的梵谷，生前沒有任何人願意收購他的畫作。他有一幅於一八八九年五月完成的作品《鳶尾花》，在他死後不到一百年的一九八七年，以五千三百多萬美元在藝術拍賣市場上開創最高的拍賣記錄，贏得全世界最昂貴的藝術作品的頭銜。不過，直到今天還有人「質疑」，「怎麼才那幾朵花兒，就值那麼多錢？」這句疑問令人清楚地看見「文化層次尚有待提高，那倒是不容質疑的」。這幅以藍色和綠色作為對比的油畫，是梵谷到聖雷米的聖保羅精神療養院住下來以後，最早完成的作品之一。在這幅作品中，「他成功地實踐了德拉克洛瓦的色彩理論，整個佈局採取色系互補的手段，提高了色彩的強度，在畫面的左邊以單獨一朵白花來和右邊的一朵淺藍色花相呼應，並且平衡右方叢花擁擠的重量。」梵谷應該是相當滿意這幅畫的，因為正是在這個時候，他給弟弟西奧的信上說：「我害怕失去作畫的能力，現在這種能力倒是回來了……因此我希望在此（聖雷米）停留一段時間，為了自己心靈的平靜，也為了讓他人得到平靜……」

畫家是在一八九〇年七月二十七日自殺的。在臨死的兩個月前，他完成了一幅不甚為人所注意的《白薔薇》。雖然這幅畫不曾創下任何驚人的記錄，但畫評家卻給予它很高的評價。「一種盡管是慘淡的，卻彌漫著虛弱的困倦氣息的安靜。這幅畫的刻劃比《向日葵》更自然，更精細。薔薇花，有白色的，淡粉紅色的，白色帶幾筆紅色的，四周配以藍色和藍綠色，展現在帶有粉色紋絲的綠色背景前，活躍的筆觸輪廓造成一種光點閃爍的印象，而白色花朵和明亮的背景在色調上又是互相聯系的。畫家內心的煩躁被克服了。」畫家那個時候是否已經有了尋死的打算？說內心的煩躁被克服，可能只是在那個繪畫的集中精神時刻吧？

而這是否也說明了，藝術作品的價值和價格是不能劃一的？

當人們提起雷諾瓦的時候，大家就會想起他那典雅精緻的人物畫。十九世紀的法國，只有那些入選官方沙龍的畫作，才有機會普遍性地被人接受。每年參選的畫作，大約有一千幅落選。一八六四年，年方二十四歲的年輕雷諾瓦的作品《愛絲梅拉達的舞姿》被選入沙龍，此畫在展出以後，雷諾瓦毫不猶豫地將它銷毀了。畫家對自己的創作的嚴苛要求可想而知。過後，雷諾瓦的畫作一直沒有機會選上沙龍榜。尤其是於一八七五年完成的《陽光下的裸女》，在印象派畫展中，被人抨擊得一文不值。當時著名的評論家亞伯特・吳爾夫在報紙上批評：「請轉告雷諾瓦先生，女人的胴體不是一具用綠色和紫色光點加以解構的腐爛軀體。這種作法只會顯示出有如屍體般完全腐朽的效果。」將雷諾瓦在圖畫裡那明暗光影的「印象派」表現技法視為屍體上的屍斑，是故意在貶低、輕蔑畫家。

由於不得志而鬱鬱寡歡的雷諾瓦，終於在一八七八年獲得一個表現自己的才華的機會。著名的出版商霞邦帝耶，他是專門出版福樓拜、左拉和杜德等名作家的著作的商人，邀請雷諾瓦到來為他的夫人和孩子作畫。一幅《霞邦帝耶夫人和孩子們》的油畫，成為雷諾瓦啟開上流社會大門的鑰匙。從此以後，他那輕鬆自然的俐落筆法和精巧細膩的委婉風格，受到達官貴人的熱烈歡迎，也同時解決了前半生一直在煩擾他的經濟困境。他的人物畫呈現出女性的柔美、人生的歡愉，有一種優雅秀美的愉悅感受。然而，除了人物，雷諾瓦也喜歡描繪風景和花。有一次，雷諾瓦寫給朋友的信上說：「我正在同繁茂的樹木、婦女和孩子們緊張地搏鬥著，我不想再看別的什麼了。」這句話的涵意不難理解。當然他並不是真的在和樹林、女人和孩子打戰，而是他已經把所有的時間都用在繪畫森林樹木、婦女和孩子。雷諾瓦早期的畫側重在人物的描寫，可能是他個人興趣的選擇，更大的可能是生活選擇了他。因為在雷諾瓦立志成為畫家的那個年代，不畫肖像的畫家是無法生存的。為了擺脫經濟困頓的拮据生活，人物從來沒有離開過畫家色彩明麗的筆。雷諾瓦喜歡描繪嫵媚的女性，大多體態豐盈，洋溢著幸福、甜美、柔和、溫順的中產階級婦人。如果細心留意他的作品，他的許多人物畫像背後的景物，通常都襯上色彩豐富，鮮艷絢麗的花卉。比如二〇〇三年五月六日在紐約由蘇富比主辦的「印象派暨現代藝術品」拍賣會上，有一幅以兩千三百五十萬美元成交的《在玫瑰裡面》。畫中的主角人物是巴黎富商兼藝術品收藏家里昂．克拉比森的年輕太太瑪麗．亨特，雷諾瓦應里昂的要求，到他的私人豪華花園為他的太太留下年輕美麗的倩影。當時雷諾瓦以他一貫的手法，在畫面上描繪了色彩明艷，繽紛綻放的玫瑰花，意料不到的是，里昂．克拉比森夫婦卻不滿意，結果雷諾瓦只好重畫一幅古典作風的學院派構圖來討客戶的歡心。雷諾瓦作品中以花為陪襯的，還有一八七五至七六年的《第一次出門》、一八七六年的《拿噴壺的小孩》、一八七八年的《霞邦帝耶夫人和孩子們》、一八八一年的《陽臺上》及同年的《花和貓》等。雷諾瓦顯然沒有專繪花卉，但評論家說：「花是雷諾瓦最享受和放鬆的描繪對象，他一生對畫花的熱愛不減，並認為是鬆弛精神的好辦法。」畫家愛畫花，也許是不必在意像不像，表現手法獲得最大的自由，可以淋漓盡至地發揮。花更不會像那些請他畫肖像的人，既對他的畫諸多批評、又要求他一再修改，甚至不接受他經已完成的作品。

後來，雷諾瓦的畫風雖然被群眾漸漸接受，畫了許多肖像畫，豐富的收入令他的生活漸入佳境。但日子過得豐裕的他，卻羨慕莫內常年到外景作畫的自在。這從他給朋友的信中看得分明：「我躲在四米見方的畫室裡作畫，其損失是很大的。要是我哪怕只有一部分能夠像莫內那樣辦，我就能夠贏得十年的時間。」

梵谷把鄉野中的向日葵帶進藝術的殿堂，向日葵成為不朽的太陽；雷諾瓦把不同種類的花卉放在人物的前景或後景，讓人和花一起變成永恆的主角；而被莫內帶到藝術花園裡永垂不朽的，是他位於吉維尼的花園中那一池夢幻般美麗的睡蓮。

莫內於一八九〇年在法國的鄉下吉維尼買了一棟房子，過後，他把所有的精力都用在花園的設計上。他的花園之美，可從一九〇二年的畫作《吉維尼的莫內花園中的小徑》清楚得知。畫面上一片鮮艷絢爛，繽紛瑰麗，似錦繁花綻開得令人眼花遼亂。莫內以他著名的強調光線和色彩的變化手法處理這幅作品，教看畫的人都對他的花園充滿嚮往和期待，盼望有機會親自一遊此地。

莫內對自己花園的鍾愛，流露在他寫給朋友的信上。「現在正是時候，你會看到一個絕妙的花園，不過，你要快點來，再晚些，花就要謝了。」這是莫內寫給好友克萊蒙梭的信。

喬治・克萊蒙梭是莫內的知心朋友。這名政治家時常給莫內打氣加油，是莫內永恆的支持者。當莫內患上白內障，一個畫家最悲哀的事莫過於眼睛再也看不清楚，但克萊蒙梭卻寫信讚美他，鼓勵他。莫內後期的《睡蓮》系列，表現手法過於超前，被眾人取笑時，克萊蒙梭一直和莫內並肩站在一起。他對莫內的評論最為中肯：「莫內沒有任何理論體系來支持他的創作，他幾乎是閉門，保持沉默，讓他強有力的畫筆能自由發揮。」莫內就是這樣一個純粹的畫家。

喜歡孤獨，沉默寡言，厭惡與人交往的莫內，在他的圖畫裡始終找不到取悅觀眾的意圖，也看不出追求華麗的向世俗諂媚的傾向。他圖畫中的主角有很多都是花，因此獲得大部分觀眾的喜愛。但是，有一點他不能例外，也是所有畫家遭遇到的同樣現實，喜愛他的觀眾並不在他存在的那個時代。

初期他拿到官方沙龍的畫作，內容和手法都是傳統保守派的延續，沙龍接受了他。一八六九年以後，他的革新作品出現了，結果變成是他和沙龍的距離愈遠了，學院派視他的新作品為離經叛道之作，官方沙龍從此向他關了門。這段時期是莫內生命中最黑暗的日子，山窮水盡，一貧如洗的他甚至想到自殺。一八七四年，他出名了，但卻是因為被藝術評論家攻擊而成名的。他的一幅題為《日出印象》的畫，在展出時，評論家在報上為文嘲譏：「印花壁紙的紙胚都比這幅畫更精美仔細。這畫到底是在畫日出還是日落？」

出乎意料之外的是，嘲笑過後，印象派這個主義的名稱因此而產生了。莫內因此成為印象派的始祖。然而，無論把莫內歸類到什麼主義，任何派別，都不能影響他對大自然和花卉的熱愛。莫內一生用心栽培他的花，用心經營他的畫，他坦誠地說：「普天下能引起我的興趣的，只有我的畫和我的花。」

花是畫家永恆的主題。但花的美卻稍縱即逝，畫家捕捉到的，也僅是瞬間的美。其實畫家真正描繪的，是那不曾停留在每一朵花的花瓣上飛快地溜逝的時間。

時間走過去，花卻留了下來，那是因為畫家。

因為畫家，花在圖畫裡產生了生生不息的力量。

自畫像
——畫家的內心世界

「自畫像」既是在追尋生命的真相，也是在追尋自己的真相。從來不曾畫過自畫像的你，看得清生命或者你自己到底是怎麼一回事，是怎麼樣的一個人嗎？

作品一再上榜「世界最高拍賣價格前十名」的梵谷，一生中畫了將近五十幅自畫像。單單是在他去世前的四年內，就創作了四十二幅自畫像。其中有兩幅在國際藝術界備受關注。一是割了耳朵的那一幅。題目是《耳朵包著繃帶的自畫像》，那幅畫是在一八八九年一月，他的割耳事件過後第二個星期的創作。據說他是在和高更因藝術理念不合，吵架以後，怒不可抑之下竟把自己的一邊耳朵割了下來。失控的畫家，他狂暴和激烈的衝動性格由此可見。這幅畫的另一個題目是《叼著煙斗的自畫像》。畫中的梵谷，嘴邊咬著一根煙斗，裊裊白煙一直往上升到畫布外邊。他那故作瀟灑的姿態，也許是在掩飾自己內心的不安感覺。

另一幅《戴著草帽的自畫像》則是因作品的真偽問題而在一九九〇年再次引起藝壇人士的注目。收藏在紐約大都會博物館的這幅畫，由於有專家質疑它的真實性，因此爆發爭議，最後雖然未曾下定論，卻已經引發國際藝術界的震盪。

十七世紀中期的荷蘭，出現了一位藝術大師，超過四十年的畫家生涯，讓他留下了一百多幅的自畫像。在他死後兩百年，才終於被人發現他藝術創作的卓越才華。他就是偉大的倫勃朗。

倫勃朗曾經留下一句名言：「比金錢更重要的是名譽，比名譽更重要的是自由。」為了要保有藝術良心和繪畫創作的自由，他寧願貧病至死。不論生活是如何地曲折坎坷，他也不肯讓自己的畫筆向貴族們屈就或妥協。

畫家因為如此而一生寂寞艱辛，當他不斷地為自己畫像，是否是在不停地挖掘自己的內心，然後以繪畫的形式向外發表。

他是在尋求共鳴嗎？

也許。

但是，有人會在自畫像前面停下他的腳步嗎？

「社會不理解我，不過，我也不理解社會上的人，所以才隱遁的呀！」說這句話的人是老年的塞尚。塞尚是把蘋果帶進藝術殿堂的畫家，他的藝術表現形式，在當時可能過於前衛，結果一生受到輕忽、誤解和藐視，到老年時，他的作品仍然毀譽參半。但在他逝世以後，藝術界卻送他一頂光彩奪目的皇冠，稱他為「現代繪畫之父」。

他的自畫像只有三十多幅，他在處理自畫像時，也同樣處於做研究的心態。這位大師將把自己的外型用幾何圖形作為結構。後來畢卡索等人創立的立體主義就是受到他的這種畫法的影響。

「今天我寄一張自畫像給你，你得花一點時間研究它。我希望你注意到我的臉部表情已經平靜許多。雖然我的眼神仍和以前一樣缺乏安全感——至少我這樣認為。」這是梵谷寫給弟弟西奧的信中的一段文字。

自畫像大多時候是藝術家在表現自己的內心世界。從畫家的自畫像中，往往可以看得見他們的心靈。然而，藝術家是天真又傻氣的，除了愛你的人，在這個世界上，甚至連你愛的人，也不一定對你感到興趣，所以有誰會關心你的世界？更不用說到你個人的內心世界了。

因為美，我們向前行去

一九九四年九月二十日，日本東京上野國立西洋美術館主辦一個畫展，那也可算是一個回顧展，展覽名稱是《一八七四年——「巴黎第一屆印象派展」和那個時代的畫壇》。

《印象派》是西洋畫壇影響力最大的畫派，在當時卻不被當代人普遍接受。無論何時何地，一切走在時代前端的思想，主義，出現在他們的那個時代總是要備受歧義和歧視。巴黎一群新生代畫家，極端不滿當時主宰藝壇的官方「沙龍」評審們的保守和排擠，設立了一個「無名藝術家協會」，然後為同仁們辦聯展，也就是上述的「第一屆印象派畫展」。在當時，這個試圖「推翻傳統」的展覽並不算成功，因為「無名藝術家協會」雖然刻意選擇在「沙龍展」的兩個星期前開幕，結果，同樣是為期一個月的畫展，慕名到沙龍參觀沙龍展的人數共有四十萬人，前去觀賞印象派展覽的觀眾僅有三千五百名。

當時參與一八七四年四月十五日的印象派畫展的人有：莫內、畢沙羅、塞尚、雷諾瓦、特加等畫家。他們推出嶄新的，也是離經叛道的創作風格，不但受到群眾排斥，還引來許多批評家的嘲笑和諷刺。莫內的風景畫《印象・日出》被著名藝術評論家路易・萊法在報上批評是「未完成的作品，正如小學生塗鴉的程度，不知道畫的是日出還是日落？」甚至更惡毒地寫著：「它的表現手法多麼輕率、隨意，連印花壁紙的紙胚都還要比這幅海景畫畫得更仔細更精美。」

一九九五年七月二十二日至十一月二十六日，美國芝加哥藝術館主辦一個展覽，入門票和黃牛票價被炒到一百美元一張，許多觀眾為了爭取優先入場的特權，短短一個月內，超過四萬人湧去註冊成為芝加哥藝術館的新會員。由於前來參觀的民眾過於踴躍，主辦單位不得已，藝術館每星期有四天延長開放時間到晚上九點。

這一個轟動全美的畫展，主角人物是克勞德・莫內（1840-1926）。一八四〇年出生於巴黎的莫內，五歲時，隨家人遷居到法國諾曼地沿海一個小鎮。莫內年紀輕輕就已經顯露他在藝術創作上過人的才華。十五歲就成為他居住的小鎮勒哈佛爾著名的諷刺漫畫家，獲得當地人的欣賞，開始賣畫為生。但對藝術另有追求的莫內，並不滿足於衣食無虞且小有名氣的日子。他決定到巴黎去學畫。只不過，他沒有像他的父母所期望的，進入一間由名畫家所主持的畫室去學習。而是向有一次他再度回鄉去農村寫生時，無意中認識的荷蘭畫家托特・約翰京討教。莫內曾經對朋友說：「約翰京是我真正的老師，是他，我的眼睛才能獲得決定性的教育。」由於他所畫的印象派風格作品，無法讓當時當地的人接受，最後就連他的家人也不願意繼續在財力上支持他，結果他的生活有一陣子陷入困境。然而沉迷於「水和光和花」的藝術世界裡的畫家，堅持不向惡劣的環境低頭。在他的眼睛裡，大自然繁複的天光、水氣、花影的變化始終是他永恆的追求。莫內的執著，終於使他成為藝術史上對光線和色彩最敏銳的藝術家。

一直到一八八三年，已經成名的莫內終於選擇離開巴黎熱鬧的社交生活。頻繁的晚宴和酒會只能令莫內靈感枯澀，他深深地厭惡「這個可怕而令人不快的地方」。他在艾普特河和塞納河的交匯處，一個叫吉維尼的地方租下一棟洋房，帶著他的第二任妻子愛麗絲和孩子們一起搬遷過來。每天早睡早起，就是為了出門寫生，然後他發現，這裡才是啟發他創作靈感的田園。

由於太喜歡這座田園，一八九〇年他買下原本租住的吉維尼花園。這個時期的畫家的生活豐裕安定，充滿生命力的大自然田園風光，正是喜歡自然和花樹的莫內所嚮往和期待的居所。本身就是一個完美主義的畫家，到處去搜集各種各類美麗而新奇的花種，費盡心思，營造設計成他自己理想的花園。畫家用心經營的吉維尼花園，也是他創作的題材之所在。就在這裡，莫內完成他一生中最傑出和優秀的鉅作。

受到日本浮世繪版畫的影響，莫內將吉維尼園林其中一個部分的設計，辟建成一個充滿東方情調的睡蓮池，並用一座日本橋（虹橋）連接。這個日本式的睡蓮池塘是晚年的莫內藝術創作的靈感泉源。他的「日本橋」和「玫瑰花廊」系列作品說明他對自己園林的滿意和喜愛。一八九五年，印象主義大師莫內開始大量創作「睡蓮池塘」系列，在不同的時間、從不同的角度、於不同的氣候下描繪出他視線裡交錯的光影，一直到他去世的一九二六年為止。莫內在一九〇八年，發現視力逐漸消退，後來經醫生診斷是白內障。當年的醫學，無法為他恢復正常的視線。而他後期畫中的睡蓮，顏色不再似早期的優雅甜美，討喜的裝飾意味也一並消失了去，畫面上這時充斥著的是大膽狂野的線條和放恣渾沌的色彩。因此又有人懷疑，晚年的莫內創作出來的「睡蓮」，是因為視網膜脫落後出現了「脫軌」的想像色調。

二〇〇二年六月在倫敦蘇富比拍賣行，一個不願意透露姓名的競投者以一千三百五十萬英鎊買下莫內一九〇八年創作的一幅《睡蓮》。一九九八年，同樣在蘇富比拍賣行，莫內的另一幅《睡蓮》也曾經創下另一個記錄，當時的成交價格是一千九百八十萬英鎊。

印象派另一位大師保羅．塞尚提到莫內時說：「莫內啊，只不過是隻眼睛，但，美好的上帝，那是何等獨特的眼睛啊！」莫內有一雙超越他身處的時代的眼睛。只是出乎所有人的意料的是，一個不能恢復正常視線的畫家，卻為未來的藝術空間開啟了全新的視覺世界。從前那些對莫內的作品惡意的攻擊和挑釁的批評，在今天已經顯示出，發言人是多麼地缺乏慧眼、何等閉塞、保守和帶著妒忌的心態。難怪冷靜的藝術創作者最喜歡說：「所有的爭辯都屬多餘，還是讓作品『自己』講話吧。」

印尼巴里島有一個藝術館的館主蘇得惹尼卡說：「非常羨慕一個藝術家能夠活二次，人在世時活一次，死了，作品又活一次。」

其實藝術家何只活二次呢？誹謗、妒忌、輕忽、嘲笑、責難、攻擊、排擠，一切都會成為過去，只有真正的藝術作品，是永恆不朽的。

遇見夏卡爾

在香港和夏卡爾「相遇」，因為不是排在旅遊行程的節目中，而是意料之外，所以驚喜異常。

到藝術中心的目的是去觀賞古印度的藝術品，買票進去後，才知道原來當天也有馬克・夏卡爾的展覽，不能掩飾盈滿的喜悅，馬上衝到那間掛滿他的畫作的展覽館。

在門口，要求為此次展覽而特別印刷的夏卡爾圖畫小冊子，負責人用抱歉的神情對我說：「對不起，已經派完了。」

啊！不知道應該高興還是失望？臺灣把這種人潮洶湧的畫展稱為「爆堂秀」（Blockbuster Exhibit），卻因為「爆堂」，無法拿到最喜歡的畫家的展覽小冊子。然而，展覽館裡擁擠的人群，包括幾個老師帶著幾隊天真的小學生。對著一張張色彩斑斕，想像力豐富的圖畫在不厭其煩地為他們解說的那幅現場畫面，令腳步徐緩的我們感動而歡喜。要培養對藝術的喜愛，要提升對藝術的認識，絕對不可能是一朝一夕的，必需日積月累，過程雖然緩慢，但是，只要有開始，就有希望。

真盼望在自己的國家，也可以看到這種景觀。

與畢卡索和馬諦斯齊名的，也和馬諦斯一樣被稱為「色彩魔術師」的夏卡爾，畫裡往往有詩般的夢幻與天真的想像。畫評家Robert Martean如此評價：「喧鬧、狂喜、飄浮、飛回、變形在永恆中不停的變化自己的畫風。」比如那幅《生日》，畫中他的未婚妻手捧一束花，朝著窗口走去，他則浮在半空，彎曲身子下來親吻他的最愛，鋪著深藍碎花布的桌上擺著蛋糕，窗外的白雲和藍天在呼喚窗裡的人，顏色鮮亮的掛毯懸在白色的牆上，看起來他們彷彿飄浮在花園和屋頂上。畫家把現實和神話浪漫地結合，讓人在觀看他的畫的時候，深深感受到「人生當有夢」的衝激。

並不屬於任何派別的個人風格主義者夏卡爾，創作的時候，把自己的內心世界不受拘束地表現，交錯重疊的景物，顏色常有強烈的衝突，卻又展示了一種不協調的、精緻而優雅、令人忍不住要充滿憧憬和嚮往的美麗。然後，根本不介意其他人的看法，「當畫已經完成，由得你喜歡怎麼去解說吧。」別人的如何言詮，始終不妨礙他的創作。具有大師的寬闊胸懷，終於成了大師。

每回看夏卡爾的畫，都會看到他在畫中表達的訊息：「創意的瞬間，是不受時間和空間控制的。」於是又再一次提醒自己：「不論你是誰，不論你幾歲，身份和年齡都不重要，重要的是：人應該要有夢想。」

生活中的挫折和艱難因此可以忍受。

追求零

藝術是非常嚴格的。

林風眠先生生前曾說：「在藝術中，即便是勤奮，辛勞耕耘一輩子，結果很可能只是零。」

這樣說來，自己這些年來都在追求著虛幻不實的東西。

朋友聽說我到中國還要繼續去尋找老師學畫，吃驚：「不是在十多年前已經聽你說在學畫了嗎？」

堅持不輟，因為興趣。也是對自己的一項考驗。而可以愛一件事愛得那麼久，甚至期望永遠，也是很好的。

在他心裡，可能我是很笨的學生。為了不傷害我，所以沒有問：「怎麼那麼久了還學不會呢？」

藝術之路，是一條沒有盡頭的道路。

藝術的大海裡，有快樂悲傷哀愁惱怒甚至痛苦的浪潮，當你投身而入，沉陷其中時，縱然掙扎得非常辛苦，也不願意抽身出來。

人生苦多於樂。藝術追尋亦如是，偶有佳作，那一份瞬間的快樂，已經足以抵消常年的挫折。

在現實生活中，有些朋友，不必深交，才握手就知道日後可以成為好友；有的朋友，同樣地，一看就感覺到，只能做為點頭之交。

人家不喜歡我的畫，或說是看不懂，既不會強迫也不願意多加解釋。只是有點感慨無法溝通，知音難覓。

從不願意以「曲高和寡」這四個字來提高自己。除了輕視別人外，還有太多自我安慰的悲愴。

每個人皆有自己的思想，不可能所有的人都齊齊來認同。而且喜歡或者不喜歡，對一個畫畫的人不是最重要的事。藝術創作者最重要的是，在作品中表現出自己當時的感覺，還有想要表達的思想已經流露在畫裡邊。

也許收獲是零，但是人生不在於盡頭，而在追求的過程。過程中有失敗的哀傷，成功的愉悅，有時會悲欣交集，仍然堅持繼續耕耘，不怨不悔。

愛才是最大的推動力，而愛的收獲是零？

沒關係，至少已經愛過。

輯五・回鄉的異鄉人

花未眠

無意中收到一束花。

等待許多年，以為等不到的花，卻於某個夜晚的籌款宴會上，機緣巧合吧，出乎意料收到小小的一束，只有三朵的花。

乍然一看，僅有兩朵，後來才發現，其中另有一朵是未開的蓓蕾。

晚上回家，插在空置許久的瓶中，聽到裡邊充滿了等待的空氣在滿足地嘆息的聲音，隨意擱在廳裡的小几上。

隔天早上，特地放下每天手上該做的工作，微笑坐在廳中，對瓶花觀望。三朵花，二白一紅，白色的已經全開，紅的僅只一個蓓蕾，並有數朵碎碎的小花與細葉陪襯，非常好看。

窗外車子呼嘯而過的聲音，鄰居兒童玩遊戲的嬉鬧聲，敏感的鼻子聞到淺淡煙霾的不良味道，卻也嗅到微風吹過芒果花時帶來的清清芳香，小鳥飛進院子的樹叢，欣喜地啾啾啾，在呼朋喚友過來同歡同樂，遠遠傳來不知誰家的小狗盡責地高聲吠喊，是陌生人或者小貓走到它責任範圍的門前吧？

帶著閒怡悠逸的心情，安靜地坐下來觀賞幾朵花，雖然什麼事也沒有做，肯定了今天不會有工作上的收穫，但能夠在明亮陽光照耀，寧謐輕風徐拂的客廳裡，體會著生活真美好的愉悅，是多麼快樂的事呀。

那天晚上正好在讀一個園藝專家寫的散文，書中有一個句子：「有些花，是未開的蓓蕾，但你不必對所有的蓓蕾充滿期待，因為不是每一朵蓓蕾都可能開花。它也許會成為永遠的蓓蕾。」

一朵永不開花的花，啊，單只是讀著白紙上的黑字，也忍不住要代它悲傷起來，這便是所謂的永遠的遺憾吧？

樓下廳裡瓶中的紅色蓓蕾，會不會也是一朵永恆的蓓蕾，未開花便黯然地憔悴了去呢？

為一朵花要開，之前所做出的一切，包括下種、澆水、施肥等一切的努力似乎是完全白費了。

夢中，有一朵萎凋的蓓蕾在黑暗中愴惻地流著無人看見的眼淚，然後，悄然墜落在冷冷的地上。

隔天清晨，在焦灼不安的牽絆中抱著滿懷美麗的期盼，去探望插在廳中的瓶花，在惶恐中生出驚喜，瓶中多了一朵直挺鮮紅的花，散發出淡淡的芬芳，燦爛地綻放著。

歡喜和讚嘆的微笑緩緩地展現，原來有些花是不睡覺的，當我們在睡夢中的時候，姿態脆弱的花不但沒有睡意，反而在沉寂的夜裡，一點一點，徐徐地發奮圖強，終於盛開出來。

昨日以為只有兩朵，今天突然多了一朵預期不開的花，而且綻開來竟是絢亮鮮明的紅。向來不喜歡刺眼艷紅的人，竟因此而對奪目的紅色產生好感，真是璀麗動人的顏色。意外的收穫往往令喜悅放到最大。

就像你一直在渴望見面卻以為今生再也不會相逢的人，驀然出現在你眼前，你那悲楚中的欣喜毫無言詞可以形容和表達。

集茶道、花道於一身的日本禪師千利休說過：「盛開的花不能用作插花。」在他心中最適合作插花的是「一個含苞待放的蓓蕾」，還必需是「沒有雜色的潔白的花，花小色潔，是最清高也最富有色彩的」，同時「必需讓這朵蓓蕾披上露水」，還得把它「插在一個簡單的青瓷花瓶裡」。千利休認為這便「是茶道中最富麗的花」。啊！還有一點非常重要的是：「必須要預先用水濡濕插花用的瓶子。」

沒有其他繽紛繁雜的璀燦顏色，卻是最華美富麗的花。

最簡單的，竟也可以是最繁複的。

白色的單花，有一種淒淒的落寞「艷麗」，一種遺世獨立的絕美。

而插上的是白花的蓓蕾，令人在淒美中猶擁有充滿希望的等待。

等待若是無望，那將悲戚哀傷，倘若存在著希望，那是甜蜜和愉悅的期待。

人生是不完美的，所以我們始終不斷在追求。

縱然認定它是不會開放就衰微的花，但依然暗自在心中悄悄地熱切企盼花會開。向往中的花終於不肯屈服不願妥協，努力掙扎盛放了。鮮活綻開的紅花，那樣溫柔又那樣堅持，令人珍貴和愛惜，似乎世間的艱難都可以被克服。

不過一朵遲開的花，讓我明白如果不要悲愁和悵惘，那麼面對挑戰時不許輕言退卻，也讓我感覺自己是世界上快樂和幸福的人。

芒草花田

黃昏散步走過河邊，於深深秋意間驚逢瑟瑟的芒草花田。

高高的葉片和蓬蓬的穗狀花，白茫茫地萋萋綿延，在斜陽的照耀下一片迷離。若是有人悄悄躲在草叢中，也看不見他的身影。

涼颼颼的秋風吹掠，迎風的芒草花柔軟而沉寂地朝同一個方向倒垂過去，眼看著就要伏貼在大地上，卻又沒有，僅只驚起一群聒噪的雀。

鳥兒自綽約的芒草葉叢中紛紛飛向對岸莽莽蒼蒼的野林子。看著，感動於大地的風景竟可以是如此美好嫵媚，原該繼續往前走的輕捷腳步，再也跨不出去。

之前穿越一座果園，不見傳說中像黃金一樣明麗的果實，森森掛在造型優美的樹上的是長形的綠葉子，深深的葉脈像人們手掌中天生下來便已經鐫刻好的清晰掌紋，仔細瞧望間迷惑起來，是否每一片葉子也一早就有了註定的命運？

生命中有許多目眩神迷的美麗，並非事先蓄意安排，卻是在無意中巧合逢遇，然而喜悅相逢歡呼後亦無從掌握。總是看著光彩奪目的美景錚然閃現，當人還在清醒的邊緣迷糊著，依戀不捨，它已似燃燒的火焰，縱然意猶未盡，不肯放手，亦被焚溟成灰，最終讓措手不及的清風冷冽一拂，滴血的愴傷便現跡在憔悴的心上。

佛家講究機緣，若是緣份俱足，遙遠的道路再如何曲折迂回，也能出現一場令生命閃光的邂逅。正似金黃色的夕陽照耀在翻飛的芒草花上，使得原本是銀白色的花也閃發出金色的亮麗光芒。

曾經見過單株的芒草花，是一個大學男生送給心儀的女生的節日禮物，那時不只感動，還因男生的浪漫的創意和不俗喝采。街頭巷尾的花店裡擺放著一簇簇鮮燦碩大的玫瑰劍蘭非洲菊，甚至默默地生長在路邊的艷麗大紅花或澄亮的小黃花，全都可以隨手買下摘下當禮物，而男生居然送了沒有人留心注意的，在路邊默默地卑微野生，但卻秀美細緻的芒草花。幹了的芒草花保留了下來，沒有繼續往後發展的感情逐漸乾涸了去。有時候看見那株枯萎後依然澄明美麗如昔的芒草花，就要悵惘地回想那一段曾經擁有快樂和悲傷交錯重疊的年輕日子。

不願割捨而掌握不住的歲月，猶如芒草花田邊的河水，靜默無語往下潺潺直流。驚逢芒草花田的當時並沒有意識到，再也不可能在下一個秋天走過同一條清澈翠碧的河，再也無法與同一畝蒼茫的芒草花田有多一次的歡悅重逢。

原來世間有許多無法拒絕的事物，宛如花朵的盛放與凋零，綻開以後便是萎落，而且真是不會重回，新綻開的絢艷鮮花，並非原來的那一朵。況且就算你堅持永遠不肯捨棄，永遠沒有結束，永遠不願妥協，也無力挽回。一生中的唯一，在生命裡只發生一次，絕無僅有，然後便是今生的訣別。憧憬和嚮往中的再見，無論如何竭力設法，也只是一份無法完成的執著。

在什麼也沒有準備好，無所察覺的時候，倉促地偶然交會，當強烈地企盼渴望著重逢時，卻成心中的滂沱，永恆的期待。

黃昏散步，徐徐蹀躞間瞧望路旁那些挺秀地生長的蔥蘢花樹，抬頭仍見金黃的夕陽和絢色的晚霞，繽紛的景致既誘人又迷人，然而心中反復閃現的，總是那片根深蒂固地典藏著，永不消沒隱失，既是短暫又是冗長的回憶，縱情恣肆地馳騁的白茫茫金亮亮的芒草花田。

賞花心情

日本人的詩：

一生只是追逐櫻花，
賞花是大事，此外，
沒有什麼事。

西洋人的詩：

如果你缺乏世俗的富，
家裡只剩下兩條麵包，
且賣掉一條，買盆風信子，
給你的心靈吃個飽。

「問渠那得清如許，為有源頭活水來。」是朱熹的名句，但我更喜歡他的那首「川原紅綠一時新，暮雨朝晴更可人，書冊埋頭無了日，不如拋卻去尋春。」讀書讀不完，春天的風景如此漂亮誘人，還是把手上眾多的工作全都擱在一邊，悠悠然地賞花去吧！

以小說《我是貓》一舉成名的日本重要作家夏目漱石，在他創作小說《明與暗》中，曾經給作家朋友久米正雄和芥川龍之介的信中說：「我已經寫了近百回那樣的事（指人世間的糾葛、明爭暗鬥和人性的虛偽、卑劣）而覺得大大地被庸俗化了。所以三、四日前開始，我把寫漢詩做為午後的日課。」在他另一部名為《旅宿》的小說裡則這樣寫著：「苦痛、憤怒、叫囂、哭泣，是附著在人世間的。我也在三十年經歷過來，此中況味覺得夠膩了。膩了還要在戲劇、小說中重複體驗同樣的刺激，真吃不消。我所喜歡的詩詞，不是鼓吹世俗人情的東西，是放棄俗念，使心地暫時脫離塵世的詩。」

工作太累了，找一段時間去賞花，對我來說，正如夏目漱石創作和閱讀他喜歡的詩詞的心情和感覺：「暫時脫離塵世」，他是以詩詞來淨化心靈，賞花也有同等作用。

在你的生活中，花扮演著怎麼樣的角色呢？

一回在山上，金色的夕陽下，陰涼的天氣裡，輕拂的微風中看見一簇簇怒開盛放的花，抑止不住打從心裡讚嘆：「啊，好美麗的花！」

「美麗嗎？」同行的朋友隨便張望一眼，他沒有特別的感覺。「不過就是花呀？」

「所有的花都是美麗的。」我說。

「是，紅色的黃色的紫色的，都很美，但是，那些白色的花，白白的，有什麼美麗不美麗呢？」

他眼睛裡看到的，是顏色，不是花。

佛經裡說人從蓮花裡化生。真是充滿詩意的說法，但是，從花裡生出來的人，卻不曾安靜放鬆地看過花。大部分人每天在滾滾紅塵中浮游，拚命苦心經營，結果名位權祿都掌握在手，但卻越來越迷惑，動盪不安、不知滿足的心令人鎮日營役勞碌，一切都是因為找不到安心的地方。也許該試試偷閒，從從容容輕輕鬆鬆去看一看花，那是回望內心的動作。人一定要有時間觀照自己，才能從心裡找到明淨的自性。

有人從來沒有看過花，甚至似錦繁花盛開在面前，也不屑一顧。「花？當然看過，但是不知道有什麼好看。」

可是僅僅為了一朵花，有人願意付出時間，有人願意付出生命，值得與否，看你個人的選擇，在你的心裡，什麼東西才是最有價值的呢？

有人追求功名利祿，有人只希望得花一朵，目標雖然不同，快樂的境界卻是一樣的。

W在電話裡說：「媽媽的生日快到了，我曾經答應過她，每年生日送她一盆胡姬花，你要是在哪裡看到有比較特別比較漂亮的，告訴我好嗎？」

「老人家生日，送黃金飾物不是更討她歡心嗎？」我問。

「不，媽媽不喜歡黃金。」W說：「她更愛花。」

一直不曉得W和他的媽媽是如此浪漫和詩情畫意的人。

因為有愛，鮮花就有了比黃金更貴重的價值。

有人愛花，但有所選擇。比如名貴或者是名字好聽的花。多數人喜愛嬌艷的富貴花、絢麗的玫瑰花、碩大的牡丹花、代表官運亨通的紫薇花等等。

一個朋友告訴我，她獨鍾情芒草花。

那是沒有人會喜歡，長在路邊或傍水的看起來一片白茫茫的野花。愛它是否要顯示自己與一般人不一樣？

「只因偶然和一個朋友走過一田種在水邊的芒草花，過後非常清楚，從此再也不會有機緣和同一個朋友一起在同一個地方散步。」

輕輕地隨秋風搖曳的芒草花因此深植於記憶中，成了永遠不凋謝的花。

因為有情，輕飄飄的野花就有了深沉、永恆的份量。

深想一層，其實這一生中，不論在何時何地，我們所見到的每一朵花，全都只是一生一會哪！

愛花，惜花，別再等待，現在馬上放下手上永遠做不完的工作，一起來賞花吧。

人生至美

人生最美麗的事，莫過於去法國。喜歡旅遊喜歡渡假的畫家這樣嚮往。全心全意堅持這一個方向，最後他終於到了法國，在那裡渡過一個半月。

「走在巴黎街頭，秋天的風把長長的衣袂吹得飄飄，圖畫、雕塑、音樂、咖啡、在在充滿藝術氣質的環境，那是生命中最浪漫的日子。」回來以後，他高興地對周圍的朋友們說。

聽聞他驟然逝世的消息，不能相信。人生果然是去日苦多。誰也不知道巴黎竟是他人生中的最後一個驛站。後來在葬禮上，幾個常聚的好友異口同聲：「幸好，他終於去了巴黎。」

也有一個朋友說：「人生至美的，並非去法國。」

對她來說，快樂的人生，是心愛的人互相依伴，不離不棄。「那麼無論人在那裡，都是幸福。」

她生命中的缺憾，是最愛的那個人，離她太遠。平時連要見一面也不容易。

兩個朋友說的都是肯定句。

兩個人都各有終極目標。

生命中最有價值的，是自己最殷切渴望獲得的，沒有所謂對和錯。人生本是一連串的追求。因為如此，日子充滿希望，人才有前進的動力。

最短的路，最容易抵達的地方，往往被人忽略。幾次去旅遊，對於在宿處附近的景點，總想保留到最後才去觀光，結果，一直到回家的那天，也安排不到時間去走一趟。

至於那遙遠的路，無法輕易獲得的，越是崎嶇曲折，越是跋涉千里難到手，卻是最教人在心裡牽掛懸念。縱然可能只是一個永恆的夢，明知難以實現，也緊捉不放。

法國經濟學家拉內・馬米這樣說：「大部份法國薪水階級在工作中不太如意……他們認為自己沒有前景。愛情，權力和金錢，他們真正能夠獲得的是什麼？他們沒有職權，永遠不會發財。辛苦一生也只剩下愛情可以盼望的了。」

所以法國人特別喜歡渡假。換個新地方，談個新戀愛，這是法國人比其他國家的人特別浪漫的原因吧？

事實上人生不斷在追求的，是一份滿足感。

我的志願，我的希望，有些只是煙花，瞬起即滅，最後是否得以完成？則在乎自己有多重視。

說不上快樂或者不快樂，日子還是可以過下去的。

至於哪一樣才是人生至美？你的選擇是法國或者愛情，沒有人可以為你下定義，你的要求你的缺乏是什麼，你可以守口如瓶，但是你自己的心應當異常清楚。

船身的水紋

祖母常年的衣著是一條短短的長袖上衣，配有腰帶的寬闊褲腳黑色長褲。從小在祖母身邊長大，並不曉得這是傳統惠安婦女的穿著。小時候接觸的老人家又大都為來自家鄉的親戚，中年婦女穿著和祖母非常相似，造成錯覺以為所有婦女的衣著全是如此一般樣。兩年前在藝術雜誌裡看到中國畫家畫「惠安女」，開始對惠安這個具有特色的婦女衣著有了好奇。

其中一個最主要的原因：我是一個惠安女。

圖畫中的惠安女上衣奇短，類似印裔女性的那樣：看得見肚臍眼；寬闊褲的長度夠不著腳踝，特別的是褲頭上的腰帶，普通人只穿一條腰帶，惠安女甚至有穿上整十條之多的。

除了穿衣與眾不同，惠安女且戴帽，一頂斗笠，和下田農夫戴的一個模樣，然而，斗笠卻以鮮艷亮麗色彩的花布包紮，再拉至頷下，打個結，叫人為之眼前一亮的還是花布上插滿了各種顏色的假花和發飾。

惠安女成為許多畫家筆下的主題人物，不論媒介是以水墨、油畫、粉彩、水彩或膠彩表現，想來他們看中的是惠安女與眾不同的服飾打扮。

注意惠安女為題材的圖畫，同時連帶地認識一些愛畫惠安女的畫家。李弗莘是我訂閱的藝術雜誌裡常見的名家。他筆下的惠安女有一種對生活的美好嚮往。她們對苦難的堅毅精神被李弗莘刻劃得生動而突出，最令人折服的是他的表現技巧，人物居然沒有線條。水墨畫一般以墨鉤出形體，再填色，就算是大寫意手法，雖有意到筆不到的空間，卻也有線條的串連。李弗莘以創新的手法來描繪民風淳樸生活艱辛的惠安女，把含蓄委婉的漁村女子表現得非常切意。

我是惠安女，但首次聽到惠安女，是前幾年到廈門進修時，旅遊到漳州去的半路。陪我去漳州的是廈門大學研究生，一是個南安女子。路上閒聊時她問我的祖籍，當我回答惠安時，她的眼神一閃，是欽佩的光芒。那種崇敬的神色近乎是要站起來向我致敬，倘若那車子的空間比較大的話。她驚訝地：「啊！原來你是惠安女？」

她當然不會相信我是。

她口中的惠安女，是原鄉的最大勞動力。樸素無華，勤勞刻苦，吃得不好穿得不好住得不好，但勞動精神最好。「惠安有一個全國聞名的大水壩，著名不在它的大，而是建造水壩的工人，全是當地的惠安女。」

被人稱為「蕃薯鄉」的惠安，以窮鄉僻壤來形容也不為過。凡是能夠勞動的男人全到外頭打天下，女人除了盡女人的本分，做家務看孩子之外，同時得主外，從事原本由男人做的工作。當地迫切需要水壩，男人都離鄉背井，惠安女不等男人回來才動手，她們用雙手親自去搞建設。

終於明白她為何吃驚。她帶我去觀光，太高太陡的路我不能走，沒有路的山爬不了，吃的時候得選擇乾淨的店，走出路上招手就叫車，提一小袋東西，步行幾分鐘，氣喘吁吁找地方休息，還為自己極力辯護說「歇息是為了走更長遠的路」什麼的。

這個從外頭來的惠安女子，和真正本土的惠安女子，差很大一截。聽著一個南安女子對一個惠安女子在稱讚惠安女，感覺非常慚愧，對祖先更加慚愧。

去年我刻意帶兩個女兒到惠安。北京西安這些著名歷史古城，有朝一日她們一定會去，然而，惠安這個祖父當年因沒飯吃而無奈之極的揮別並從此沒有機會再回來的地方，她們自己可能不會想要去。

到惠安，在鎮裡，終於看見圖畫裡衣著特異的惠安女。她們害羞而膽小，看到有人拿起相機，迅速地避開了。我們其實沒有惡意，想留下紀念而已，但是，無論我們怎麼解釋，她們搖頭走開，不願意聽。

我們只好做小人，回來以後，把照片洗出來，發現都是低頭看不見臉孔或者只有背影的影像。

沒到惠安之前，旅遊書告訴遊客，真正的惠安風俗民情，保留在一個叫做崇武的小漁村。那兒尚餘存古代的城門，街頭巷尾可遇到衣著具有傳統特色的惠安女。

我已經無法成為惠安女，當地人稱讚的刻苦堅毅的惠安女，雖然我的父母皆是惠安人。我的女兒比我更差勁，人還沒有到惠安，已水土不服，抵達惠安當晚生病在旅館床上，且不曉得自惠安城到崇武僅需三十分鐘車程，結果到了惠安卻沒走到崇武古城。

但我終於見到惠安的石頭。

惠安以石頭出名。可我不曉得惠安石頭甚至出口到日本，成為建築與擺設的材料。惠安出名的不光是石頭，還有石雕高手，同樣也「出口」到世界各地去當雕刻師父。中國全國的神廟、辦公大樓和住宅，都以擁有惠安石獅作為鎮屋或者鎮廟之用引為光榮。從廈門驅車北上，未抵惠安，先到泉州，著名的泉州大橋兩邊，一隻又一隻精工雕琢的惠安石獅排列整齊地迎接過橋的客人。

眼前的惠安，樸素但不貧窮，幾乎家家戶戶都有電視。惠安的房子以大石塊鋪成，和檳城升旗山上的別墅極其相似。這是惠安的第一印象。

再聽到惠安女是在毫無預料之中的一個下午。

為出席文學會議到廈門，與會者是來自中國和東南亞各地的作家學者。會議結束後，航機班次問題無法即時回馬，就每天到處看畫展。公園南路的中山公園門口，見四個穿惠安服裝的女孩子在趕路，急急上前以普通話嘗試與她們溝通，意外的是大約十三四歲，剛上中學年齡的她們居然聽不懂！

陪我的廈門朋友以廈門話和她們聊幾句，轉述說她們根本沒受過教育。原來惠安女童小小年紀就出來工作，大部分當建築工作。中國尚未實施免費教育，貧窮的她們沒有受教育機會。失學的惠安女童和朋友說話時，像受驚的小兔子找不到地方躲藏般的把身子縮起來，不停地搖頭。

聽到她們不曾享受過美好的學生生涯就得出來社會作粗重的勞動工人，看到她們恐懼的畏縮態度，好像有一根針，一下一下地刺戳著我的心。

惠安，那是我祖父南來之前的家鄉，那究竟是怎麼樣的一個地方？我去過了，但是我什麼都沒有看到。

我要求朋友帶我去找畫家李弗莘。

炎熱的午後，我坐在李弗莘的冷氣畫室，看他的畫，順便瞭解他為何對「惠安女」情有獨鍾。

李弗莘的橫溢才華、厚實文學基礎、堅實繪畫底子在他畫裡呈現；畫家的誠懇與忠厚在言談間表露無遺。

知道我也是惠安女，驚訝的畫家把他對惠安女的同情和惠安女給於他的沖激吐露。

「惠安這塊土地，如果種下十斤花生，收成的時候只能收兩斤。」李弗莘在稚年時聽家鄉老人說起，英國一個地質學家曾來過惠安沿海一帶，看到那一大片鐵沙般的土地，斷言道：「這塊地土養不活這裡的子民，一百年後，這裡的人絕對要跑光的。」為生活，男人不得不外出工作，婦女們日以繼夜地在貧脊的土地耕耘，終年不夠糊口。每天吃的是看不見米的地瓜粥。李弗莘提到七十年代中期，他自淅江帶著妻兒回鄉過年，留在家鄉的姐姐和甥兒們拿不出像樣的食物來招待遠來的親戚，外甥們唯有和年輕的朋友演奏富有民間特色的南曲來表達他們見到親人的快樂。李弗莘在一篇文章裡描述自己當時的心情：「我為親人的盛情而感動，但此時我的內心卻淌著淚。」

八十年代的改革開放政策給貧困的石頭鄉帶來迴異的景象。處處新建的石頭洋房，婦女們的打扮花俏漂亮，但這僅僅是經濟的變化，至於文化的發展，始終戀戀不捨地停留在傳統的年代。住在堅固結實設備華麗洋房裡的男人，雙手仍牢牢掌握女性的命運。婦女的地位並沒與時代的腳步並進，她們的精神世界和過去幾十年來相同，毫無變更。照樣在這個已經文明的時代受著不文明的比如封建、父權、迷信的壓力和困擾。

「我的親戚有個小男孩，去年我回鄉去出席石頭節，別家小孩告訴我他已經有了老婆，我異常驚奇，不相信是事實。小男孩帶我去看他老婆，一個睡在搖籃裡的小女嬰。」指腹為婚、包辦婚姻的事情在石頭鄉裡存在尚且流行。我掩飾不住驚異，看見我的神情，他無奈地說：「我亦不信，但這事確實存在。」

在女權高漲的年代，竟有婚姻不能自主的悲慘情況。曾經到廈門大學去修「女權主義與中國現代婦女文學」的惠安女聽著，一股痛楚在心上踟躕不去，像流血的傷口被灑了一把鹽那麼痛苦。

原來這還不是最堪憐的。

李弗莘把他一幅「坐婚夜」的圖畫攤開來。

裝扮美麗但沒洋洋喜氣的新娘，眼裡涵蘊無窮幽怨，打扮亮麗，著上獨特惠安新娘服裝，坐在四條柱子籠著蚊帳的傳統床上，褲頭綁著數條五顏六色的花俏褲帶，陪著她的是一對燃得亮亮的紅艷艷臘燭，畫面上浮游著一股淒涼的喜氣。

畫中孤獨坐著的惠安新娘臉色憂鬱、沉重，悲傷的心聲明顯地揭示在臉上。原來在二十一世紀即將來臨，惠安仍延續傳統「坐婚夜」的習俗。

惠安新嫁娘若是在結婚十個月後生產，大家不會怪新郎，但那個十個月前結婚的新娘，卻成為眾人眼中的不安份「淫婦」。雖然她生下的是她當晚新郎的孩子。新婚之夜是每個人一生中最美好的晚上，作為惠安新娘，她必須端莊穩重，衣衫整齊地坐上一整夜，不允新郎「隨心所欲」。

這就是新娘褲頭上束了好幾條腰帶的原因。有的新娘綁的腰帶共有十二條，是在約束自己或者是為難新郎？

結婚之夜，不但不可與新郎同眠共枕，更不可做每對新婚夫婦可做之事。這是讓人想破了頭，也想不到的惠安舊習俗。

大城市的女人，儘管沒行婚禮，沒一紙婚書，也高呼「不要性騷擾，只要性高潮」，努力爭取提高女權，她們不會想到，已讓文明洗禮過的中國，在某個角落，照舊存在這不公平的陋俗。

結婚夜坐一個晚上，隔天新娘得回到娘家居住，等到春節時，才回夫家和丈夫一起。分開過「牛郎織女」的生活，直到新婦生下孩子為止。

惠安女兒不值錢，地位低賤，命運悲慘。女孩成群結伴跳海自殺的事常有所聞。男權至上，婚姻無法自主，經濟不能獨立，童婚、童工，很多人都以為已經過時落伍僵化的封建思想，今天尚且難以置信地存在，被壓抑的惠安女兒背負的精神枷鎖過於沉重，對生活再沒有美麗幻想，更沒有美好的期待。柔弱的女兒們選擇一條以自身的生命來向群眾作無聲抗議的路，然而，她們的心聲像輕輕海風揚起的微微波浪，似船身的水紋，沒有多少人注意，就算看得見，聽得到的人也沒有特別重視。

惠安婦女特殊的服飾令我一見難忘，她們淒涼的命運令也是惠安女的我聽過以後永遠難忘。

我能給她們什麼幫助？

我只能聽過後，付給她們完全無用的同情。這才是我最痛心的地方。

從前看李弗莘畫惠安女，固然感覺她們美麗背後的苦澀，卻有距離。瞭解了傳統包袱和守舊思想給予她們的創傷和磨難以後，再重新仔細看畫，感受完全不一樣。

李弗莘在《尋覓中的感受》裡寫：「家鄉的前後變化，時常激奮著我，令我噴發出強烈的創作欲望。近年來，我潛心於探求通過平凡的生活，質樸的人來抒寫我對故鄉人精神內涵。把激情、願望、思考濃縮成藝術的靈感；把生活的意蘊作為創造藝術的深刻性的內在的張力；把普遍性的題材、普通的自然風土和人溶合並提升到哲理性的高度，以深沉、雋永、含蓄、靜穆、朦朧、濃鬱的抒情味達到審美的升華。以自己的良知、靈魂與現代生活源通達、感悟、並和時代共振、同步。」

在國內外得過無數次大獎肯定了李弗莘的創作才華，也讓惠安女成為國際注目的焦點，希望獲得眾人注意以後，惠安女的命運能夠得到改變。

一個思想開明，心胸寬闊，宏觀氣度的惠安男人，通過他的彩筆為惠安女說話，這是多麼難得的事。李弗莘孜孜不倦的努力令身為惠安女卻無法為惠安女做任何事援助她們生活過得更好的我感動，並感謝。

如果有更多的惠安男人像李弗莘，如果有更多男人像李弗莘，這是我自惠安回來以後最殷切的期待。

無味一生

到蒙古你不喝酒就交不到朋友。

蒙古人愛酒，而且慷慨地把自己所愛介紹給你，讓你也一同來愛，毫不自私。若你沒有欣然接受，那就是一種輕視他們的愛的表現，既然和他們劃了界線，他們即刻變得有點冷，有點淡，似乎再不想與你繼續交心了。

未到蒙古前，北京的朋友這樣告訴我。

沉默地我沒有多說，但知道自己一到那兒，就會被排擠出局。

已經很久不知道酒的味道了。

一個人在外頭，起初是不願意讓人知道我會喝酒。勸人喝酒的人，都擁有無比的熱情，當他們看到你一開了頭，就不會放過你。所以我非常小心，一直維持著我真的不會喝酒的笨樣子。果然也過了很多關。當然要感謝身邊同去的朋友，他們時常為我接過主人遞來的酒杯，「讓我代她乾了吧，她不能喝酒。」

其實有酒渦的人，喝起酒來，那幾杯灌下去，也臉不紅耳不赤的。保持秘密的另一個原因當然是怕過量會出醜。微微醺意還好，真要喝醉倒地，或是開始胡言亂語，恐怕不好看也不好聽。

不想將自己趕到旯旮處。

假假地表演了好長的幾年。突然有一天，醫生說，你的身體不要喝酒。浮上心頭的，竟是許許多多的不甘願。

一直說不能喝酒，其實是在講騙話，長期沒有被拆穿，心裡甚至有些些得意。沒想到健康檢查報告出來後，虛相竟成事實。

那些年瞞著外邊的朋友，自己在家裡偶爾也小酌一杯，喜歡酒的味道也喜歡微醉的感覺。這回讓醫生一阻止，從此和酒不得不分手。

再也不能得知酒的味道是怎麼樣的。感傷地告訴好友。

好友安慰，有更多人，或因遲鈍或因粗糙，很多味道都不知道，而時間照樣走過去，歲月依舊流逝，最後他們也這樣就過了一生。

無味一生太可怕了！然而這是他們呀。我的哀傷沒有減低，對自己在生命中缺少了一種味道，不能說沒有憾。

塵埃歲月

在一個地方住下來，從開始的陌生漸漸走到熟悉，中間的那段過程時常在心中閃現，像不會凋零的塑膠玫瑰，雖然蒙上薄薄塵埃，但過一過清水，拿出來照舊如新。

當初從北方的城市遷移到中部小鎮，對當地的人、物、事、日常生活，包括一切衣食住行都極端好奇。老街上累積滿牆痕跡的舊屋、路邊零落的怪味撲鼻熟食檔口、後巷兩間緊貼在一道的簡陋咖啡店，花園住宅附近幾棵長鬍鬚的滄桑大樹，甚至居民每日的粗簡衣著，話語中濃重的奇腔異調等等，往往兩三個當地人佇在街邊說話，多是木無表情，但那急促語氣和強橫態度，外來的旁觀者搞不清他們到底是在吵架或謾罵，原來在同一個國家也會存在著無法置信的文化震盪。

每天黃昏徐徐踱步，或緩緩踩單車，一路上慢慢瞧看。無需蓄意搜尋，每個轉角處自會出現一個驚奇。偶爾停駐腳步，或下來牽腳車步行，仔細去觀察一隻在許多水草和全是蝌蚪的小河溝裡優游的大肥魚；一隻白臉長頸粉紅短尾巴的長腳水鳥警覺性地左瞄右眄，然後慌慌張張在溝水淺淺生滿奇花和雜草的渠裡彷徨卻迅捷地跳來躍去；驟然有只黃鶯高叫一聲，嗓子粗啞難聽，如沒見到鳥兒的艷黃蹤影而單從聲音揣測，可能會誤以為那應該是黯黑色的烏鴉，向日葵色的黃鳥展開翅膀，快速地離開本來駐足的無葉無花只餘幾根枯枝杈幹的大樹，待得另一隻黃鶯兒也跟在後面揚飛起來，我們才知道先前那只鳥兒的叫聲是在招呼它的友伴，不甚明瞭黃鶯兒的聲音為何粗魯難聽之極，和書上提供的資訊竟兩不相干。再一抬頭，一隻亮麗紅頭鮮明藍身的釣魚翁，絲毫不受干擾，亦無一絲驚慌，穩重內斂地獨立於瘦長的電線桿上，稍稍不屑地將尖尖的長嘴指著另一個方向，事不關已萬事不理，默不作聲靜靜沉思。

宛若一個來自外地的觀光客，無意中撞入一個與自己無干無涉，並隔閡得足以牽引好奇心升上來的地方。旅遊是由於對目前生活的極度厭倦，早晨醒來甚至不願意起身，要面對的是相同的面孔同樣的表情，熟悉產生的倦怠感覺令人只想逃離原有的秩序和規律。每回提著整理妥當的行李箱，遠道去一個地方旅行，等同放下平日肩挑的生活重量的一種休閒方式。帶著旅遊者的眼睛去觀看事物，印象縱然只在淺層表面，興奮中仍舊充滿無限吸引力。無論所到之處是繁華或荒僻，皆因是他人的家居和故鄉，沒有投入自己在其中，旅遊者的情緒愉悅輕快，一切過眼之物，純粹是經過，不管來去，無需承載過多深重的感情負擔。氣定神閒，輕悠自在地看過，行過，拂拂衣襟，走了，有一種不必負責的愜意，也不需攜帶愛恨的強烈情緒去深入體驗。淺淺地，輕輕地，沒有付出，沒有期盼。

無形中一日裡最期待的時光便是在絳紅色的黃昏暖暖的陽光裡的隨意溜達。戀戀於騎單車的午後，天氣往往從炙人熾烈到柔和清涼，隨意地踏著腳車，大汗滲透背後及胸前的衣服而意猶未盡，越踩越遠，曾讓單車帶到一個人煙稀少寧謐幽靜的小村莊，母雞和小雞在高腳屋下邊遊蕩，無視於外人的闖進，這時連踩單車也略嫌太快，下車，手牽單車蹀躞，高腳屋是木板建築，前門的樓梯階，兩邊扶手畫著美麗圖案，窗口是手工雕花製作，風揚起斑斕色彩的花布窗簾，看不到屋內的人，有數只不同顏色的花貓，慵懶懶地躺臥在高腳屋底下的水泥地上，動也不動；不遠處隱約傳來孩子玩耍遊戲的嬉笑聲。按那屋子的建築結構，一目了然是馬來友族的居所。梯階下左旁有個圓圓水缸，缸邊地上開滿各種叫不出名字卻色彩絢麗的小花，伸手觸動它們的時候，幽幽的香氣在空氣中浮蕩。形體飽滿的水缸並不大，裡頭一缸清水，缸旁梯邊掛著一個盛水用的長柄椰殼勺子，正在端詳，曾居鄉下的同伴告知，缸裡清水是讓來客洗淨腳下塵沙，才踏步上樓，對此一無所知故驚異卻又感受到屋主的周到體貼。一個著全色上衣和花布圖案沙龍的老婦女自屋底下的廊柱後邊走來，布滿歲月軌跡的臉，對毫不相識的我們露出親切微笑，爽朗詢問，要來坐嗎？她手上提著一長串香蕉，一梳黃一梳青混雜著，大概是從後院砍下剛成熟的果實回來。那群在不遠處戲耍的小孩們突然蹦跑到她前面，婆婆，請我們吃香蕉。她點頭，拿去，拿去罷，轉過來自然地問，要吃香蕉嗎？是偶然或是巧合？這真的是現實生活嗎？比較像一部溫馨影片裡的其中一個畫面。我毫不客氣點頭，伸手同她要了一條香蕉，如果不這樣，我擔心眼前所見的事物會在刹那間消失，它更像是一個夢。鏡花緣，桃花源記，後來發現全都是虛擬的幻境。起碼手上有一條香蕉皮作為證明。寂靜的畫面突然熱鬧喧囂起來，青黃相接的香蕉就擱在地上，孩子們隨意一人拉一條，快活開心笑著吃著，繼續戲耍。夕陽的光線在畫面上鍍了一層黃金，像經過提香的畫筆細心彩繪過，全是他圖裡璀燦潔淨的眩目金色。

從馬來友族村折個彎，進了華人新村。迎接我們的是一群盡全力在吠叫的狗，外人的氣味對它們分外刺激。張牙舞爪的姿態迫我們小心翼翼退出大路。幾間屋子的人出來望一望，老少兼有，無一絲表情，冷淡漠然的視線彷彿沒有焦點，在這兒旅居了幾個星期的我們習以為常，平心靜氣離開，方知要走進這裡的新村需要熟悉朋友的帶領確是真實情況。靠朋友的關係，後來果然獲得熱情招待，這裡的人有一種不輕易對陌生人付出縱然僅是一個微笑的人性特質。是過於自大抑或缺乏自信？也許他們和到來觀光的人同樣，亦是不心甘情願將自己投入其中的暫時寄居於此的旅遊者而已？起初頗費周章花時勞神去估量，歲月遞嬗後，多了時間和時間帶來的寬容，漸漸瞭解他們粗聲大氣後邊的單純脾性。

許多重要和不重要的細節，包括生活上的氣息，逐日融合進去，再也分不清陌生的是什麼熟悉的又是什麼，時光再長一些，很自然地失去你、我的區別，屈服的日子終於將生活變成一片混沌。少一份細心觀察，多出來的是用心關懷。初來乍到覺得無比新奇的一切，在似慢實迅的流轉歲月裡被緩和、終至消損殆盡，有時候說話速度快，居然出現當地口音，忍不住自我警惕。一旦陌生和熟悉一日一日滲溶如水或油加進麵粉裡，不必出力隨意揉搓幾下，和成一個分不開的麵糰。

感覺再也不一樣地竟和當地人一樣起來了。

周圍的新奇感泯滅，生活的粗糙面一一浮突出來，細致離得越來越遠，不知不覺中被同化為當地一分子。原本充滿吸引力並引發許多幻想的神秘陌生事物，逐漸轉化為熟悉得再也無法引起注視欲望的景物。歲月讓一個尋找風景看的人化成風景裡的主角之一。再度經過種滿香氣鮮花的鄉村房子，聞不到那馥鬱的甜甜花香。其實它從沒喪失，一直都在，已喪失的是旅人精細的感官和易於陶醉的心情。

而我仍坐在現在的生活裡，穿越時空，看見我心裡的塑膠玫瑰一點一點地蒙上塵埃。

送你一朵玫瑰

距離我第一次看見水舞，已經多少年了？那時我的小女兒魚簡還沒上小六，刻意在她還可以享受兒童票價時，帶她乘飛機出國去度假，為她告別她天真幼稚的童年時光而慶祝，如今她也已經大學畢業了。

光陰有一雙無情的大手，在它飛逝離開的時候，往往順便牽走帶去很多讓人依依不捨的人、物、事。生命中許多迷戀和難捨的回憶都在歲月的浸漬下被漂白、逐漸落色，最後甚至慢慢地隱沒消失。

我是一個捨不得忘記的人。尤其是一切關乎美麗的事物。許多值得收藏在回憶裡的感情和記憶，歷經了人世間的種種滄桑，依然堅持牢牢盤踞於腦海裡，始終不離不棄。

頻頻回首只因所有的美麗永遠都難以磨滅，而且給人帶來信心和希望。

白鷺洲廣場中間，七彩繽紛的燈光下，顏色像霓虹燈一樣絢爛的水柱正鮮活地隨著躍動的音樂旋律高低噴躍。觀賞的人群因為璀麗多姿的景致目眩神迷而抑止不住喝采起來。

暮春的夜，有風揚起，水的顫動舞姿益發曼妙，這時，惻惻的微寒悄悄侵襲過來。

「阿姨，買一朵花，好嗎？」

凝神間，聽到有小孩的要求。

那是一個大約小學六年級的男孩，向我遞來一枝包束在塑膠紙裡的紅玫瑰。他有一雙明亮澄澈的大眼睛，眼裡這時充滿熱烈的盼望和期待。

「多少錢？」因為那殷切熾熱的祈求眼神，我問。

其實才八點多，夜算是還早，不過，也許春天的晚上黑得早，天色顯得很陰暗，給人一種暗夜已深的感覺。那男孩手上的玫瑰花，尚存一大把，他必須在這裡推銷到什麼時候，才能夠把所有的花售完？而他若是沒法賣光的話，是否可以回家？

「五塊錢。」

那還不足馬幣三零吉。我馬上就要打開皮包，同行的當地陪同卻搖頭，並神手阻止：「不要，你不要掏錢，你錢一拿出來，立刻就有其他的小孩跟著湧前來，到時恐怕你無法應付。」

是的，出國前，已有許多經驗豐富的朋友如此警告。

我猶豫，最終還是關了皮包。雖然一邊為自己的無情而感覺內疚。

小男孩跟隨在我身邊不走：「阿姨，同我買一朵花吧，才五塊錢。」

我硬起心腸，卻沒法狠到不理會他，輕輕摟一下他，拍拍他瘦瘦的肩膀：「不要，阿姨不要。」

曾經給他一點希望的火卻馬上又熄滅掉。他依舊在我身邊徘徊：「要啦，阿姨，就買一朵吧。」

「對不起。」真心的道歉，軟弱的笑容：「阿姨不要。」輕快的旋律，水舞的顏色，因為心中的酸楚，瞬時間皆變了樣。

他只是一個小孩，還在上學的年齡，就得出來，為生活，在陰冷的夜裡，惶恐羞怯地向一個一個陌生的遊客，滿懷希望，低聲哀求。五塊錢，只是五塊錢。這區區的五塊錢，在大馬冷氣咖啡館裡喝杯咖啡，收費也不僅於此數目，而我，卻可以堅硬著心腸向他搖頭說不要。

我因為自己的心腸居然可以化成鐵石般地僵硬而將腳步緩了下來。

他的手上，還有很多很多束玫瑰。而他是從幾點開始在這裡推售他的花，一並在推售他的自尊？

我，因為一朵價格不過才五塊錢的花，竟遲疑至此，掙扎良久，並且需要有那麼多的顧慮嗎？

他是多麼渴望和企盼，喜歡花的人，或者同情他的人，為他買朵花。讓他多一點收入，讓他生活好一些些，讓他的早餐或者午餐多一杯熱飲料或者多一塊炸雞或一條魚，也許是讓他家裡的人，其中一餐多吃一碗飯？

是冰冷的天氣，讓人變成冰冷的人？

這時眾人決定要回去，我再度擁著他，他的肩膀，有點冷，在這個寒意森森的廣場裡，他已經兜轉多少個小時了？我在為自己的猶豫不決而開始感覺羞愧，還沒開口，小男孩突然把一朵玫瑰花塞到我手裡：「阿姨，送給你！」

然後他就往後退開，退開。

他就佇在光影交錯的漂亮水舞的前面，有非常美麗的繽紛光彩在他的頭上噴升起來。

不，不，不可以！不是驚喜，而是一份不可遏止的感動，猛地在我心裡迂迴沖激。這竟是小男孩給我對他的一份冷酷和絕望的回應！手拎著一枝紅色的玫瑰花，在夜風中禁不住微微地顫抖起來，是夏裝太薄，是圍巾太薄，或是風衣太薄，還是人情太薄？手足無措的我，覺得自己渺小得比不上地上的一粒塵埃。心裡不能不為自己的殘酷而難過不安，即刻打開皮包，掏出鈔票，趨上前去：「這錢給你。」

「不，我不要，這花是送給你的。」小男生雙手放在他的腰後邊，然後把自己縮起來，躲在一個拱門底下。

我把錢放在他的手裡，然後緊緊地抱著他：「謝謝你。」

眼眶濕潤，他一定不知道，他是多麼寬容和慷慨的一個小男孩！

隨著眾人朝向旅遊車走去，心變得軟弱且依依不捨，並非是對那波光花影的水舞的眷戀，而是小男生的那一朵紅玫瑰，溫柔了我。

晚上，回到住宿處廈門文藝創作基地，窗外月色輕柔地灑進房間，在日記簿裡我記錄下來：「今天晚上，在廈門的白鷺洲廣場，遇到一個天使，他讓我知道，什麼才是真正的美麗，和愛。」

伴著棺材喝茶

自從明白生命從出世開始，便逐漸走向死亡的道路以後，一些從前十分執著的事情逐漸鬆手，包括緊張和憂慮的情緒。

長期不停地勸告自己（以時間一點一滴在實施著一種給自己洗腦的功夫），事實上也真的是，無益無謂，思來作甚？白費了精神不說，還累得自己成天焦慮萬分、無限擔憂。另外還患上一個毛病，是年紀輕輕時便匆忙行路、匆促辦事。總以為辦好一事，即得閒暇，於是，無論任何事務皆趕在第一時間便打算了結，短期內趕不到，做不好，氣憤惱怒不悅，氣自己、憤別人，可是，世間哪可能有餘暇一世的好事？得到的結果當然是大多時候在生氣。

後來明瞭這是一樁極大的誤會。生活中有太多大小輕重事情等待處理和解決，永遠沒有結束的一天。一件事情做完，另一件又跟著馬上來到眼前，要是學不會放緩腳步，輕鬆面對，流汗飛奔到最後，氣喘吁吁的人還是自己。

有個朋友到印度去修行，一路上不斷地遇到奇人異士和異事，其中一件最令我難忘的是：

他有一天無意中走進一家茶室，坐在茶室裡喝茶聊天的大多是中年以上的人士，滿臉皺紋的印度人大聲說話大聲笑，朋友起初正是為了這一份談笑甚歡的喜樂氣氛而進來，坐下，仔細一看，方才發現幾乎每一張桌上，都有一個小型棺材。

每個人對著棺材吃東西、喝茶，完全沒有在意那個令人看了覺得心中不愉快的小棺材，語氣非常自然、表情也很自在。

「你知道」，朋友說，「我們華人最忌諱的，就是出門見到棺材，但是這間茶室，彷彿故意在每張桌上都擺著一個小棺材。」

詫異的朋友最終抑止不住，找了一個會講英語的印度人探聽。那印度老人閒閒地微笑：「有什麼好避忌的，這一個棺材是我們大家都要住進去的。不過是遲早的問題罷了。」

「在印度，隨便一個人都可以是哲學家。包括茶室老闆。」朋友的結論。「千萬不可小看在路上遇到的任何一個人。」

華人的想法是，棺材代表不幸和死亡，因此要遠離。印度人卻有不同的看法，既然早晚都要死，那麼早點去面對，早點去思考，早點認識死，當你有一天真正面對死亡的時候，你已經習慣，就不會那樣恐慌懼怕。

既然不可避免，那麼勇敢去面對吧。印度哲人的道理確實值得三思。

朋友說，當他面對著棺材的第一天，非常害怕，心理上極端不舒服，連茶也喝不下去，但是，他眼看著那麼多人既然可以輕鬆地伴著棺材一齊喝茶，其中一定有點什麼道理。他決定挖掘出來。後來他每天都去看著小棺材喝一杯茶。這樣接連喝了兩個星期，他發現自己做事居然不再趕時間，連行路的速度也變得越來越慢。「生活裡有很多從前沒有注意到的細節，比如一杯茶到底是怎麼沖泡而成的？一塊餅究竟是如何烘製出來的？」他很開心地說。「當你用心去觀察，你就懂得怎麼喝茶才能夠喝到茶的香味，怎麼吃餅才能夠吃到餅的美味。」

「大多數的人隨便吃，隨便喝，粗糙地把一生過完。」他感嘆，「根本不珍惜人身，也不懂得珍惜身邊的人事物，要知道，生而為人是多麼的難得呀。」

他抬頭，指著窗外大路上塞得滿滿，無法動彈的人和車：「難道就這樣，過了一生？」啜一口茶，他提醒我，「不要告訴自己沒有時間。」

這正是我時常對別人和自己說的口頭禪。

「用心去生活，慢慢過日子，不要跑得那麼快。」我禁不住隨著他的話語不斷地點頭。

「一個棺材在前面等你，你跑那麼快做什麼？」他問。

盡快，再快，再快一點，有沒有想過那麼快步走到前面去，是為了什麼？速戰速決，還以為自己非常厲害，一生從來沒有享受過慢條斯理的悠悠然感覺，突然，再多行一步就走到棺材前面，到那個時候，你願意繼續跨步走進去嗎？

我？

我想慢一點。

冬至的湯圓

冬至那天清晨，在廚房裡小心翼翼地煮開熱水，抬頭看見一個星期沒有換水的黃金葛的綠葉子已經垂頭喪氣，趕緊先給它淋上新鮮的冷水浴。然後把昨天晚上自吉隆坡帶回來，一共陪我們走了兩百多公里路的臺灣湯圓一粒一粒，小心翼翼放進滾水鍋裡，耐心等待它們浮上來。

這是第一個沒有自己親手搓湯圓過節的冬至。

小孩爭著要搓湯圓的吵鬧聲音，桌上五顏六色的湯圓米糰，空氣中浮游著香草糖水的味道、還有磨碎花生時散發的特有香氣，漸漸在變成遙遠的記憶。

何只是冬至的湯圓？

許多中華節日文化在漫長曲折的歲月中逐漸逐漸消逝。因為是一點一滴的逝去，似乎不太明顯，也便不那樣驚慌，然而，到最後，它們終於完全消隱不見。

很多深具特殊意義的年節食品來到今天已經不再珍貴。過年的年糕常年可以吃到，粽子並非在端午才刻意去包紮，月餅天天在市場上購得，一切有關節日的興奮，異樣，期待，不再稀罕難得，因此全被淡化了去。

人越來越忙碌，飛快地流逝的時間使人疲憊不堪，一切都變得機械化，更加方便，但不再令人充滿期盼，淡淡地，一年又一年。

冬至大過年。

是嗎？年輕人聽到這話，不明白。然而，連過年也不外如是的時候，人們的快樂和滿足益發不知該從那裡尋獲。

安靜的廚房裡，冬至的湯圓，在滾水裡漸漸浮上來，撈起盛在碗裡，一直在為中華文化的節日一點一點地抽掉內容的人，捧著一碗熱湯圓，還沒開始吃，突然看見洗碗盆邊的黃金葛，它的綠葉子因為加了新的水，姿態馬上昂揚生氣。

因為愛，甘心流俗

知道我喜歡香水的女兒，有一天送我一份禮物，是「向日葵」香水。

「媽媽，你是喜歡它的名字抑或是它的味道？」女兒問。

ＥＡ香水味道比較清淡幽雅，也較女性化，是我素來的白天選擇。

而向日葵花，在我還不知道梵谷的生前無價死後價值連城的油畫時就已經深沉地愛上它。它是如此明亮挺直，給人昂揚的姿態和明快的心情。在我首次選擇我的電子郵件個人代號時，挑了向日葵，過後心裡經過一番掙扎，卻又棄了它，重新換過別的。

畫畫的時候，絢亮璀璨的向日葵也是我的首選。

可是，流行的服裝和擺飾突然把向日葵捧到市場上。喧囂紛鬧的街道，朋友幽靜雅致的客廳，穿在身上的，擺在桌上的，全是亮麗奪目搖曳生姿的向日葵花。一個自認不俗的人，怎麼願意承認自己從了俗，一頭栽進時髦潮流的行列隊伍中呢？

後來我去了趟內蒙，旅遊車行過的道路兩旁，一地皆是碩大如斗的艷澄澄燦爛爛的向陽花。在烈日下迎風招展，彷彿不知道季節是有秋天的，而空中發射出金黃色的耀眼光芒，在風中熠熠閃亮，我更加抑止不住隱藏得密密的愛，一顆心悸動不已。

自內蒙回來的機上，正好ＥＡ開始推售剛出廠的「向日葵」香水。

「啊！向日葵?!」驚喜的我沒聞著味道，卻毫不猶豫買了下來。

決定不要再繼續虛偽下去。

為什麼只因為它是眾人周知著名的一幅畫的題目，它是流行的代表，它是大多數人的選擇，便恐怕自己會流了俗？擔心陷落在世俗的紅塵裡，不甘心平淡地做一個平凡普通人？於是就阻止自己去喜愛自己所深深喜歡的？

正如牡丹。

偷偷暗戀它，時日已久。

尚未見著它的真面目，不過是聽聞，不過是在畫面上，不過是圖片中，就已經被它四射的艷光所惑。

可是，在畫畫時，老師說，牡丹花在中國人心中，代表的是榮華富貴。

畫家徐渭在《牡丹賦》裡說：「吾聞牡丹花稱富貴。」

啊啊！富貴？那是多麼俗氣混濁的銅臭世界呀！

時常自命清高的人，喜歡牡丹？豈不自降了身份？

於是迫不及待要撇清界線。

聽人說愛牡丹，馬上刻意作不屑表情。

見「牡丹富貴」圖，或是以大朵牡丹配白頭翁題上「富貴到白頭」時，便以嘲笑態度觀看，恥笑那畫家不堪的低俗。

但是，牡丹的迷人豈可抗拒？從書中又知道姚黃魏紫是兩個名貴牡丹品種，是花中之王。此花且被譽為國之色天之香。《唐國史補》裡記載：「京城貴遊尚牡丹，每暮春，車馬如狂，種以求利，一株有值數萬者。」種一種花可以一本萬利，豈非是富貴逼人來？

關於牡丹的故事，還有更動人的。當年武則天下令百花連夜速發，因她明朝將到上苑遊玩。所有的花懾於皇威，一夜間紛紛盛開綻放，唯有牡丹花，不到花期不開花。武則天一氣之下，不願意留它在京城，將它發配到洛陽。難怪姚拓先生帶我旅遊杭州時，在西湖看了牡丹後，告訴我：「真的要看牡丹，應該在四月到洛陽去觀賞。」

而我還未有幸走到洛陽，僅在杭州西湖邊，靈隱寺中，見著鮮艷凝香輝煌怒放的牡丹。都說百聞不如一見，對我來說，不見還好，一見，益發鍾情。

較後我又親眼看見牡丹墜落。正如茶花一般，不是一瓣一瓣地飄蕩下來，而是在風一過，猝然一整朵倏地墜掉下來。仿如可以聽到它沉重「噗」地一聲，然後便見一地絢艷的花瓣散開。從前我寫過短篇小說《茶花墜地》，說它的凋落是一種異常驚心動魄的告別，原來牡丹竟也如是。

回家以後，日思夜想，當我眼睛閉起來的時候，也會有美麗無比的牡丹在腦海中盤桓留連，終於不顧一切，把它入了畫。而且毛筆蘸的是鮮紅深絳，艷澄亮黃的顏色。

瘋狂地畫，像熱帶森林裡不停抽長的樹，看得老師終於也受不了，他甚至提了意見：「也許下次畫一些比較不那麼通俗的題材。」

其實牡丹何曾媚俗，是人把它落入俗套。

而我只是微笑。

矯飾太久，最終有可能會不認識自己。

來到這年齡，自問，是不是做了自己想做的事呢？

記得那年在南京開了會以後，隨姚拓先生到杭州畫院，在西湖邊著名的景點「柳浪聞鶯」館裡，姚先生說：「已經七十歲了，接下去的日子要做自己想做的事。」

不管多少歲，有一天，能夠隨自己心喜做事，都令人羨慕。

人生有許多事，由於各種主觀和客觀因素，皆無法真正地做自己，如果連這小小的喜愛，也因為心中的執著、因為要故作一種清高的姿態而沒能當家作主，沒能掌握的話……

這樣一想，眼淚好像隨時會掉下來。

水鷺飛過中年的天真

一束又一束金黃絢麗的陽光肆無忌憚地穿過車窗，流向我們的身上，焦躁隨著擺脫不去的刺目亮光糾纏過來。公路兩旁的風景是一格格的，像一幅繪好以後又被分割的現代畫。深深淺淺的綠，濃濃淡淡的青，都在驟然間出現又迅速地飛躍過去，快捷得令人掌握不住。彷彿是人生的場景，所有和美麗掛鉤或劃上等號的人事物恆是以光或聲音的速度消失。我隔著車窗玻璃看著路邊又明又暗的油棕園和橡樹林。剛才啟程的時間是下午五時三十分，尚未到七時的天空仍然燦亮清朗，車子經過漫漫青翠的樹林後便來到一片空曠無垠的荒田。

「是，年輕時完全不相信，但現在開始接受，命運，肯定是存在的。」謝忝宋老師一邊開車，一邊有點惘然若失地說。

有一段時期把巧合看成是在編造的故事裡才可能出現的情節，但是隨著歲月的飛騰，尤其是最近這串日子，遇到常見不常見的老朋友都不約而同地把命運放在口裡咀嚼，而且往往一而再地重複，一程復一程的跋涉顛簸，一路接一路的尋尋覓覓，等大家乍然驚覺就都已經走到中年。有人追求的是所羅門頭上的皇冠，也有人為追尋野地裡的百合花而歷盡滄桑。

然而不論當初的抉擇是什麼，今天幾乎所有的人都具有同樣的感觸：有些事情不是不想做，有的東西不是不想擁有，而是費盡心機後發現根本沒有辦法。這份無力感令人沮喪。懊惱和憂傷的情愫在心裡盤桓不去。

有一天我偷閒到高原去訪友。久未見面的朋友鄧長輝興高采烈地拿出一瓶葡萄紅酒，盛意拳拳地要大家一起品嚐，他到廚房去找來開瓶器，發覺不知道什麼時候弄壞了，但雀躍歡欣的他堅持非要把紅酒打開請大家喝：「冷天氣又逢好友相聚，唯有喝酒才足以表現喜悅和快樂。」他用種種方法，用各種器具，最後，扭斷了軟木酒塞，仍然無法達到把酒瓶打開的願望。本來神采飛揚的他興味索然：「真恨不得把玻璃瓶子敲破。」

語句和表情都毫不掩飾憧憬毀滅後的挫折和苦澀。

可是玻璃瓶子敲破以後，酒還能喝嗎？

再大的惱怒，對打不開的酒瓶沒有絲毫助益。這份無能為力，截斷了他亢奮愉悅的心情，令他度過一個懊喪泄氣的夜晚。

那個晚上的紅酒後來換成罐裝的啤酒。

生命中的許多事許多人都是自己選擇的，但有一些選擇事實上是沒有選擇餘地下的不得已選擇。

這種種無奈到了最後便也成了生活和生命的一部份。

十年前認識謝忝宋老師，首次看到他的水墨畫，驚艷不已，一心要向他學習技藝，苦無機會，數次悉心安排，皆不成功。當這份渺茫的希望已經被我擱在最黯淡的旮旮處後，沒想到經過十年的轉折迂迴，卻出現了意外的機緣。

「是的，我非常同意。」一輕輕地點頭，我想我可以深刻地瞭解謝老師的感受。二十多年前，作為學生的我，興致勃勃地為一個崇高的理想而孜孜不倦地埋頭創作。最常投稿的那份報紙編輯，在一個因緣際會中知道了他的名字，從沒會過面，但心中蓄滿對他的感激。他每一次發表我的作品，都親手繪上插畫，以矚目的版位刊載。這對年輕的我是一份極大的榮譽和成就。因為他善意的鼓勵，促使我在寫作路上增加許多信心和勇氣。最終把寫作當成是一生中最大的嗜好和興趣。二十多年持續不變。二十多年後，在電話裡聽到陌生的聲音並不知道就是他。不久前的某一天，居然在一個午餐桌上，坐在一起吃飯，請客的主人正是當年幾乎每一期都錄用我的文章的編輯。

時間已經走過去，可是感謝的心依然如故。

我真高興命運贈予我的這份機緣，讓我得以當面和他傾訴二十多年來收藏在心中對他的深切感恩。

但是以弄權為樂的命運也甚愛撥弄人。

寫出世界不朽名曲《肯塔基故鄉》和《老黑爵》的史地芬・可林・佛斯特和他的心愛女友珍妮・馬克達妮，經過多年的波折終於結婚，他甚至寫了一首題為《金髮珍妮》的歌曲送給她。兩個人卻只在一起度過三年的婚姻生活，就分手了。

相遇相知終於相守，結局卻是一個錯身。這樣無比老套毫不新鮮的黯然愛情故事讓人不能否認生命中其實充滿了吊詭。

感情也可以自我顛覆嗎？

如果美麗感人的兩情相悅戀情在歲月的洗煉下最終居然落到離棄的愴楚下場，那麼還有什麼是值得歌頌和永恆不變的？

在這日薄西山的時刻，是惋惜引發的珍惜嗎？總覺得一天裡最撩人遐思最扣人心弦的景致就在黃昏時分，然而燃燒得格外煥旺的夕陽一旦落下，澄黃色的美麗也不得不宣告終止結束。

「人生的路越走越遠，就會發現，有些事早有安排，卻不是人為的努力。」謝老師的語氣充滿感慨。

「是。」我還是點頭，像這回乘謝老師的車下吉隆坡學畫，就不是預料中的事。

「但是，我們還是要盡力。」謝老師說：「可以做得到的，我們仍然要去奮鬥。」

不能安排無法預測的，我們唯有等待，可以自己掌握控制的，不要放棄。

話剛說完，在夕陽艷耀的餘光中，猝然有一群白色的水鷺迎面翩然飛來，數十隻列隊平排朝著我們的車子張開翅膀，似乎連空氣也不驚動地飛過來的白鷺，在靜謐無垠的荒野中，點點雪白帶著一抹抹的漆黑旋即以一種優游逍遙、閒逸舒緩的姿態朝著車後邊遠遠的青山飛去。絢紅明亮的陽光中，碧綠寬敞的荒田上，數行皚白的水鷺整齊地起起落落，在午後乾爽的微風伴隨下，高高低低地飛翔。

「啊！」我驚喜而倉皇地呼喊著：「沒有相機！」

謝老師把車停在路邊：「有，有相機，但是來不及了！」

我深深地吸了一口氣，屏住呼吸：「啊！來不及了！」

來不及了！

一路上被熾熱的陽光炙灼得焦躁緊迫的心驟然間變得柔軟和緩起來。

這一幅只有在電影或幻燈片或圖畫裡才可能出現的美麗罕見的畫面，如今就在我的眼前。而我眼睜睜地，完全沒有辦法，癡癡地看著它靜默無聲地逐漸遠離終至消隱。

一切的美麗，總是如夢如幻措手不及地出現，旋踵間又毫不猶豫地消失。

一籌莫展地我只能閉上眼睛，想要淡然處之，但依依不捨的心裡不能遏阻地湧上陣陣刺痛。

也許就是因為來不及，也許就是因為會過去，所以格外令人心動和心痛。

「如果可以挽留……」我的戀慕不捨無法掩蓋。

「其實美麗或不美麗，都留不住的。」謝老師畢竟比我年長，也比我看得透澈。「你看那些長在路邊的木棉樹，多麼美麗！但有一天也會枯萎凋落。」

日本禪宗大師鈴木大拙提出一個問題：「花木可以毫無顧忌地成長開花而自給自足，可是人的生活為何不能如此？」

兀自盛放的花木能夠自由自在，緣於它們的無欲無求和無情。人因有情而勘不破世間的喜怒哀樂愛惡欲，人也因為被情拘困而終生惶惑，一切只因人心中充滿許多明知無能為力的欲求。

一心嚮往美好的人都期盼永遠留住美麗。明知不可為，卻妄想成為與風車搏鬥，傻勁過人的浪漫勇者唐吉珂德。

我們有沒有把不可能轉換為可能的能力呢？夕陽不語，水鷺無言。寂然的車子裡，只有冷氣的噗噗聲在回應浮沉在彷徨茫然情緒裡卻混和著虔誠期待的提問者。

在暮靄就快蒼茫掩過來的天色裡，看見一群水鷺飛過，然後我發現自己中年的天真。也許別人看起來可笑，但我殷切的渴盼竟超乎自己的想像，是如此強烈而深刻！

今夏昨日

檳城咖啡聞名全馬，檳城人詢問：「你喝咖啡了沒有？」即表示「你吃過早餐了嗎？」一在細細地品過一杯來自家鄉的咖啡以後，走進工作室面對電腦，一如每一個季節的每一天早晨。濱海名叫實在遠的小鎮的房子窗外啁啾的歌聲是每日清晨小鳥不間斷的鳴囀。沐浴在晨光下絢紅的木槿花璀麗燦亮地綻放。院子裡開始在結果的芒果樹，當風掠過，味道奇異的芒果花香隨著逸進屋裡。坐對電腦，開始一日的工作，螢幕上閃閃的文字像一隻隻小小的蠹蟲，它們呼朋喚友，越聚越多……，車子從檳城東北角的碼頭往康華麗堡的方向開去。經過具有百年歷史的大鐘樓，古老的分針和秒針，相互追逐的腳步沒有緩慢下來，像忠心耿耿的老僕人，絲毫不差地記錄著現在的時間。早上八點半的暖暖陽光裡，海水瀲瀲的波光底下彷彿含蓄而內斂地收藏著一些動人而莊嚴的往昔舊事。岬角上安分守己的古舊炮臺，有幾個馬來小孩肩並肩互相擁抱著坐在上面，頭上戴著宋谷回教徒帽的是他們的爺爺，或爸爸，拎著相機，將過去的憂患歷史和現在的愉悅鏡頭拍攝下來。

蔚藍無雲的天空，群聚的風箏在逍遙優游地晃蕩，數名拉著玻璃長線的濃眉大眼印度小孩，快活地在草場上邊跑步邊昂頭。風箏是馬來人的傳統遊戲，玻璃線是以牛皮膠和敲碎成粉狀的玻璃一起煮溶後，再將普通風箏線浸在裡邊數分鐘，然後將線繞在兩棵樹幹之間，風乾後用來放風箏，線變得銳利，可傷人。逢比賽，可以此玻璃線割斷對方的風箏線，對方如採用普通風箏線，當線一斷，風箏飛走，便成輸家。青綠中麇雜著褐黃的空闊草場的另一邊，盪秋千的華人孩子，父親站在秋千後，母親在秋千前，兩個大人照應一個小孩。

曾經旅遊檳城的外國朋友要走之前留下一句評語：「看起來華人比較寶愛自己的孩子。」不能說這不是事實，只不過，隱匿在背後那種種複雜的客觀因素，是旅遊的朋友一時無法看見、無法體會和不曾深入去探討的。「再窮不許窮教育，再苦不許苦孩子。」這就是檳城華人，或者應該說全馬華人的「悲壯」心態。自七十年代開始，大學錄取新生採用固打限制的制度，大部分華人在孩子剛降臨這個國家就咬緊牙根為籌備下一代未來的教育費而不懈地努力，默默無言地承受這份沉重的擔子，做一名古巴詩人何塞・馬蒂詩中的父親：「我望著搖籃，我的兒子在成長，沒有休息的權力。」而近年來華人人口數字越降越低，不無原由。

一七八六年，英國東印度公司的船長法蘭西斯・萊特來到荒僻的小島時，居民只有五十八個，為馬來人。英國人利用凡人的貪婪心理，將錢幣放在炮彈一起射向叢林，結果拓荒者紛紛湧進荊棘間，將一片原始叢林開發出自由貿易商港檳榔嶼。後來更因為英人在大馬種植橡膠和開採錫礦，需要大量刻苦耐勞的工人，引進當年在中國受盡饑餓和貧困折磨的華人。

來自中國南方的華人，以閩南地區佔大部分。他們的努力勤奮和自立精神，在一八二二年，檳城取代馬六甲成為商業貿易中心後，當時英國殖民地官員，也正是檳城的開發人法蘭西斯・萊特，在報告書上這樣書寫：「華人是東方民族中唯一不靠政府資助，唯一自力更生的民族。我們什麼都不用支持，什都不用管。」

一八六〇年，檳城的人口總數為四萬，華人佔了三萬。兩百多年後，華人終於成為大馬三大民族的主流之一。華族披荊斬棘的血汗功勞記錄在幾行歷史書上，但眼光永遠遠眺的政府認為，就算是眾所周知的事實也無需張揚，更不喜歡將舊事一再回顧重提。

繞過檳州大會堂，車子繼續往前邊開去，法蘭西斯・萊特的銅像佇在州立博物館前，躊躇滿志地瞧望著車水馬龍的街道。轉一個彎，折進椰腳街，綠油油的草地上，矗立著新古典主義風格的基督教堂，純白色的聖喬治教堂旁邊，是檳州華人憑恃民族的經濟力量，建造起來的一棟鮮紅新綠的文化會堂，恰恰倚在古老的觀音亭左側。終日香煙不斷的觀音亭，又名「廣福宮」。這座煙火常年鼎盛、磚牆全薰得汙黑斑駁，超過百年的飛簷古廟，早年曾經因為立名，促使廣東幫和福建幫爭執甚至武鬥很長一段時間，從「廣福宮」這名字，無需再費盡心思去搜索歷史記載，兩派之爭，最終是廣東幫佔了上風。

「廣福宮」門口，排滿低矮、悶熱且不通風的華人小店，店面雖然狹小窄仄得一點也不起眼，商業活動卻極其頻繁。主要是售賣香燭、金銀紙、拜神用的糕餅等。距離華人廟宇不到五百公尺的地方，是一座庭院寬敞的回教堂，每日五次朝拜，一誦讀可蘭經，透過麥克風的聲音，輕易便傳到對街那座色彩豐富、雕像林立的印度廟。印度廟附近，則是被稱為小印度的街巷，商店店主全是印度人，出售的皆是富有民族特色的貨物。色彩瑰麗的傳統服裝沙麗、金光奪目的首飾、銅製雕花的工藝品、各種各類味道濃烈的香料、還有香味格外濃郁的印人拜神用的鮮花串。一路上只見膚色黝黑的印人販者在忙碌地預備拉茶、印度飛餅、香辣咖哩煮或炒麵等等食物，他們手勢繁複，熱鬧喧囂令人目不暇給。

車子緩緩地往右拐，終於停在一座兩層樓的四合院老宅。入口處那經年累月負載著百年晴晴雨雨終至殘舊不堪的雕花樓門，四個完好無損的「曲江衍派」大字沉默地鐫刻在牌匾上。這裡是前清駐檳城領事張弼士故居。早幾天以電話相約的大馬詩人方，陪同國際著名詩人余先生夫婦已經在裡邊參觀。余先生對滄桑古厝的屋簷上浸漬著時光痕跡的青綠琉璃瓦特別感興趣。居住於色彩和建材皆已剝落衰退的老宅裡頭，好多戶人家都出去工作，僅有其中一間側房的住客，掀開一簾剛掛上時，那紅花綠葉想必鮮艷刺眼而今色澤經已掉得七零八落的花布，是個打赤膊的中年人，只穿一條短褲，聽說後，以閩南腔的華語回答：「我再找找看，已經有好多人買走了不少。」他回轉身再掀起殘花敗葉的花布簾，米飯的香味自陰暗的房裡悄悄竄出來。明亮的天井，兩旁是木造的樓梯，靜幽幽地空無一人。黯暗的樓層上，住著誰人呢？想像中該是一個綁小腳的老太太，顫巍巍地，雙手撫著樓梯兩邊的扶手，一步一步踩在吱吱聲的鬆動梯板緩緩走下來。中年人再掀起花布簾出來時，身上多著一件中國入口洗得泛黃的塔標白色背心，手上拎著數片烏青暗綠的琉璃瓦：「就剩這幾片了。」

「一片十零吉。」樸素老實的中年人，略帶靦腆、小心翼翼地和正在仔細觀賞古物的余先生夫婦開價。

當溫飽和安定是生活中的最前提時，未來歲月將會帶來的增值利潤，所謂的古董，彷彿遙遙無期，難以實現的承諾，根本比不上眼前世俗生活的基本需求重要。

「好。」余先生和余太太毫不猶豫：「這些我們全要，還有其他的什麼東西嗎？」

「沒有了。沒有了。」從古樸繁華的年代走到今天的殘舊簡陋，意義如果就在那幾片剩餘的古舊琉璃瓦裡，不嫌太荒謬了嗎？陽光照不到的牆逢間冒出大片的青苔和野草，兀自茂盛在生長。佇在院子裡炎陽下的中年人，瞇起眼睛，額頭上現出充滿喜悅的皺紋，用指頭沾一下口水，一張一張細數那些可以維持他往後數天生活的幾十塊錢。

站在負荷著豐富資歷，姿態卻呈現寂寥疲憊的老宅門口，不遠處就是剛建好的六十五層樓高的光大大廈，檳島最高的高樓，奇特詭異、突兀地插在許多年歲久遠的老建築中間。在縱橫交錯的老街行走，一抬頭，便可見一個圓圓的高大柱子，它的作用之一是檳城喬治市的地標。

余先生和太太低聲在商量著要如何帶走這幾塊含有歷史重量的琉璃瓦。

在浩瀚的時間裡，史實也漸漸在模糊淡化。無需去揣摩心情是蒼涼或惋惜；沉痛或欣慰，生命終究還是不斷地失落，不斷地重新填補；而歷史就這樣沉緩地消失，沉緩地累積。

燠熱的空氣中，古厝裡某個院落人家的竈腳，裊裊上升的炊煙，若有似無，到空中便散發殆盡。我們以夏日式的熱情，招待來自臺灣的余先生夫婦，從他們恰到好處不熱不冷的客氣中，在疏離浮泛的閒聊裡，熱度徐徐沉落下來。

摩托車響號在門口高聲呼喚，出去一看，熟悉的郵差微笑遞送一封故鄉來信，急急拆開：「張弼士故居，幾個商人以二百五十萬零吉買下來，將重新裝修，再改成博物館，以後參觀古厝要付費了……」

一切的變化是如此勢不可擋，恍然若失間聽見鳥叫聲，抬頭一看，從昨天就停在院裡的車子，一隻喜鵲佇在車門邊的倒後鏡，觀看自己孤獨的身影。植於籬邊，每日朝陽升起就同時盛放的木槿花，來到中午已經萎靡不振，夕陽墜下時它們便沉靜地凋謝零落，明天再綻開的，又是另一朵全新的艷紅。

回到工作室，坐下來閱讀，在電腦裡閃閃不停的，是匍匐在字裡行間的抑鬱惆悵、是今天的文字，也是昨日的夏季。

回鄉的異鄉人

離開我的島嶼，意味著無家可歸，飄蕩與永遠的渴慕。

——奈波爾，《抵達之謎》

車子沿著海堤緩慢地順著路往前走，海對岸地平線上橘紅色的夕陽，意猶未盡在耀武揚威，熱烈無比地散發一日裡剩餘的華麗，順手將堤岸邊排得整整齊齊的行道樹，彩上一抹抹閃亮鮮麗的絢眼金光。奪目的色彩在剎時間便消失無蹤，但最後的努力噴濺，一派豪邁大俠的揮灑作風，令人既感動且贊賞。

黃昏時段的健行者寥落無幾，從前不曾注意的白髮老人佔了更大的比率。他們熨貼挺拔的白上衣，下半截塞進半長不短的米黃色短褲，腰間扣著真牛皮製的褲帶，認真裝扮毫不含糊，再加上拉至膝蓋的黑長襪子和腳下那雙名牌的跑步鞋，一身英式打扮的整齊衣著，宛如海堤對面的平矮房子般少見。原為英國及歐洲風格的殖民時代款式的古樸老屋，如今只餘下灰撲撲的三兩間，頑固地錯落在設計新穎的高樓大廈之中。顯眼地新舊參差高矮分明，卻無格格不入的突兀生硬，反倒蘊含無窮的懷舊返古韻致，瞧看著彷彿聽到音樂旋律中那強烈起伏的節奏。

無關貧富貴賤，一般人選擇住家，心動鍾情的是新式格局的建築；純粹到來觀光的旅客，更心儀眷戀的是飽經滄桑的舊屋。

堤岸邊幾個不同種族的年輕人大概是相約到來攝影。各人拿著各自不同款式的相機，擺著專業攝影家的姿勢。有的在為蒼老的古屋捕捉夕陽下漸漸隱去的光影，有的鏡頭對準漂浮在夕陽周圍，綽約變幻的斑斕晚霞和大海中的地平線徘徊，也有的更熱衷於將剛建好的高樓大廈攝收在光圈內。年輕人也許尚未清醒地意識到，無法抵擋的歲月冥頑不靈地堅持向前走去，有朝一日，嶄新豪華的建築物，亦不得不向停不下來的時光低頭妥協，日復一日逐漸衰老陳舊，成為斑駁而安靜的老屋殘樓。

不論是馬來人、華人或者印度藉的攝影者，每一個民族的姿態皆興致勃勃，透過魚眼精心觀看攝影機外的世界；他們大多更留戀於古屋舊居，被拍的樓房寂然無聲地朝攝影機幽幽訴說著它被光陰點點漬漬沾染的痕跡。經歷過二、三百年悲歡歲月的盡情浸漬和洗刷，儘管遲緩迂迴，所有的美好和一切的醜陋，均沉靜地化為令人凜然的歷史檔案。

縱然是不同的種族，但藝術工作者大多個性固執，個人主義強烈，對於記錄是否真實，從不相信或服膺他人。別人毫不重要。自己照攝在相機裡頭的寫實，才是心目中的真實。真相永遠存在，只不過各人自有一套判斷的準則，絕不與他人雷同。

有人輕蔑佛家說的「境由心造」過於玄妙，但這卻是生活中絕對的真相。

那年一得知必須離開家鄉，遷移他州時，時時配備攝影機，到各處認為值得紀念的地方，一一拍下留念。那個時代，離別不只是空間的距離，還有更為遙遠的時間距離。高速公路尚未開始興建，單是來回的漫長路途，車程需要耗費一個白日的十二個小時。

攝下最多影像的是這座堤岸特長的海邊。時時在念念剛學會背的一句詩句，要有大海的胸懷，才來看海。總懷著虔敬的心情到來眺望大海，為了緞練自己持有大海一樣寬闊的氣勢。下課以後，懷抱著沉重的大書包，走著走著，情不自禁地便又來到海邊。陽光熾熱，氣候燠燥，極鹹的海風既炎酷又黏滯，對於有著無窮無盡的熱情和好奇的年輕人，累不是理由，熱不是藉口，一旦投入，義無反顧，日日在海邊的毒辣日頭下，流汗，並留連忘返。

惜別的心情令風景出奇地美麗和扣人，一想到，啊，有大海的風景快要離遠了，淒楚和悲傷攜手前來癡纏不放；神經質地擔心，萬一離別日久，不管是鏡頭或者心底裡宏美博大的大海風景都會漸漸淡出，甚至於不知不覺間，悄無聲息便消逝無蹤。一邊卻又竊竊私心地切切盼望，最好是一個轉身，趁火紅的夕陽還來不及滑落山頭之際，即刻再返轉回來。

那時根本不知道，這是一個渺茫而永不可企及的願望。

海邊的攝影人不停地在調整距離和角度，哪一個方向最好最美和最理想？今天出現在焦距中的最好，當下的最美，一概經不起無垠歲月的侵襲消磨。一旦掉入時光隧道裡，想像中和眼前觀的最為理想，照樣無法規避成為過去的命運。

一切如此地不可意料。

命運是否存在呢？

年輕時堅決以為：不存在。過了中年的回答彷彿是在逃避現實：我不知道。

或者是不願意知道？

益發相信印象派創始人莫內說的，形不長在，色不長存。

鏡頭下的海邊街景，新的舊的穿梭交疊，照片上的人，隨著時光之神的大手出力拉攥，這當兒走出照片之外，眼角嘴梢，無法泯滅的皺紋絲絲縷縷地相連。

迎面走來幾個穿著中學制服的女孩。從制服上印著的徽章看，她們全都就讀於海邊附近著名的女校，是和我不同班的年輕同學。青春無邪的外表，稚嫩秀氣的臉龐，奔放飛揚的氣質，夕陽這時無限慷慨地把黃金揮灑在她們身上，多麼像她們每天編織的璀璨夢想，在從容的腳步間亦趨亦隨，輕輕搖晃。

悠悠掠過的海風，揚起她們歡樂喜悅的清純笑語。美好的天真裡往往充塞著幼稚傻氣。本應無憂無慮，卻恆是愁意重重，成日憂心忡忡，只因今日和未來都不在手上，擔驚受怕之餘且不懂掌握，並非懈怠，僅僅是任意而無知地，便把光陰虛度，隨興地就這樣把青春隨意揮霍。

恍惚看到自己，茫然迷惘地走在時間和空間交匯的縫隙裡，踉踉蹌蹌躦竄出來時，一陣接一陣驚心動魄的震憾在胸中兜繞，忍不住將車子停下。

十五歲看海邊的夕陽，和五十歲在海邊看夕陽，眼睛所見皆為酡紅的光彩，明亮的金黃，燃燒的紅霞。多少壯麗的迷夢癡想被神通廣大的現實篩子三兩下輕而易舉篩掉。不敢繼續輾轉低回在浮晃遊移的美夢裡，原本無邊的理想也被時光劃上一條濃黑的邊界線，如今方才驚悟自己的能力是多麼有限。

激越的海浪拍擊著岸邊的頑石，打雷一樣的轟轟作響。曾經嘲笑過不曾見過大海的朋友，他首次聽到洶湧而來的波濤聲，誤以為天要下雨。打雷了，怔怔地他說，停下朝海灘走去的腳步。

打雷了？我愣愣地回問，也駐足不前。

晴朗的風和日麗天氣，不遠處明媚的藍天碧海，怎麼可能打雷？

原來是勢不可擋的滔滔狂瀾，看似退去卻昂然復來，懾人的潮聲渾厚深沉如一流歌手的嗓音。驚濤拍岸，驚得友人和我皆趑趄不前。

車窗玻璃外，應接不暇迴旋反覆的海浪掀起又落下，一波接一波毫不含糊地拍打著岸邊光滑的礁石，這回特意較下玻璃車窗，專註地側耳傾聽，雷聲已不再響。

手機響起來，是那位將千變萬化在翻滾的浪濤誤為雷聲的友人，邀請我晚上一起吃飯。「你是客人呀，隨你的意，任你挑選一家你喜歡的餐廳。」盛意拳拳的友人如此這般說。

歲月恆是一步一步，不疾不徐。時光如流水，光陰似箭，都是心裡的感覺，尤其是中年後的人的深刻感覺。最真實的現實場景是，回鄉來，友人已經成為鄉人，而思歸心切的他鄉歸人竟變成是遠方的來客。

二〇〇七年歲末，喜悅和著心酸，情怯怯自己開車回鄉。家鄉仍在，大海不變，鹹鹹的海水味道照舊在風中飄蕩，只有歸人，輾輾轉轉變成來自遠方的客人。

走下車子，面向大海，海浪在夕陽墜落的時候，跌落起疊的姿勢從不更改，夕陽濃稠的金光瞬息間滅去，黑暗迅捷地從天空掉落到海裡，茫茫夜色的堤邊身影模糊，回鄉的人惆悵地佇在永恆鹹鹹的海風中，對岸和天空一起開始閃爍著深淺細碎的流麗微光，在外飄泊多年以後，漸漸衰老的家園近了，而我果真回得來嗎？

手套情意結

早在十三世紀，手套已廣泛被歐洲女性使用為潮流裝飾物，也許是它的功能性太強，日漸失去時裝界的重視。八個世紀過去，二〇〇九年秋冬季的各大品牌服裝秀，不被正眼相看的手套，終於一躍成為時尚潮流的衣物配件。

步伐緩慢若此，叫喜歡手套的人真有點惆悵。

這一季手套的設計從復古的優雅到摩登的俏麗，材質多種：麂皮、漆皮、絨布、甚至粗針織品，種類豐富令人目不暇給，雖然如此，對於冬天取暖用途的功能性配飾的手套，居住在「長年是夏，一雨成秋」的熱帶島國女人，大多淡漠視之。

明媚而熾烈的陽光，是歐洲和英國人的最愛，想念陽光時似候鳥般飛過來，充分享受陽光熱情的親吻，然而，喜愛打扮的熱帶女性稍感缺憾的，卻是一生也沒機會將手套作為日常配飾。手套的時尚看來難以像瘟疫般在熱帶橫行，罪魁禍首正是灼炎的陽光天氣。

只有格外懼寒畏冷的人，心牽手套，這份情意初始並不自知。遷移新居，收拾衣櫥時特地找個抽屜，收納不同材質的幾雙手套。不住四季國家，手套純屬多餘，平日衣服款式和色彩風格統一，只在細節上有所變化，打扮亦不夠其他女性柔美。

身邊許多女性朋友愛收藏各種不同款式和精緻的刺繡手帕、花邊內衣、蕾絲內褲等等，可惜個人的浪漫情懷和詩意幻想，早在青春燦爛的時光裡已被花光，隨著風霜歲月逐漸走向講究實用性的平淡樸實。年紀越大越傾向現實主義，無用之物，不是即刻送走，便是馬上丟棄。我說愈來愈忙，時間不夠用。大女兒回答我：「時間像乳溝，擠一擠就有。」我大笑說這話不錯，然空間卻真是十足困難。屋子那麼小，收藏簡直是浪費空間排行榜行為的冠軍。不過，也許無人相信，這些手套並非蓄意的珍藏品。

幾個月前，不得不搬家之際，拉開抽屜，赫然發現一隻剩餘一邊的皮手套。是小女兒在義大利旅遊時的「小小心意」。她知道我怕冷，送給我保暖。我自己時常買手套，卻沒買過真皮的。這雙蘊藏著小女兒一片心的皮手套，明明無比珍惜，竟也有辦法丟失了一邊。實在說不過去，可見糊塗的本領有多高強。

深褐色，軟皮，緊湊，貼手，用起來很方便。平日沒機會戴手套，出國遇冷天才用，頗不習慣，老感覺受到束縛的礙手，時不時就脫掉，脫下來有時胡亂塞在皮包裡，有時隨意擱於桌上，也有時順手放進衣服的口袋，就像平時過日子一樣心不在焉冒冒失失。結果這雙冷寂靜謐的皮手套，是什麼時候餘下一隻的？已經忘記了。

僅僅記得在英國和歐洲旅遊的路上，都還戴著。那就該是後來到中國的文學交流會或者加拿大觀光時候掉的吧？漫不經心不是好的生活態度。很多東西在時光中無意間逐漸失掉，都不在乎，和感情無關的尤其。這中性帥氣的皮手套，其實我很愛，因為過於女性化的裝扮並不適合粗魯的我，當我發現不見一邊時，著實惋惜很長一段時間。

女兒安慰我說沒關係，下次再給我買一雙。我想也沒想就說：那已非原來的那雙。女兒淡淡地說，心意是一樣的就好。口氣比我還淡。這倒好，一代比一代看得更開，不禁為女兒喝采。其實手套本來就不是什麼易破易碎或者懾人心魄的東西。

剩餘一隻的皮手套，到底留下或不留呢？看似派不上用場，因過不了感情關口便丟不下手。決定留著，卻非留戀，一隻躺在抽屜裡的寂寞皮手套，提醒自己不要再對愛我的人掉以輕心。

怕冷，不必等待零下，就算十多度，只要風一吹，短時間手指頭也有能力凍成冰一樣的寒，和人握手時往往讓人一悚，那麼冷呀你？沒法逞強，只好頻頻在旅途中買手套。某年秋天在福州，要搭飛機上武夷山前，半路停車買了一雙棉織的藍白相間打格圖案的手套，同團友人一路嘲笑：有那麼冷嗎？

有那麼冷嗎？每個人身體的弱點，自己才清楚，宛如心事和傷痕，全隱在內裡。性格敏感羞澀且無向人傾訴的習慣，一切只有我和我的心知道。結果堅持半夜開窗睡覺的同伴，在山上受了風寒，那雙手套對他雖然太小一些，也正好派上用場。

有一個冬天，在香港逛街時，買了一雙彩虹色的手套。很小，似小女孩用的，五彩斑斕，眩目可愛，具裝飾風格，絢艷色彩使人縱然置身陰暗的冬季，心情也會轉為明亮愉悅。那亦是路邊，名字叫女人街的道上，對那繁花似錦的繽紛美麗，一見鍾情，以為會稍嫌局促，姑且一試，竟然合適，十根指頭頓時顯露淘氣的童稚意味。不由得洋洋得意，喜悅的花燦開在心頭上：原來我有一雙孩童的手。

人一長大，逐漸變老，益發幻想返老還童，算是眾人的通病。據說擁有短短的手指，意蘊缺乏藝術性。生來既如此，哀傷無用，所有算命書說著相同的話，但任何事應該皆有例外吧？

這雙彷彿永遠不會退色的彩虹手套是心頭所愛，但極少拿出來用，可愛應屬小孩或少女，年紀老大還在可愛間徘徊，讓人誤會尚存留於迷戀年輕和沉醉過去的一顆心。事實上從來不曾夢想捕捉青春的翅膀。這雙捨不得拋棄或送走的手套，像照片上的花影般灑落著無聲的喧囂，成為那一趟香港遊的美麗紀念品。

抽屜裡另有兩雙灰色毛線手套。黑白是我的衣物長期首選顏色，灰色同樣是最執著的色彩之一，有個時期不明原因，衣物用品全部採選灰色，可能和當時的陰鬱心情有關。人在選擇物品時，揭露的不僅是人的品味，還有情緒，往往下意識在左右人的取捨。

灰色稍嫌黯淡，是安全色。穿在身上，似乎獨自在細細品味自己孤寂的心跳。不耀眼，帶著一種婉拒別人眼光的遮蔽姿態。平凡人原該過平凡生活，不必讓人看到，更無需咄咄爭取成為注目焦點。

前幾年到歐洲一看，陰濕的氣候使得整個城市灰灰的。房子和店鋪因少有瑰麗的熱色調，不繁複不狂放，不突出不囂張，顏色變化極微，漫著一街的灰樸樸。歐洲人喜歡在所有顏色之中加一點灰，景物入眼稍古舊，多了沉穩實在，城市的色彩格調蓄藏著滄桑，浮游著深邃，具有詩人隱密的語感深度，教曾經短住的旅人回家懷想時，生出微微惆悵的悠悠思念。

歐洲女人的打扮，浸透著強烈的自我風格。沒有一點要你看過來的搶眼，以藍色為主，淺的深的都涵著含蓄耐嚼的簡潔，幽雅恬淡隨之而出，加上她們的身高和膚色，秋天披件灰色或藍色的長外套，手上戴或不戴手套，都顯得隨意，休閒，毫無精心營造的雕琢。走在街道上，風吹掠起來，散發著說不出的不羈和瀟灑。儘管有「同行相忌，而天下間所有女性都是同行」這一說，但她們卻讓同是女性的我，也不得不被點亮了雙眼大大地驚艷，不得不停駐腳步細細觀賞那出眾風姿，這簡直是歐洲街道最和諧典雅的風景之一，可惜氣質這回事難以順手就拈來。

另有一雙比較大號的黑灰色條紋手套亦是同一時期買的。那年受邀參加一個畫家團，到加拿大和當地藝術家交流，之前旅遊社人員預告，是次行程將環繞洛機山脈遊走，半途或遇下雪。熱帶人乍聽下雪，立即有一片森森寒意撲面來襲，在寒衣店裡趕緊再選購一雙手套，還特意挑比較大一號的，給自己慌張的心理添加一份安全感。

後來整理照片，尋來覓去，也沒看見什麼時候穿上那黑灰色手套。最終它成為一雙從沒用過，僅只扮演著安慰的角色的手套。

不喜歡被人看見的人，絕對不會愛上紫。紫色過於奪目絢艷，甚至近乎奢華妖嬈，也許曾經怦然心動，但從來不會選擇。

日本俳句：「牽牛花呀，一朵深淵色。」與謝蕪村寫的時候，可能不曉得讀者一看，馬上對紫色生出警惕的心。貼近深淵，那多危險。抽屜裡沉默地躺著一雙紫色手套，也是小女兒在歐洲的時候買的，配上圍巾正好一套。那時她在英國求學，假期便往歐洲各城市跑。為爭取時間，冰雪來了也不畏懼，冬天衣物帶夠，禦寒設備做足，便背包出門了。

紫色不易配搭，這近乎暗紅的深紫手套卻是沉穩色，搭淡色系的衣服很好看。幾次旅遊嘗試放進皮箱裡，要出門前最後又拿出來。始終無法把自己和一聽就覺得無比華麗的紫色扯上關係。紫是非凡的美，閃爍一種激情的噴發的光彩，那質感過份地嫵媚，在我身上肯定礙眼和突兀。也是這紫手套，讓我發現自己比較適合當個角落角色，讓人越看不見，才越是心安。

魯迅先生曾說過關於插圖的作用，和手套頗為相似。「插圖原意是在裝飾書籍，增加讀者的興趣的，但那力量能補文學之不足。」這補之不足說的是四季國家冬日街頭的女性風采。

像手套這種給人溫暖不是給人看見的非主角功能性配件，含有絕對不會喧賓奪主的溫柔。平常無法真正為姿色增加流光溢彩，也無法展現一種縱情放恣的美麗。手套更給人一種孤獨，隔離，拒絕的訊息，可是，長居熱帶的我，只有在戴上手套時，才得以逸出艱澀人生的軌道，走出一再重複，無趣，厭倦的日常生活，令日子增添一些閒情，一些遐思，多出神秘、驚奇和美麗的片段，難以抗拒的手套誘惑始終存在。這便是永不磨滅、無法割捨、長年在糾纏著我不放的手套情意結吧。

釀文學26　PG0592

一朵花的修行

作　　者　　朵　拉
責任編輯　　林泰宏
圖文排版　　蔡瑋中
封面設計　　陳佩蓉

出版策劃　　釀出版
製作發行　　秀威資訊科技股份有限公司
114 台北市內湖區瑞光路76巷65號1樓
電話：+886-2-2796-3638　傳真：+886-2-2796-1377
服務信箱：service@showwe.com.tw
http://www.showwe.com.tw
郵政劃撥　　19563868　戶名：秀威資訊科技股份有限公司
展售門市　　國家書店【松江門市】
104 台北市中山區松江路209號1樓
電話：+886-2-2518-0207　傳真：+886-2-2518-0778
網路訂購　　秀威網路書店：http://www.bodbooks.com.tw
國家網路書店：http://www.govbooks.com.tw
法律顧問　　毛國樑　律師
總 經 銷　　聯合發行股份有限公司
231新北市新店區寶橋路235巷6弄6號4F
電話：+886-2-2917-8022　傳真：+886-2-2915-6275

出版日期　　2011年8月　BOD一版
定　　價　　360元

國家圖書館出版品預行編目

一朵花的修行 / 朵拉作. -- 一版. -- 臺北市：釀出版,
2011.08
面； 公分. --（釀文學；PG0592）
BOD版
ISBN 978-986-6095-34-4（平裝）

855 100012542

讀者回函卡

感謝您購買本書，為提升服務品質，請填妥以下資料，將讀者回函卡直接寄回或傳真本公司，收到您的寶貴意見後，我們會收藏記錄及檢討，謝謝！
如您需要了解本公司最新出版書目、購書優惠或企劃活動，歡迎您上網查詢或下載相關資料：http:// www.showwe.com.tw

您購買的書名：________________________________

出生日期：__________年__________月__________日

學歷：□高中（含）以下　□大專　□研究所（含）以上

職業：□製造業　□金融業　□資訊業　□軍警　□傳播業　□自由業
□服務業　□公務員　□教職　□學生　□家管　□其它_____

購書地點：□網路書店　□實體書店　□書展　□郵購　□贈閱　□其他

您從何得知本書的消息？

□網路書店　□實體書店　□網路搜尋　□電子報　□書訊　□雜誌
□傳播媒體　□親友推薦　□網站推薦　□部落格　□其他__________

您對本書的評價：（請填代號　1.非常滿意　2.滿意　3.尚可　4.再改進）

封面設計____　版面編排____　內容____　文／譯筆____　價格____

讀完書後您覺得：

□很有收穫　□有收穫　□收穫不多　□沒收穫

對我們的建議：________________________________

____

____

____

請貼
郵票

11466
台北市內湖區瑞光路 76 巷 65 號 1 樓
秀威資訊科技股份有限公司 收
BOD 數位出版事業部

(請沿線對折寄回，謝謝！)

姓 名：________________ 年齡：________ 性別：□女 □男

郵遞區號：□□□□□

地 址：____

聯絡電話：(日) ________________ (夜) ________________

E-mail：____